唐史演義

從盪平百濟到長生密誓

潘 著

濟、滅高麗、武氏稱制、胡兒亂朝……

國怨長門賦，長生殿內兩相許

楊國忠與安祿山的狼子野心，

幾乎亡了大唐！

目錄

第二十六回　許敬宗構陷三家　劉仁軌蕩平百濟

卻說褚遂良被謫愛州，自恐罹讒被禍，無術生全，因上表自陳道：

往者濮王（即魏王泰，見二十四回）承乾交爭之際，臣不顧死亡，歸心陛下，是時岑文字劉洎，奏稱承乾惡跡已彰，身在別所，其於東宮不可少時虛曠，請且遣濮王往居東宮，臣又抗言固爭，皆陛下所見。卒與無忌等四人，共定大策。及先帝大漸，獨臣與無忌同受遺詔，陛下在草土之辰，不勝哀痛，臣與無忌區處眾事，咸無廢闕，數日之間，內外寧謐，力小任重，動罹愆過，螻蟻餘齒，乞陛下哀憐，謹此表聞！

這道奏章，明明是自述前功，怕死乞憐的意思。前勇後怯，太無丈夫氣，然自己怕死，如何譖殺劉洎。但此時的高宗，已被武氏制伏，任他口吐蓮花，也是無益，因此留中不報。遂良憂鬱成疾，旋即去世。可為劉洎洩冤。武氏聞遂良病終，尚因他不及加誅，隱留遺憾，遂擢許敬宗為中書令，教他速行羅織，構陷長孫無忌等人。敬宗多方伺隙，苦不得間。會洛陽人李奉節，上告太子洗馬韋季方，及監察御史李巢，朋比為奸，應加重譴等語，有詔令敬宗訊問。敬宗刑驅勢迫，硬要季方扳連無忌。季方憤不欲生，自刺不殊，奄然待斃。敬宗遂誣奏季方勾通無忌，意欲謀叛，今因事洩，所以情急求死。高宗愕然道：「哪有此事？舅為小人構隙，稍生疑沮，或尚未免，怎至謀反呢？」敬宗道：「臣反覆推究，叛跡已彰，陛下尚以為疑，恐非國家幸福。」高宗不覺淚下道：「我家不幸，親戚間屢有異圖，往年高陽公主，與房遺愛謀反，今元舅又有此事，如果屬實，如何處置？」敬宗又道：「遺愛乳臭小兒，與一女子謀反，怎能成事？無忌與先帝同取天下，天下共服彼智，身為宰相三十年，天下共憚彼威，若一旦竊發，攘袂一呼，同惡雲集，陛下將遣何人抵制呢？今幸皇天疾惡，宗廟有靈，為了區區小案，得發大奸，尚可先事防患哩！」高宗徐徐道：「且待審訊確實，再行定奪。」敬宗乃退。

是夕並未復訊。到了次日入朝，即妄奏道：「昨夜已訊過季方，供與無忌謀反是實，臣卻加詰道：『無忌是皇室至親，累朝寵任，為何嫌而謀反？』季方答言：『無忌曾勸立梁王為太子，韓瑗褚遂良等，一併與議，今韓褚等俱已得罪，梁王又復見廢，無忌內不自安，所以與季方謀反。』事出有因，並未誣扳，請陛下收捕正法，幸勿遲疑。」高宗又泣道：「舅若果有此意，朕亦不忍加誅。」敬宗又道：「薄昭系漢文帝母舅，文帝從代邸入立，昭亦有功，後來止坐殺人罪，文帝遣百官往哭，令他自裁，後世仍稱文帝為賢主。今無忌負國大恩，謀移社稷，罪加薄昭數倍，幸虧奸狀自發，逆徒引服，陛下尚有何疑，不早處決？古人有言：『當斷不斷，反受其亂。』臣恐陛下遷延時日，將來變生肘腋，悔無及了。」讒人罔極，欺庸主足矣。高宗不覺點首，也不再問無忌，竟下詔奪無忌官封，出為揚州都督，安置黔州。韋季方處斬。敬宗又奏言：「無忌謀逆，由褚遂良韓瑗柳奭等構成，于志寧亦與同黨，乞一併加罪。」於是追褫遂良官爵，除奭瑗名，免志寧官。看官道志寧如何連坐？原來前時易後，志寧雖未諫阻，亦未贊成，因此亦為武氏所恨，囑敬宗一同陷害。中立派本最取巧，不意亦遭誣陷。

既而又窮究罪案，命御史追捕韓瑗柳奭，械送京師。且詔李勣許敬宗等，復按無忌反謀，敬宗遣中書舍人袁公瑜，飛詣黔州，逼令無忌自縊，自己揑造供狀，還奏高宗。供狀中牽連多人，引得高宗不能不怒，把無忌兄弟子姪，無論親疏，一併處死。適應吳王恪言。只無忌長子沖，尚太宗女長樂公主（太宗第五女），總算加恩免死，謫戍嶺表。流遂良子彥甫彥衝至愛州，途次被殺。再敕將柳奭韓瑗二人，所至斬決。瑗已身死，發棺驗屍。柳奭已累謫至象州，由朝使宣旨受刑。所有三家財產，一併籍沒，就是遠宗近戚，俱充發嶺南，降為奴婢。連高士廉子高履行，本任益州刺史，亦指他黨同無忌，貶為永州刺史，于志寧亦座貶為榮州刺史，所有武氏平日未見趨承的人物，一網打盡。此外老成宿望，曾列名凌煙閣上，只有李勣一人，阿附武氏，任官如舊。他如尉遲敬德程知節等，還虧先後殂謝，不入漩渦。唐室元氣已經凋亡，子孫安得不論胥以盡耶？梁王忠不能無嫌，坐徙房州刺史。忠慄慄危懼，常恐被人暗算，甚至著婦人衣服，防備刺客；夜間夢寐不安，屢次浼人占夢，自卜吉凶。許敬宗等捕風捉影，又誣言忠有逆謀，再加武氏在旁攛掇，也把他廢為庶人。徙置黔州，錮禁承乾廢居時舊宅。可見祖宗貽謀不善，以致後人藉口。

後來武氏嘗夢見故后及蕭妃，慮它為祟，密令道士郭行真，出入禁中，為魘禳事。宦官王伏勝，報知高宗，高宗正因武氏專恣，心下不平，遂召侍郎上官儀，暗地與商。儀言皇后驕橫，天下共怨，應廢黜以安中外。高宗即令儀草就制敕，儀甫退出，武氏已匆匆趨至，見了草詔，竟與高宗不肯干休。高宗聞著獅吼，幾乎魂悸魄喪，忙把廢后意見，統推到上官儀身上。怕妻至此，煞是可嘆！儀與伏勝，俱曾服事廢太子忠，武氏與高宗鬥了一回嘴，便出囑許敬宗上一奏章，誣言儀與伏勝，串同廢太子，隱謀為逆。高宗此時已無主意，但恐得罪武氏，不管什麼父子恩情，一道旨意，將忠賜死。儀及宦官伏勝，還有甚生望？隨即下獄論斬。可憐儀子庭芝，也隨父處死，又復株連了好幾十人。嗣是軍國大權，全歸武氏掌握，高宗視朝，阿武在後垂簾，生殺予奪，任所欲為，一班蠅營狗苟的朝臣，無論言語文字，統稱她為二聖，這真叫做陰陽反背，太阿倒持了（此段文字，系是麟德元年時事，但因相隔不遠，故連類並書，以便閱者）。

且說蘇定方自討平西突厥後，復於顯慶四年，出征思結。思結系鐵勒別部，曾由唐改號蹛林州（見二十一回）。酋長都曼，叛服無常，當遣定方為安撫大使，兼程前進，掩擊都曼營帳。都曼敗遁，追至馬保城，四面圍攻。都曼計窮出降，由定方縛獻殿廷，得貸死罪。不略思結戰事，所以表定方擒渠之功。越年三月，新羅王金春秋上表乞援，春秋系女主真德弟，真德於永徽五年病殂，唐廷冊封春秋為新羅王（應二十二回）。唯高麗百濟，與新羅仍不相和，嘗聯兵攻新羅境，奪去三十三城。新羅王春秋，曾上表求救，高宗遣營州都督程名振，及右領軍中郎將薛仁貴，往討高麗，屢有斬獲。高麗兵敗退，唐兵亦還。唯百濟未嘗受創，伺著唐兵西歸，復進擾新羅，新羅復遣使求援，乃再命蘇定方為神邱道行軍大總管，與左驍衛將軍劉伯英等，率兵十萬人，水陸齊進。且授金春秋為嵎夷道行軍總管，令簡新羅銳卒，會同蘇定方大軍，同討百濟。定方自成山渡海，至熊津江口，正值百濟兵前來防堵，便不待整列，即掩擊過去，殺死百濟兵數千人，有一半拚命遁還，唐軍從後追躡。將至百濟國都，百濟王義慈（即扶餘璋子）傾國出戰，被唐軍一陣搗入，殺得天昏地暗，紅日無光。百濟兵紛紛潰散，義慈也只好逃回。不意外城甫入，唐軍已追蹤而至，連城門都不及關閉，由唐軍驟馬進去。還虧太子隆及次子泰，自內城領兵出救，才得將義慈保入內城，闔門拒守。定方督軍攻撲，義慈大懼，與太子隆縋城夜走，遁匿北境，留次子泰守城，泰竟自立為王。隆子名文，尚留城中，私語左右道：「王與太子皆在，叔父竟擁兵自王，就使能卻唐兵，我父子也不能自存了。」遂率左右逾城出降，人民亦陸續縋出，多來投順唐軍。定方乘勝猛攻，督將士登城立幟，泰窘迫無計，沒奈何開城聽命。義慈及隆聞國都失守，又思他遁，適唐軍前來搜捕，無路可奔，也只好面縛乞降。百濟舊有五部，分統三十七郡二百城，至是悉數歸唐。改置熊津馬韓東明金漣德安五都督府，選擢原有酋長為都督刺史。唯都城為全國總樞，特留郎將劉仁願居守，熊津地居險要，亦特派左衛中郎將王文度，作為都督，撫治百濟遺眾。定方遂押住義慈父子，還獻唐廷。定方至是，已三擒外國酋長矣。有詔赦罪不誅。再遷定方為遼東道行軍大總管，劉伯英為平壤道行軍大總管，程名振為鏤方道總管，分道往擊高麗。還有左驍衛大將軍契苾何力，亦受命為浿江道行軍大總管，接應定方。青州刺史劉仁軌督運東征軍糧餉，航海東行，不料遇著颶風，糧船多覆，因致得罪褫職，白衣從軍。

先是百濟王義慈，與日本通好，倚為外援，當遣子扶餘豐，往質日本。及百濟亡國，遺將僧道琛及福信，收集餘眾，據住周留城，迎立故王子豐為王，出圖恢復，圍住舊都。劉仁願兵少力單，勉強守禦，又因熊津都督王文度，蒞任即歿，更覺沒人援助，不得已飛章告急。唐廷亟起用劉仁軌，命為檢校帶方州刺史，節制王文度舊眾，便道發新羅兵，往救仁願。仁軌慨然勇往，且在州司中請得唐歷及廟諱，隨帶軍前，並語麾下道：「我此去將蕩平東夷，頒行大唐正朔，眾位須協力助我，不患不建功立業哩。」前時糧覆致罪，也未免枉屈，此公原是大有為者。遂申定軍律，特別嚴明，沿途轉鬥直前，無戰不克。福信分軍堵熊津江口，豎立兩柵，很是堅固，仁軌與新羅兵縱擊，把兩柵一併毀去，敵眾或被殺，或遭溺，不計其數。道琛聞福信敗退，也將都城撤圍，退保任存城，新羅兵糧盡引還，仁軌與仁願合軍，休息士卒，暫且按兵不動。道琛遂自稱領軍將軍，福信也自稱霜岑將軍，兩人勢不相下，自行攻擊。道琛為福信所殺，福信遂專掌兵事，抵制唐軍。仁願仁軌，因百濟都城，全恃熊津口為保障，熊津一失，國都萬不可守，乃均移駐熊津城。唐廷亦令仁願為熊津都督，飭俟高麗得勝，再行進兵。一面召回劉伯英程名振，改遣任雅相為浿江道行軍總管，轉調契苾何力為遼東道行軍總管，蘇定方為平壤道行軍總管，徵集三十五軍，及番部各兵，速攻高麗。

高宗改元龍朔，欲親自出征，為武氏諫阻而止，但詔促各路進軍。蘇定方先進浿江，連戰皆捷，遂進圍平壤城。高麗莫離支蓋蘇文，遣子男生率兵數萬，守鴨綠江，堵住任雅相一軍，雅相不敢就進。可巧契苾何力到來，主張進行，適值天寒冰沍，何力引眾乘冰，鼓譟而濟。高麗兵措手不及，立即潰走，被何力追奔逐北，斬首至三萬級。男生策馬急馳，還算保全性命。何力再欲進攻，不料任雅相病歿軍中，只好暫時逗留，候旨裁奪。高宗以雅相新亡，行軍不利，亦詔何力班師。蘇定方久圍平壤，屢攻不下，反陣亡沃沮道總管龐孝泰，並因年暮殘雪，兵士疲乏，亦解圍西歸。新羅王金春秋，又復病殂，子法敏嗣，勢不能援助唐軍。高宗乃頒敕二劉，大旨說是：「平壤軍還，熊津勢孤，一城不能自固，不如移就新羅。若金法敏留卿鎮守，可暫停彼處，否則泛海歸來便了。」仁願不覺躊躇，仁軌獨奮然道：「大臣為國家計，有死無二，怎得貪生避害？試想主上欲滅高麗，所以先討百濟，留兵守堵，制他心腹，誠使厲兵秣馬，擊他無備，理無不克，得捷以後，士卒心安，然後分兵據險，開展勢力，飛表上聞，再求益兵，朝廷知我有成，必更遣將出師，聲援既厚，凶醜自殲，非但不棄前功，且足永清海表。今平壤既已退師，熊津又復棄去，眼見百濟餘眾，不日鴟張，高麗逋寇，無時可滅，數年血戰，徒勞無益，況且熊津孤城，居敵中央，我若動足，適為敵乘，就使得至新羅，亦不過作一寓客，萬一有變，仍恐難免，雖悔亦無及了。愚料福信凶悖，君臣相猜，將來必行屠戮，我軍正應堅守觀變，乘釁而動，不患不勝。古人有言：『將在外，君命不受。』還請總管詳察！」理直氣壯。仁願道：「刺史說得甚是。」眾將也均贊成，遂嚴申守備，待機乃發。

忽由百濟王豐，遣人來前，由仁願召入，問明來意。來使道：「大使等何時西還？我主當派兵護送。」仁願尚未及答。仁軌即從旁答言道：「我軍歸期在邇，難得爾主好意，爾可為我歸謝，不勞護送！」來使應聲自去。仁軌道：「狡虜欺我太甚，目下虜使方歸，我正可銜枚疾進，攻他不備了。」仁願大喜，當即督兵襲支羅城，一戰即下，進拔峴城大山沙井等柵，殺獲甚眾。福信聞警，才遣兵添守峴城，仁軌佯令緩攻，夜令軍士督草填濠，霎時間草與城齊，各將士攀草而上，一齊登城。守卒聞知，已經不及抵禦，只得開城遁走。仁軌方安安穩穩的據了峴城，得與新羅通接糧道，有恃無恐。仁願遂奏請添兵，有詔發淄青萊海兵七千人，速赴熊津，再遣右威衛將軍孫仁師，為熊津道行軍總管，統軍繼進。百濟王豐，正與福信爭權，率親卒擊殺福信，驟聞唐軍大至，急遣使向日本乞師。日本齊明天皇（名天豐），親赴築紫，調兵救百濟，途次遇病，至築紫即歿。皇太子天智，奉喪聽政，遣部將阿曇比邏夫阿部比邏夫等，帥舟師百艘，援百濟王，更派兵三萬人繼進，作為後應。

是時孫仁師已至熊津，與二劉合軍，聲勢甚盛。諸將欲出攻加林城，仁軌道：「加林當水陸要衝，地形險固，我若急攻，反傷士卒，緩攻必曠日持久，亦致老師。不若直搗周留城，周留城為狡虜巢穴，群凶所聚，除惡務本，正在此舉，周留得拔，餘城不戰自下了。」不入虎穴，焉得虎子？於是分道進兵，仁師仁願，邀同新羅王金法敏，從陸路進，仁軌與別將杜爽扶餘隆，率水軍及糧船，自熊津入白江，擬與陸師相會。甫至白江口，那百濟王豐，與日本兵駕船前來，帆檣相望。仁軌用火攻計，乘風縱火，猛燒敵船，頓時煙焰熏天，海水盡赤。日本將阿曇比邏夫等，還想冒火來戰，怎禁得祝融肆威，封姨助虐，徒落得焦頭爛額，一步兒不能上前。岸上戰鼓聲喧，唐將仁師仁願等，又復驅軍殺到，那時還有何心戀戰，慌忙轉柁遁去。中國有史以來，日本兵為我軍所敗，唯此一仗，最為吃虧。百濟王豐，亦脫身奔高麗。唐軍遂進薄周留城，扶餘豐子忠勝忠志等，率眾出降，百濟又亡。唯百濟將遲受信據守任存城，未肯歸命，仁軌令百濟降將常之，及沙吒相如為前驅，自率兵後隨，奮勇進攻。遲受信料不能守，也挈妻子奔高麗去了。

捷書報達唐廷，高宗召仁師仁願還朝，留仁軌鎮守百濟。仁軌籍戶口，瘞骸骨，輯村聚，置官長，通道途，立橋梁，補堤堰，修陂塘，課耕桑，賑貧乏，贍孤老，立唐社稷，頒正朔及廟諱，百濟大悅，闔境又安。及劉仁願到京，高宗親加慰勞，仁願道：「這統是劉仁軌的功績，非臣所能及哩。」仁願推賢讓功，亦有足取。高宗乃加仁軌六階，正任帶方州刺史，且替他築第都中，安頓妻孥，厚給賞賜。小子有詩贊仁軌道：

有勇還須仗有謀，東夷餘焰一時休。
若非良將紆籌策，安得功名蓋遠州？

百濟已平，正欲進圖高麗，偏鐵勒部又復叛唐，屢來寇邊，乃遣將往討鐵勒，暫將高麗擱下。欲知鐵勒部戰事，且待下回表明。

長孫無忌，高宗之母舅也，而構陷之者，始自武氏，成於許敬宗。武氏之慾殺無忌也，因無忌諫阻易后，致有此嫌。敬宗與無忌何讎？與褚遂良韓瑗等又何怨？其所以必加陷害者，無非受武氏之囑託耳。夫唐廷以上，臣僚甚眾，寧必為武氏爪牙，方得居官食祿，況無忌等未嘗有罪，而乃任意扳誣，惡同蛇蠍，吾不意忠良之後，而竟生此奸賊也。故武氏之惡固大矣，而敬宗之惡為尤大，揭而出之，惡其何自遁乎？高宗時之良將，蘇定方外，應推劉仁軌，高麗未捷而還師，百濟復燃而未靖，微仁軌之臨機決勝，則劉仁願必且還軍，即幸不為敵所乘，而新羅介居兩國間，又遭大喪以後，其能免為蠶食乎？故仁願之從諫如流，雖有足稱，而平定百濟，雖出仁軌之功，表而出之，功其庶不沒乎？本回隱具此旨，且為標明巨目，嫉惡表功，書法固不苟也。

第二十七回

發三箭薛禮定天山　統六師李勣滅高麗

卻說鐵勒諸部歸唐後，相安無事，約有數年，至龍朔紀元，回紇部酋比粟，始糾合僕骨同羅兩部眾，前來犯邊。高宗命左武衛大將軍鄭仁泰，為鐵勒道行軍大總管，左武衛將軍薛仁貴，及燕然都護劉審禮為副，鴻臚卿蕭嗣業，為仙蕚道行軍總管，右屯衛將軍孫仁師為副，各率兵萬人，往討回紇。回紇遂號召鐵勒九姓（藥羅葛，胡咄葛，啒羅勿，貊歌息紇，阿勿嘀，葛薩斛溫，索藥勿葛，溪野勿），合眾十數萬，拒擊唐軍。薛仁貴帶著數十騎，當先開路，正與番眾相遇。番眾見他兵少，也挑選健騎數十人，前來挑戰。仁貴大呼道：「來騎慢來！看本將軍的箭法。」道言未絕，那仁貴早拈弓在手，搭上一箭，颼的射去，正中來騎第一人，撞倒馬下，嗚呼畢命。仁貴又呼道：「來騎防著！看本將軍的第二箭！」來騎因前驅已死，正在著忙，不料第二箭又至，復將第二騎射死。仁貴復道：「看本將軍的第三箭！」這語才出，敵騎特別小心，圓著眼瞧那放箭，只恐被他射著，偏仁貴虛把弓弦一扯，箭尚在手，已把敵騎嚇得心驚，左閃右避。仁貴笑著道：「似你等沒用人物，來經什麼戰陣？本將軍箭尚未發，不必這般慌忙，我要揀你一個多須的人，賞給一箭。」敵騎中巧有一個鬍子，聽了此言，回馬就跑，不意箭已射至，從背項穿出前面，連痛聲都呼不出，便墜馬而亡。三箭射畢，唐軍陸續大至，敵騎俱欲返奔，仁貴復大呼道：「你等如欲免死，快快降順！否則我軍將一概放箭，看你能活得一個否？」敵騎料是難逃，只好一齊下馬，匍伏請降。仁貴乘勢進擊，收降了二萬人，餘眾都從磧北逸去。仁貴恐降眾難恃，佯令隨軍越山，到了山巔，傳了一個軍令，把降眾一齊驅下塹谷。看官！你想天山兩旁，統是峭壁危巖，一經墜下，統是粉骨碎身，還有什麼生理？仁貴太屬殘忍。及唐軍越過磧北，追及敗眾，又是一番蹂躪，擒得葉護兄弟三人，方收軍回營。軍士編成兩語，作為凱歌道：「將軍三箭定天山，壯士長歌入漢關。」（少時閱《征東傳》曾有三箭定天山一回，說是征遼時事，天山在西，烏得在東，豈亦如樊梨花之有移山法乎？可發一笑！）鐵勒九姓，經此大挫，哪裡還敢再來。只思結多濫葛等部眾，留堵天山附近，聞九姓皆敗，唐軍乘勢深入，自知不能堵御，樂得見機迎降，不料鄭仁泰悍然不納，反縱兵擊掠兩部子女，賞賜軍士。兩部番眾，相率遁去，別將楊志追擊，反為所敗，有偵騎稟報仁泰，謂番部輜重人畜，尚在近地，可以掩取。仁泰遂選輕騎萬四千名，倍道前驅，經過大漠，至仙萼河，不見一虜，糧盡乃還。會連天風雪，士卒饑凍，殺馬為食，馬盡食人。及入塞，餘兵僅八百人，司憲大夫楊德裔劾奏：「仁泰不納降眾，任情劫掠，遂致虜眾散匿，將士喪亡，應付法司推鞫。又因仁貴掠取番女為妾，多納賕遺，亦應加罪」云云。高宗特別開恩，但令他將功贖罪，悉置不問，另遣右驍衛大將軍契苾何力為鐵勒道安撫使，安輯餘眾。何力只選精騎五百名，馳入鐵勒九姓中，番眾大驚。何力與語道：「國家知汝等皆系脅從，特令我宣詔赦罪，汝等但教捕住罪魁，交給了我，我概不復問了。」九姓部眾，乃執住葉護及設特勒等二百餘人（葉護注見前，設特勒亦番官名），繳與何力。何力責他叛逆，均令正法，餘不再究，九姓乃定。越年，再令鄭仁泰討平鐵勒餘眾，乃移燕然都護府至回紇，更名瀚海都護（燕然都護見二十一回。舊設在鬱督軍山南麓，至此始移至回紇）。徙瀚海都護至雲中古城，改名雲中都護，以磧為境。磧北屬瀚海，磧南屬雲中。繼復改稱瀚海都護為安北都護府，這且不必絮敘。

且說興昔亡可汗阿史那彌射，與繼往絕可汗阿史那步真，分治西突厥，本來是劃境自守，彼此相安。既而忽生嫌隙，積不能容。阿史那步真竟至鉒海道總管蘇海政處進讒，謂彌射有謀反意。海政驚愕，召集軍吏與商道：「我軍留此，不過數千人，若彌射果反，來攻我軍，我輩將無噍類，不如先發制人為妙。」乃矯詔發帛萬匹，召彌射與各部酋長，前來受賜。彌射不知是計，竟率酋長來會海政，海政設伏待著，誘他入營，即令伏兵掩捕，悉數擒住，盡行殺死。彌射屬部鼠尼施拔塞乾等，叛走西南，由海政邀同步真，率眾追討，方得平服，軍還至疏勒，弓月部又引吐蕃兵，來攻唐軍。海政恐師勞力竭，不堪再戰，沒奈何納賂吐蕃，約和而還。嗣是西突厥各部落，均因彌射無過被誅，陰懷怨貳。可巧步真復死，十姓無主，有阿史那都支及李遮匐兩人，誘致餘眾，歸附吐蕃。

吐蕃自與唐和親後，朝貢不絕，高宗即位，贊普弄贊病亡（應二十二回），因嫡子早死，立幼孫為贊普，以國相祿東贊攝政。祿東贊招兵養馬，寖至盛強，又復得十姓歸附，聲勢益熾，遂欲併吞吐谷渾。適吐谷渾大臣素和貴，得罪奔吐蕃，且言吐谷渾虛實，祿東贊即率兵往攻，吐谷渾可汗諾曷缽，拒戰失利，乃挈弘化公主走依涼州。應十六回。唐左武衛將軍鄭仁泰，正調任涼州都督，因迎納諾曷缽，替他奏聞，詔命仁泰為青海道行軍大總管，節度諸軍，分屯涼鄯二州，防禦吐蕃。一面遣蘇定方為安集大使，統軍作吐谷渾聲援，且調停兩國戰事。吐蕃祿東贊，出駐青海，遣論仲琮（仲琮為名，論系吐蕃相臣之稱）入朝，面陳吐谷渾罪狀，且請與吐谷渾和親，高宗不許，命左衛郎將劉文祥，偕仲琮至吐蕃，傳詔詰責。吐蕃再遣使伴文祥還國，仍請與吐谷渾修和，唯求赤水地牧馬。高宗仍然不從，卻還來使。於是吐蕃不服，倔強如故。唐世吐蕃之禍始此。唐廷擬招撫西突厥，令與吐蕃絕好，乃授阿史那都支為左驍衛將軍，兼匐延都督，以示羈縻。詔尚未至，阿史那都支已派兵寇庭州。刺史來濟正調任是缺，遂顧語左右道：「我久已當死，幸蒙存全，以至今日。現在強寇憑陵，我唯一死報國便了。」遂不服甲胄，只帶領數十騎，赴敵盡忠。事聞於朝，高宗雖也憐念，但因濟為武氏所嫉，不敢加旌，但許他靈柩還鄉，所有封授都支詔命，亦未嘗追還。都支接著詔敕，陽為受命，暗中仍與吐蕃連和，慢慢兒的侵邊罷了（為後文伏筆）。

高宗於龍朔四年正月，再改號為麟德元年，敕眾臣制定封禪禮儀，是時李義府恃勢賣官，怨聲載道，且與許敬宗纂定新禮，改訂官名，並參修國史及氏族志，無非黨同伐異，攬權營私，甚至子姓女夫，亦橫行不法。高宗嘗有所聞，面加儆戒。義府卻勃然變色道：「誰告陛下？」高宗道：「何待問朕？」義府也不謝罪，昂頭自去。高宗因是不悅，會義府與術士杜元紀，微服出城，候望氣色，又有人密白高宗，高宗防有異圖，即詔李勣按訊，審出許多罪狀，乃將他革職除名，流戍巂州，朝野稱慶。高宗能逐義府，豈不能抑制阿武？可見武氏專橫，全是為色所迷。唯許敬宗仍然怙寵，勢焰熏天，所有封禪禮儀，多經敬宗手定，又令李淳風作麟德曆，雖為推步精詳起見，也無非除舊布新，揚扢承平的意思。

麟德二年，由武氏表稱封禪，請率內外命府奠獻，自己想出風頭。高宗自然依從，即令敬宗訂定奠獻儀制。皇上初獻，皇后亞獻，越國太妃燕氏為終獻（燕氏系太宗妃，即越王貞母）。廢稿秸陶匏，用茵褥罍爵。文舞用功成慶善樂，武舞用神功破陣樂。儀制已定，遂下詔東禪，定洛陽宮為東都，先偕太妃皇后等赴洛陽，再休息了數天，方由東都啟蹕，所有鹵簿儀衛，延長至數百里。自十月出行，直至十二月間，方到泰山。車駕過壽張縣，聞張公藝九世同居，累朝都有旌表，因也屈尊過訪，公藝當然恭迎。高宗問他累世同居的緣由，公藝即書百「忍」字以進。高宗一再稱善，賜以縑帛百端，不沒公藝。治家宜忍，治國不專在忍，王船山曾加論辯，可為當世定評。乃進抵社首山下（為泰山山脈之一峰），駐蹕過年。到了元旦這一日，遂在泰山南麓，恭祀昊天上帝。次日祭泰山，又次日禪社首，祭皇地祇。每一祭獻，由高宗初獻畢，執事等盡行趨下，然後令宦官執帷，擁護武氏登壇亞獻。帷帟純用錦繡製成，端的是輝煌燦爛，冠冕堂皇。可惜擁著一個淫婦。至太妃終獻，又換過一種帷帟，便沒有武氏登壇的威風。各處祭畢，悉將祭文封入玉牒，藏諸石䃔（音感，石篋也），於是大赦天下，改元乾封。又要改元，真是無謂。文武官各晉爵加階，賜民酺七日，返經曲阜，謁孔子家祠，祀用少牢，贈官太師。孔聖有靈，亦不願加封太師名號。再至亳州，謁老君廟，（即老子。）尊老君為太上元元皇帝。老子恐亦不願受此名稱。好容易到了初夏，方還京師。

適值高麗遣使獻誠，入都請師。高宗正因東封竣事，擬耀威東方，平服高麗，湊巧有外使到來，正是機不可失，怎得不遣將興師？看官閱過上文，高麗本與唐為敵，如何反來乞師呢？原來乾封元年，高麗泉蓋蘇文已死，長子男生代為莫離支，自出巡城，留弟男建男產居守。男建自為莫離支，發兵拒兄，男生無家可歸，走保別城，因遣子獻誠詣闕求救。高宗即命契苾何力為安撫使，左金武衛將軍龐同善，營州都督高侃，同為行軍總管，在征高麗。即命獻誠為嚮導，授官右武衛將軍。龐同善偕獻誠先行，入高麗境，遇著防兵，一鼓擊走。男生遂率眾來會，詔授男生為遼東大都督，兼平壤道安撫大使，封玄菟郡公。又命李勣為遼東道行軍大總管，兼安撫大使，帶領左武衛將軍薛仁貴等，水陸並進，援應何力同善等軍。且敕何力同善等，悉受李勣節制。勣渡過遼水，道出新城。召語諸將道：「新城為高麗西鄙，不先攻下，餘城未易圖了。」乃督軍占據西南山，俯瞰城中，環矢迭射。城中恟懼，遂縛城主出降。李勣使契苾何力入守，龐同善高侃為犄角，留薛仁貴往來遊弋，策應各軍，自率大兵進擊，連拔一十六城。男建果然潛兵西出，來襲高侃營寨，被薛仁貴中途邀擊，大敗遁歸。侃遂進軍金山，金山地據要害，戍卒如林，見侃軍到來，奮力出鬥，侃與戰不支，逐步退還。高麗兵哪裡肯舍，相率趕來，可巧碰著了薛仁貴，橫衝而入，把高麗兵截作兩段，侃亦麾軍返攻，兩下合擊，殺死高麗兵五萬餘人，乘勝逐北，搗破南蘇木底蒼巖三城，聲威大振。仁貴尚不肯罷手，竟自引部下三千騎，進攻扶餘城，諸將慮他兵少，勸令休進。仁貴笑道：「兵不在多，但看使用合宜，雖少何害？」隨即毅然前往，直抵扶餘城下。守兵出城接仗，怎禁得仁貴一支大戟，前挑後撥，紛紛落馬。仁貴部下，又都是百戰雄兵，無人可敵，眼見得守兵敗衄，棄城而逃，一座好城池，又被仁貴據住了。極寫薛仁貴。扶餘附近四十餘城，均憚仁貴威名，望風請降。

李勣聞扶餘城得下，很是喜慰，即遣侍御史賈言忠，還報高宗。高宗問及軍事，言忠答道：「高麗必平。」高宗道：「卿從何處看來？」言忠道：「昔隋煬帝東征，因人心離怨，所以不克，及先帝東征，因高麗無釁可乘，所以不克。俗語有云：『軍無媒，中道回。』今男生兄弟，自相鬥鬩，男生傾心內附，為我嚮導，彼國虛實，我已盡知，將帥成謀，士卒效力，哪有不克之理？且聞高麗祕記，曾有讖語，謂不及九百年，當有八十大將，傾滅高麗。高氏自漢立國，至今已九百年，李勣年已八十，正應彼讖，更兼高麗連年饑饉，妖異迭興，人心驚惶得很，還有什麼不亡哩？」高宗又問遼東諸將，何人最賢？言忠道：「薛仁貴勇冠三軍。龐同善雖不善鬥，持軍卻也嚴整。高侃勤儉自處，忠果有謀。契苾何力沈毅能斷，性少忌刻，卻不失為統御才。這數人統是當代良將，若講到夙夜小心，忘身憂國，總要推大總管李勣哩。」言忠評論諸將，尤屬有識，唯推重李勣，說他忘身憂國，未免阿私所好。高宗怡然道：「卿可謂觀人有識了。」當下仍遣令東行，慰問將士。及言忠至軍，李勣已親至扶餘城，援應薛仁貴，殺退男建部眾。進拔大行城，復會合諸軍，攻破鴨綠水堅壘，直搗平壤城了。

言忠奉詔慰諭，士氣益奮，契苾何力引軍先至平壤城下，勣軍繼進，圍攻至月餘，高麗王高藏，勢窮力蹙，乃遣泉男產率首領九十八人，持著白幡，出降軍前。唯男建尚閉門拒守，且屢遣兵夜襲唐營，均被唐軍擊退，男建嘗以軍事委僧信誠，信誠輸款唐營，願為內應。越五日，開城納唐軍。勣即縱兵登城鼓譟而入。男建方欲自刎，正值唐軍齊進，七手八腳，將他捆住。又把百濟故主扶餘豐，也一併拿下，餘眾悉降。當由勣傳檄高麗全境，令他歸順，所有高麗五大部，凡百七十六城，餘已由唐軍攻克外，沒一處敢行抗命。高麗遂平。

勣乃振旅還朝，途次接到詔敕，將高藏等先獻昭陵，次獻太廟，待一一遵行後，然後奏請受俘。高宗親御含光殿，傳見高藏以下諸人，高藏等匍匐殿階，由高宗而頒詔敕，赦高藏泉男生等罪，各授官爵。唯泉男建扶餘豐兩人，罪大難宥，一流黔州，一流嶺南。分高麗為九都督府，四十二州百縣，特就平壤設安東都護府，統轄高麗，即令薛仁貴檢校安東都護。總兵二萬人鎮撫。

唯扶餘豐子扶餘隆，早已出降，有詔令為熊津都尉，招輯餘眾，且替他頒敕新羅，勸釋前嫌，互修新好。新羅王金法敏，不敢不從，遂與隆同盟熊津城。劉仁軌代作盟詞，俾敦睦誼，然後帶著守兵，航海西還。高宗親祀南郊，告平高麗，進封李勣為太子太師，令他襄祀，充亞獻官。

是年又改元總章，且欲親幸涼州。大理少卿來法敏，上言隴右凋敝，不宜巡幸，乃不果行。總章二年冬季，李勣寢疾，弟弼由晉州刺史任內，奉旨召還，命為司衛卿，使視兄疾。勣見弼少覺心喜，便道：「我疾稍愈，可置酒同宴。」於是設席奏樂，兄弟會食，子孫侍列，歡飲將畢，勣語弼道：「我見房杜二人，平生勤苦，撐立門戶，後因諸子不肖，蕩覆無餘（房遺愛事見前，杜子名荷，曾尚太宗第十六女城陽公主，因坐承乾事，被誅，兄構亦貶死嶺表）。我有子孫數人，今悉託汝，汝應為我慎察，如有言行乖異，妄交非類，請先行撾殺，然後上聞，勿令他人笑我似房杜一般。我死後殮用常衣，外加朝服，倘死後有知，可著此服往朝先帝，慎勿過侈。眾妾願留居養子，不妨聽他，否則任令他去。如不從我言，我雖死恐將戮屍哩。」慮患雖深，奈天不從汝何？言已不禁淚下，弼唯唯受教。嗣是病日加劇，高宗及皇太子賜藥，每至即服。家人慾呼醫審視，勣慨然道：「我本山東農夫，從龍佐命，位至三公，年逾八十，還有什麼不知足哩？生死由天，非關醫藥，不過上承恩貺，不敢不服，外此原不必就醫了。」未幾遂死。勣素友愛，嘗遇姊病，親為煮粥，風回爇須，姊顧語道：「僕妾頗多，何太自苦？」勣答道：「姊弟年皆垂老，雖欲常為姊煮粥，恐也不得幾次了。」一長必錄。又嘗自言：「十二三歲時，即作無賴賊，逢人即殺，十四五歲，為難當賊，擇人後殺，十七八歲為佳賊，臨陣乃殺人，二十歲為大將，用兵救人死。」每出戰必先定謀，戰勝必歸功將士，所得金帛，一律分散，所以人皆死戰。高宗聞勣死耗，泣語眾臣道：「勣奉上忠，事親孝，歷仕三朝，未嘗有過，可稱作社稷臣。且朕聞他操行廉謹，不治產業，今已身歿，恐無贏資，須厚加賻恤，乃可酬忠。」遂令有司多貽金帛，追贈勣為太尉，謚曰貞武。子震嗣爵，終桂州刺史。震子敬業敬猶，具見後文，小子有詩詠李勣道：

攀龍附鳳列三臺，百戰功成柱石才，
可惜生平差一著，依違阿武禍成胎。

李勣死後，又改元咸亨。西陲又有變亂情形，待至下回續敘。

薛仁貴，將材也，李勣，將將材也，仁貴三箭定天山，遂以成名，實則勇敢二字，足以盡之。及從征高麗，破男生，救高侃，進拔扶餘城，以少勝多，有戰必克，賈言忠所謂勇冠三軍，良非虛語。但亦由李勣之為統帥，知人善任，始則留為巡徼，繼則任其進攻，終則自行應援，不掣肘，不甚能，然後仁貴得以建立巨功，揚名千古，乃知李勣固一將材也。否則如鄭仁泰之為大總管，出征鐵勒，雖有仁貴之迅定天山，而其後卒喪功而還，同遭彈劾，統帥非人，將勇亦不足恃耳。唯勣營私畏禍，導高宗之易後，卒致唐宗幾殲，家族亦誅夷殆盡，臨終之囑，果奚益哉？史以不通學術譏之，有以夫！

第二十八回　伐西羌連番敗績　易東宮兩次蒙冤

卻說吐蕃國相祿東贊，悉心秉政，馴至盛強。祿東贊死，有子四人，長名欽陵，材智不亞乃父，續掌國事。欽陵弟贊婆悉多於勃論，亦均有武略，出外典兵，因與唐室有嫌，遂連陷西域十八州，又合于闐兵襲擊龜茲，陷入撥換城。這消息傳入唐都，有詔撤銷龜茲于闐焉耆疏勒四鎮，令右衛大將軍薛仁貴，為邏婆道行軍大總管，左衛員外大將軍阿史那道真，及左衛將軍郭待封為副，往討吐蕃。仁貴等奉命西行，軍至大非川，將趨烏海，仁貴語道真待封道：「烏海險遠，且多瘴癘，我軍如若深入，實是一條死路，但既奉命來前，怎可貪生怕死？不過死中亦應求生，急進當可圖功，緩進必且致敗。今大非嶺地尚平坦，可置二柵，藏納輜重，留萬人為守，我率輕騎前往，倍道兼行，掩他不備，定可破敵了。」待封自願留守，仁貴又囑道：「我若已到烏海，當遣騎兵來運輜重，請君保護同來，否則慎勿妄動。」待封應聲允諾，仁貴遂率所部前行，令道真為後繼，兼程疾進，甫至河口，遇吐蕃兵數萬人，據險守著。當由仁貴自作衝鋒，仗著一桿大戟，刺入敵壘，敵皆披靡。唐軍一併擁上，殺掠甚多，奪得牛羊萬餘頭，鼓行而西，直薄烏海城，乃派弁目帶領千騎，往大非川接運輜重。哪知留守大非嶺的郭待封，早已將輜重若干，送與敵人了。

看官道是何因？原來郭待封嘗為鄯城鎮守，與仁貴名位相同，至是恥居下列，不願受仁貴節度，竟領輜重徐進。行軍豈可兒戲，待封實是可殺。到了半途，吐蕃發兵二十萬，前來邀擊，待封趨避不及，只好接戰，一場角鬥，被吐蕃兵殺得大敗，慌忙逃命，把輜重數百車，盡行失去。仁貴尚在烏海城下，眼巴巴的望著待封，偏只來了道真一軍，並不見待封到來，嗣由騎兵返報，待封已將輜重失去，不禁大驚道：「輜重一失，我等怎能久留？只好飛速回軍罷。」當下立命退軍，從間道趨回大非川。待封亦正帶著敗兵，在大非嶺駐紮。兩軍甫行會晤，不意胡哨四起，虜馬長驅，吐蕃國相欽陵，帶著大軍四十萬，鼓勇而來。仁貴正要布陣，與他接仗，偏待封部下，已先潰遁，待封亦策馬奔去，一軍失律，餘軍亦相顧錯愕，咸無鬥志。那欽陵麾下，又都是久經訓練的勁旅，恁你薛仁貴如何能耐，究竟一枝鐵戟，敵不住四十萬蕃兵，兩下交綏，唐軍逃的逃，死的死，仁貴知不可敵，忙與道真殺開一條血路，且戰且行。待至紅日銜山，欽陵收軍不追，方得休息，檢點殘兵，十成中已傷亡七八成了。深惜薛仁貴，故雖經大敗，筆下尚有含蓄意。仁貴嘆道：「今歲次庚午，即咸亨元年。星在降婁，不應有事西方。鄧艾死蜀，亦蹈此失，我原恐有此敗哩。」乃與道真熟商，只好遣使約和。欽陵也不欲窮逼，但復稱唐軍不入吐谷渾，便當允議。仁貴沒法，乃權詞應允，自率敗軍東歸。高宗聞報，命大司憲樂彥瑋，到軍中按問敗狀，逮捕三人至京師，一併除名，免為庶人。待封不誅，未免姑息。

吐蕃遂併吞吐谷渾故地，詔徙吐谷渾餘眾居靈州。既而吐蕃遣大臣仲琮入貢，仲琮少遊太學，頗知文事，高宗召見時，問及吐蕃風俗。仲琮答道：「吐蕃地薄氣寒，風俗樸魯，何足比擬中國，但法令嚴整，上下一心，所以能歷久強盛呢。」外域之強，大都由此。高宗又問道：「吐谷渾與吐蕃，向系親鄰，吐蕃乃納叛棄和，據有吐谷渾土地，朕遣薛仁貴等，往定吐谷渾，吐蕃又發兵邀擊，這是何理？難道中國果敵不過吐蕃麼？」琮頓首道：「臣奉使入貢，他事非所敢聞。」高宗以為知言，厚禮遣還；再擬命將西征，苦無統帥，且因高麗餘眾，出沒東方，屢有亂事，新羅王金法敏，容納叛人，串使為亂，乃暫停西略，先事東征。初遣高侃為東川道行軍總管，發兵討高麗叛眾，屢次告捷，終無成功。再遣劉仁軌為雞林道大總管，及衛尉卿李弼，燕山總管李謹行等，同討新羅叛王，斬獲頗眾。仁軌遽奉召還朝，唯李謹行屢建奇功，妻劉氏居守伐奴城，環甲率兵，擊退賊虜，受封燕國夫人。不沒勇婦。謹行進任東安鎮撫大使，進逼新羅，三戰皆捷。新羅王乃遣使謝罪，且貢方物，高宗乃赦罪不問。嗣復遣高藏扶餘隆歸國，令各撫故土人民。藏得封為朝鮮王，隆得封為帶方王。偏藏至遼東謀叛，乃仍召還，徙邛州而死，隆畏新羅勢盛，始終觀望，不敢入故都，尋且退歸內地，於是高麗百濟，幾盡併入新羅（此段為銷納文字）。

是時劉仁軌已官尚書右僕射，出任洮河鎮守使，防禦吐蕃（東方乏一熟手，只可舍東顧西。借仁軌事作穿插，以便東西連貫），會許敬宗因病致仕，未幾即死。敬宗構害忠良，驕奢無度，在京師廣營第舍，僭造連樓，召諸妓走馬樓上，縱酒奏樂，自娛晚年。又納美婢為繼室，婢竟與敬宗子昂私通，敬宗奏斥昂至嶺外，久乃表還，復以女嫁蠻酋馮盎子，多得私賂。及死後，高宗為之舉哀，追贈開府儀同三司，令陪葬昭陵。太宗有知，恐不容他在側。又令大臣擬諡，太常博士袁思古，謂：「敬宗棄子荒徼，嫁女蠻落，只可諡一繆字。」高宗以為未妥。且經敬宗孫彥伯，訴稱思古挾嫌，毀及乃祖，因更令群臣續議，改諡為恭（敬宗死事，亦隨筆帶過）。敬宗已死，朝右去一權蠹，乃仍復官名，改修國史，用戴至德為左僕射，張文瓘為侍中，郝處俊為中書令，李敬玄同三品，右僕射本屬劉仁軌，因他出鎮洮河，虛位以待。偏李敬玄與仁軌有嫌，每遇仁軌奏事，輒從中阻撓，仁軌很是不平。可巧吐蕃屢來寇邊，遂奏稱：「敬玄才識，非臣所及，請令他鎮守河西，免臣誤事。」高宗不知仁軌隱情，總道他薦賢自代，定必得人，乃命敬玄往代仁軌。敬玄一再固辭，自言非將帥才。既已自知不才，何苦與仁軌齟齬。高宗不覺惹厭，竟艴然道：「仁軌若要朕親往，朕也只好一行，卿何故屢次奏辭呢？」敬玄才不敢言，惶恐受命，乃拜他為洮河道大總管，令率工部尚書檢校左衛大將軍劉審禮等，統兵十八萬，往代仁軌鎮守。

敬玄全不知兵，膽又怯弱，審禮卻是一個勇莽人員，但顧前，不顧後，既入吐蕃境內，敬玄是沿途逗留，審禮乃倍道急進，前後相隔已遠，致審禮陷入敵中，吐蕃國相欽陵，竟率兵十萬人，把審禮圍住，審禮只望敬玄來救，偏偏敬玄不至，一時衝突不出，身中數矢，被吐蕃兵擒去。欽陵既擒住審禮，便進兵來擊敬玄。敬玄聞審禮被擒，慌忙退走，奔至承風嶺，敵騎已漫山遍野，蜂擁而來，承風嶺下有大溝，敬玄急阻溝自固，欽陵卻屯兵對面高山，陵逼唐營，聲勢銳甚，嚇得敬玄愁眉緊鎖，不知所為。左領軍員外將軍黑齒常之（即百濟降將，見二十六回）。頗有膽略，乘著天昏月黑的時候，但率敢死士五百人，潛劫敵寨。欽陵按兵自守，不為所動，怎奈右營部將跋地設，引兵遽遁，害得欽陵也不能堅持，只好退去。

常之從容回軍，敬玄才得拔營徐退，返入鄯州。

審禮子易從等，聞父陷虜，自縛詣闕，願入吐蕃贖父。高宗乃飭令省親，及至吐蕃，審禮已受創身亡，易從晝夜哀號，吐蕃亦加憐憫，許還遺屍，易從徒步負歸。高宗贈審禮工部尚書，賜謚曰僖，並給子旌表，闡揚忠孝。不略易從事，亦表揚孝子之意。且擢黑齒常之為左武衛將軍，充河源軍副使，召敬玄還朝，貶為衡州刺史。監察御史婁師德，曾應猛士詔從軍，及敬玄敗績，賴師德收集散亡，軍乃少振。高宗命他宣諭吐蕃，吐蕃將贊婆，盛兵來迎，經師德一番開導，與陳禍福利害，說得贊婆心悅誠服，情願修和。嗣是吐蕃兵不入唐境，約有數年。

自薛仁貴退敗，以至李敬玄敗還，時間已經過八九年，改元兩次，咸亨四年，改為上元，上元二年，改為儀鳳。仁貴事在咸亨元年，敬玄事在儀鳳三年，這八九年間，外事除吐蕃外，只有東方交涉，已經略詳，內事雖沒甚變動，恰也不止一許敬宗病死，因改任左右僕射等情，小子不得不再行補敘，撮要表明。眉目分明。當武氏擅權後，高宗嘗患風眩，不能視朝，所有百官奏事，多令武氏裁決，武氏智足飾非，才能屈眾，無論親疏貴賤，但教順彼即生，逆彼即死。高宗不敢過問，一聽所為。先是武氏父士彠身死，前妻相裡氏生下二子，長名元慶，次名元爽，後妻楊氏生下三女，長女早寡，季女已亡，中女便是武氏（回應第十七回）。元慶元爽，及從兄唯良懷運，待遇楊氏，向多失禮。武氏未入宮時，亦嘗遭他白眼，因此武氏母女，引為深恨。及武氏得寵，一躍為後，楊氏得封榮國夫人，後姊亦得封韓國夫人，元慶為中正少卿，元爽為少府少監，唯良為司衛少卿，懷運為淄州刺史，一門富貴，烜赫無論。榮國夫人語唯良道：「汝等尚記前日事否？今果何如？」唯良道：「我等因功臣子姪，得備一官，今為戚屬增榮，反恐位高益危哩。」不肯逢迎榮國，卻是一個硬頭子。夫人銜怨益甚，遂勸武氏佯作退讓，上了一道陳情表，乞把私親外徙，以示大公。口是心非。高宗乃出唯良為始州刺史，元慶為龍州刺史，元爽為濠州刺史。元慶憂死，元爽坐事流揚州，亦即殞命。獨韓國夫人出入禁中，與高宗不相避忌，高宗愛她性情柔媚，與妹相似，索性一視同仁，也與她結成鸞鳳緣。韓國有女，又是一個天生國色，嬌小風流，高宗是色中魔鬼，見一個，要一個，那女子又素秉家傳，不管什麼老小，但蒙君王愛寵，也樂得移花接木，抱衾承恩。諷刺得妙。母女依次被幸，只瞞著一個妒後。無如天下事若要不知，除非莫為，況武氏非常乖巧，哪有不窺出情景，瞧破機關？她卻佯作不知，仍與韓國夫人，往來如舊，且更增幾分歡暱，時常與宴，暗地裡放下毒藥，竟將韓國鴆死。高宗哪裡知曉，總道她是暴病身亡，偷下幾點情淚，又加封韓國女為魏國夫人，算是報答韓國的情誼。這魏國夫人感激萬分，更欲以身報德，惹得高宗越加憐愛，幾乎要冊作妃嬪，只因礙著武氏面目，不便啟口。武氏也已瞧透，仍復不動聲色，伺隙逞謀，可巧唯良懷運，同時入朝，獻上食物，武氏得此機會，計上心來，又密在食物中，加入許多鴆毒，卻故意召進魏國夫人，令她先食。魏國未曾防著，到口便吞，霎時間心腹暴痛，跌倒地上，少頃便七竅流血，一縷芳魂，投入枉死城。武氏忙令內侍去請高宗。及高宗到來，佯作悲號，一口咬煞唯良懷運。高宗看那魏國夫人，死得甚慘，不由的淚下潸潸，比那韓國身死時，尤加淒切。母女相繼暴死，全是你一人害之。武氏帶哭帶語，說是唯良懷運，意圖鴆主，適值魏國遭晦，前來替死，應一面厚賜賻恤，一面追究罪名。高宗惜玉情深，聞了此言，恨不把唯良懷運，親自手刃，才得洩恨，於是不察情偽，竟寫了手諭，頒發大理，立將唯良懷運處斬，可憐唯良懷運，有口難分，平白地被他掭縛，梟首市曹。一計殺三人，忍哉武氏。

武氏改二人姓為蝮氏，令韓國夫人子賀蘭敏之，奉士彠祀。外孫繼外祖，也是特創。魏國發喪，敏之入吊，高宗倚棺大慟，敏之也哀哀痛哭，一無勸詞。武氏又暗忖道：「是兒不良，恐不免疑我呢。」越數月，又將敏之出謫，竄死貶所。既而楊氏病歿，追封魯國夫人，予謚忠烈，尋又加贈武士彠為太原王，進魯國夫人楊氏為王妃。上元元年，高宗自稱天皇，號武氏為天後。武氏內懷陰毒，外託寬仁，居然條陳十二事，請高宗施行！（一）勸農桑，薄賦傜。（二）給復。（三）息兵。（四）禁浮巧。（五）省力役。（六）廣言路。（七）杜讒口。（八）王公以降，皆習老子，以尊聖緒。（九）父在為母服齊衰三年。（十）上元以前勛官，已給告身，不必追核。（十一）京官八品以上，增給廩餼。（十二）百官久任，應量才進階，疏通遲滯。這十二條綱目，多半與輿情相合，一經頒出，都下人士，各稱皇后賢明。傳頌一時，高宗當然照行，且加褒美。武氏復親祀先蠶，躬蒞蠶事，且大集諸儒，撰定《列六傳》、《臣軌》、《百僚新誡》、《樂書》等千餘篇，自行裁定，差不多是熙朝政典，當代女宗。吾誰欺，欺天乎。

太子弘仁孝謙謹，頗不似武氏狡獪，每見武氏專擅，略加譏諫，遂忤母意。蕭淑妃生有二女，一為義陽公主，一為宣城公主，因母得罪，被幽掖庭，年齡逾三十外，尚未遣嫁。弘代為悱惻，申請下降。武氏大為怫意，即將二公主分配衛士。高宗取裴居道女為太子妃，裴女頗盡婦道，武氏不悅，太子也把裴女白眼相待，上元二年初夏，太子弘從高宗幸合璧宮，由武氏親賜酒食，弘以誼關母子，當無他意，當即醉酒飽德，臨行時尚不覺痛苦，及隨駕入宮，才覺腹中膨脹，服藥無效，呻吟了好幾日，竟爾死了，年只二十四歲。親生子尚且毒死，遑論別人？高宗本異常鍾愛，陡遭此變，幾乎痛不欲生，經侍臣多方勸慰，才行止哀。所有喪葬制度，竟許用天子禮，謚為孝敬皇帝。太子死謚皇帝，也是從古未有。御製睿德紀，刻石陵側。太子妃裴氏，痛失所天，更因武氏常加虐待，免不得悲懼兼併。自古有道「憂能致疾」，婦女更且加甚。弘死後才及年餘，這裴氏已懨懨成病，變成了一個癆損症，拖延床褥，好幾月也入鬼門。還是死得清脫。高宗覆命以後禮治喪，謚她為哀皇后。太子弘有弟三人，一名賢，一名哲，一名旦，皆武氏所出。賢容止端重，恣性聰敏，少時讀書，過目不忘，曾受封為雍王，高宗亦頗愛寵，因弘已病故，乃令賢繼立。

甫經二年，高宗又下詔改元，易儀鳳為調露，偕武氏巡幸東都，命太子賢監國。原來武氏害死后妃，雖得一時快志，心下也覺不安，往往夢寐時間，見二人被髮瀝血，狀甚可怖，後來疑上加疑，明明醒著，也覺二人站立身旁，因此情虛思避，特在京都東北隅，另造一座蓬萊宮，建築很是華麗，比舊宮宏壯數倍，武氏就此遷居，連高宗也移仗過去，稱故宮為西內，新宮為東內，在武氏的意見，總道遷地為良，免得冤鬼日來纏擾，哪知這二鬼仍然隨著，不肯相離，這是疑心生暗鬼，並非二鬼有靈。沒奈何召入巫祝，多方禳解，正諫大夫明崇儼，素尚左道，勸武氏別幸東都，定免鬼祟，武氏遂慫恿高宗東幸，高宗怎敢不依？及至東都，果然心神恬適，厲鬼不侵。一住數月，聞太子賢居守長安，處事明審，為世所稱，高宗卻也安心。偏明崇儼密白武氏，謂：「太子福薄，不堪繼體，唯英王哲貌類太宗，相王且貌當大貴，兩子中擇立一人，方可無虞。」武氏正信任崇儼，遂以為賢不當立，陰生悔意，只因賢無過可指，勉強容忍，但自撰《孝子傳》《少陽政範》等書，陸續賜賢，書中暗寓訓斥的意思。賢本是個聰明人物，窺出奧妙，也疑母後別有用心，於是母子間復生嫌隙。越年復改元永隆，高宗與武氏尚在東都，明崇儼有事西歸，途次為盜所殺，左道何故沒用？武氏疑由賢主使，大索盜犯，數月不得。賢時懷惴懼，也起了一片醇酒婦人的思想，徵逐聲歌，狎暱廝養。嘗賜戶奴趙道生金帛，由司儀郎韋承慶諫阻，非但不從，反且見斥。承慶遂報知武氏，武氏召太子賢至東都，且遣薛元超裴炎高智周三人，往搜東宮，授以密囑。三人承顏希旨，竟至東宮檢查。得皂甲數百具，即作為反證，且誘令道生訐告太子，硬把明崇儼殺死事，加在太子賢身上，說由太子所使，一番冤冤枉枉的鍛鍊，竟當做確確鑿鑿的獄詞，武氏遂提出大義滅親四字，擬把賢置諸死地。還是高宗代子乞情，但廢賢為庶人，貸他一死，幽錮別室。未幾又流徙巴州，貶左庶子張大安為普州刺史，竄太子洗馬劉訥言至振州，趙道生等伏誅。小子有詩嘆道：

群生誰不顧天倫？況復情兼母子親。
一謫已稀偏再謫，世間無此忍心人。

賢已廢錮，英王哲得立為太子，頒詔大赦，且改次年為開耀元年，唯是時尚有一段外事，不宜從略，容至下回敘明。

觀薛仁貴之敗於吐蕃，其不得為統帥才，更可知矣。若李敬玄則等諸自鄶以下，更不足譏。劉仁軌以私嫌故，特登薦牘，令其僨事而後快，然則仁軌亦固非純臣歟？要之唐當高宗之季，已為由盛趨衰之時代，乾綱不振，陰柔日長，如武氏之加害同宗，種種構陷，已足令人髮指，甚且舉二子而殘賊之，天下有忍於其子者，尚足與言人道乎？易牙殺子媚君，管仲謂其不近人情，武氏之忍，過於易牙，而高宗且為所牽制，不敢少違，吾不知武氏何術，竟玩高宗於股掌之上也。外有強虜，內伏女戎，唐室寧尚有豸乎？故知本回文字，實為唐室盛衰之一大樞紐也。

第二十九回　裴總管出師屢捷　唐高宗得病告終

卻說西突厥阿史那都支，陽受唐朝封命，暗中乃與吐蕃連和，侵逼安西（應二十七回）。廷議欲發兵往討，尚未裁決。是時裴行儉又經起用（行儉遭貶，見二十四回），累擢至吏部侍郎，獨奮然獻議道：「現在吐蕃方強，李敬玄失律，劉審禮殉難，怎得更為西方生事？今波斯王已死，嗣子泥涅斯，入質京師，何不遣使送歸，道出西突厥，乘便取虜，或可不勞而定呢？」高宗准議，即令行儉冊送波斯王，兼安撫大食使。原來波斯國在突厥西南，漢晉時本稱強國，至南北朝時，勢已浸衰。突厥勃興，嘗蹂躪波斯，波斯益困。西方又有一大食國，陳宣帝時，出了一個摩訶末（一譯作謨罕默德），新創一教，自為教主，就是世俗所稱的回回教祖。教徒甚眾，以傳播宗教為名，侵略鄰近，波斯適當沖途，遂不免受他憑陵，貞觀初年，摩訶末死，後嗣仍遵舊旨，屢侵波斯西境。波斯東憂突厥，西逼大食，幾乎不能自存，幸虧突厥為唐所滅，東顧少紓，只西境仍時虞侵擾，乃遣使入貢唐廷，求唐保護。唐廷因鞭長莫及，虛與委蛇。

既而波斯王伊嗣俟，被大食擊逐，竄死吐火羅。有子卑路斯，隨父避難，由吐火羅發兵送歸。

大食兵雖暫時解圍，始終不肯罷手。卑路斯無法可施，只得再向唐廷乞援。高宗正遣使臣出赴西域，分置州縣，乃以疾陵城為波斯都督府，即拜卑路斯為都督；卑路斯遣子泥涅斯入侍。調露元年，卑路斯死，泥涅斯應還國襲位，於是裴行儉擬乘著便通，往襲西突厥。既已奉旨准行，又奏調肅州刺史王方翼為副。行經西州，正值盛暑，揚言俟秋涼再進。阿史那都支，也恐唐軍襲擊，遣人偵探，及聞他待涼方行，樂得尋些快活，消遣光陰。正中裴公之計。行儉卻號召四鎮（即安西四鎮，見二十六回及二十八回）酋長，假意與語道：「我生平最喜畋獵，今正好趁著空閒，往獵一周，敢問何人願隨我去？」番眾以遊獵為生，聽了此言，所有酋長子弟，無不喜躍願從。行儉又道：「爾等既願同行，應該受我約束。」大眾又齊聲應諾。行儉遂簡選萬人，勒成部伍，令他兼程前行，不得回顧。行近都支帳下，只隔十餘里，便遣人問都支安否？都支突接唐使，不覺大駭，嗣見來使所言，很是和平，並未加責，總道是不與為難，遂率子弟五百餘人，往謁行儉。行儉佯表歡迎，暗中卻設伏待著。至都支入營，一聲號令，伏兵齊起，竟將都支拿住，五百人統體被拘，竟一個兒不曾溜脫。只都支有別帥遮匐，尚戍守西境，行儉復自率輕騎，掩殺過去。遮匐猝不及防，也只好束手出降。行儉執住二酋，大功告成，便令泥涅斯自還國中，留王方翼駐安西，修築碎葉城，刻石銘功，自押二酋還京師，入朝獻俘。

高宗賜行儉宴，且面獎道：「卿提孤軍，深入萬里，兵不血刃，擒夷叛黨，真所謂文武兼備了。」遂授他禮部尚書，兼檢校右衛大將軍。阿史那都支等，錮死獄中。尋又遣行儉為定襄道大總管，往討東突厥，隨筆遞入。先是東突厥破滅，曾遣殘眾三百帳至雲中城，由阿史德氏為首領，後來生齒漸蕃，特徙瀚海都護至雲中，改名雲中都護（見二十七回。）阿史德氏詣闕面陳，請援照番俗，立親王為可汗，統轄部民。高宗道：「今稱可汗，就是古時的單于，可改稱雲中府為單于大都護府，令皇子殷王旭輪遙領便了。」阿史德氏歡躍而去，自是數年無寇警。後來殷王旭輪，累徙封相王，易名為旦(就是前回的相王旦)。

所有單于大都護的兼職，也即撤銷。

當裴行儉出使波斯時，單于府忽生叛亂，阿史德氏溫傅奉職二部，擅立阿史那泥熟匐為可汗，反抗唐廷。塞北二十四州酋長，一併響應，北方大震。高宗命單于府長史蕭嗣業，及右領軍衛將軍苑大智，右千牛衛將軍李景嘉等，統兵往征。嗣業等屢戰屢捷，恃勝而驕。會值雨雪連綿，沙漠無行人，因閉營夜宴，毫不裝置，誰料突厥兵竟傾寨前來，突入唐營。嗣業倉猝先奔，眾遂大亂，喪亡無算。還是大智景嘉，引兵斷後，且戰且行，方得馳入都護府中。高宗接得敗報，下詔嚴譴，流嗣業至桂州，免大智景嘉官，特令裴行儉為行軍大總管，與豐州都督程務挺，幽州都督李文暕，總兵三十餘萬，殺奔朔方。到了朔州，行儉語部將道：「撫士貴誠，制敵尚詐，前時蕭嗣業有勇無謀，所以致敗，我豈可再蹈覆轍呢？」好謀而成，是行軍要著。乃詐設糧車三百乘，每車選壯士五人，各持短刀強弩，蜷伏在內，外用羸卒數百人護著，徐徐前行，別用精軍數千名，抄出旁路，擇險伏著，接應這假糧車。突厥騎兵，登高遙望，見有糧車到來，飛步上前，就勢攻奪。羸卒棄車散走，一任虜騎運去。虜騎驅就水草，解鞍牧馬，擬向車中取糧，不意壯士突出，一陣亂斫，殺斃虜騎多人，虜騎驚走，復為伏兵所邀，殺獲幾盡。嗣是糧車往來，虜莫敢近。

及抵單于府北，日暮下營，掘塹已周，行儉左右巡視，忙令將士移就高崗。諸將皆言士卒已安，不宜再動，行儉道：「你等到了明日，自能分曉，快快移營為妙。」將士不敢違慢，方才遷移，是夜風雨暴至，幾似山崩地塌一般，黎明俯視，見前所營地，水深丈餘，乃相率驚服，各入帳問明緣由。行儉笑道：「自今但從我命，不必問所由知。」諸將皆默然而退。此非行儉獨具神智，無非隨時小心，視有致雨之兆，所以移軍。及雨止水涸，行儉急命進軍。到了黑山，泥熟匐奉職兩人，領著番騎前來接戰。行儉固壘不動，聽番騎前來突陣，只准守，不准攻，待敵氣已餒，方傳出一聲軍令，命程李二將為左右翼，自為中軍，開營馳擊，包抄過去，好似天羅地網，罩住番軍。奉職中矢受擒，泥熟匐還想脫逃，由行儉大呼道：「活擒泥熟匐，賞萬金！殺死泥熟匐，賞千金！無論我軍與敵軍一例給賞。」番兵正苦不得脫身，驀聞得這般軍令，便倒戈而入，立將泥熟匐刺死，持首乞降。行儉並不失信，即將千金散給，用降兵為前導，進搗敵巢。阿史德溫傅，留守巢穴，聞泥熟匐等全軍覆沒，嚇得魂膽飛揚，似飛的逃入狼山去了。

唐廷遣戶部尚書崔知悌，馳往定襄，宣慰將士，且處置餘寇，行儉乃引軍東歸。到了開耀元年，溫傅又整繕兵甲，迎立頡利子阿史那伏念為可汗，再寇原慶二州，乃仍敕行儉往征，副以左武衛將軍曹懷舜，及幽州都督李文暕。懷舜率步兵先行，遇伏念軍，伏念用詐降計紿懷舜，懷舜不加防備，被伏念乘隙襲擊，棄軍而走，返至長城口，敵兵尚滾滾殺來。懷舜只好括聚金帛，齎賂伏念，與他約和，伏念乃北去。行儉至陘口，接得懷舜敗耗，按兵自固，但遣使與伏念申盟，勸攻溫傅，一面復向溫傅致書，令拒伏念。兩人一行一守，未曾面洽，遂墮入反間計，害得惶惑不定，行儉又探得伏念輜重。留在金牙山，遂密令輕騎掩擊，竟得將輜重劫來，連伏念妻子，也一併拘到。伏念驚惶失措，走保細沙。行儉又使副將劉敬同程務挺等，晝夜追躡，逼得伏念情急勢窮，乃遣使至軍前，情願執獻溫傅，自贖前愆。劉敬同等限期執獻，果然伏念遵限，把那溫傅縛獻軍前，且偕敬同等詣行儉營，面行投誠。行儉命隨同入朝，許他不死，伏念沒法，只得與溫傅同作俘虜，趨詣闕廷。你用詐降計，無怪他人用誘降計。行儉入闕獻俘，面請赦免伏念，高宗已是允許，不意侍中裴炎，嫉行儉功，奏稱伏念為程務挺等所逼，窮蹙乞降，並非本心，不如正法以免後患。高宗被他煽惑，竟命將伏念溫傅，上同斬首。且因伏念受擒，功出程務挺等，止封行儉為聞喜縣公。同是姓裴，還要遭忌，遑問他人。行儉嘆道：「渾濬爭功，系晉初滅吳事。古今所恥，我亦何敢言功哩？但恐朝廷殺降人，外人望風生畏，將不復來，這卻可慮。」因此稱疾不出。

高宗以突厥告平，又因太子生男，名為重照，兩喜交集，復改元永淳，才經月餘，西突厥遺裔阿史那車薄，復率十姓造反，那時又要用著裴行儉，再令為大總管，指日出師。師尚未發，行儉得病而終，年六十四，贈幽州都督，賜謚曰獻。行儉聞喜人，少工書法，草隸尤佳，與褚遂良虞世南齊名。及長，練習戰陣，通陰陽曆術，每戰輒預知勝負，且雅善知人。其時華陰人王勃楊炯，范陽人盧照鄰，義烏人駱賓王，均以文藝著名，傳揚海內。李敬玄尤加器重，引示行儉，行儉私語敬玄道：「士當先器識，後文藝，勃等雖有才華，終嫌浮露，怎得安享祿位？我恐他未必令終。唯楊子較為沉靜，可得令長，當不至有他患哩。」敬玄尚未肯信。後來勃渡海墮水，驚悸致死。勃嘗陳《祥道表》，撰《鬥雞檄》，作《滕王閣序》，垂名文苑。照鄰遇惡疾，憤不欲生，自沉穎水。曾著有《五悲文》。駱賓王為徐敬業府僚，及敬業敗死，賓王不知所終，詳見下文。只有楊炯以盈川令終身，均如行儉所言。王楊盧駱亦就此帶過。行儉所引偏裨，亦多為名將，破都支時，曾得一瑪瑙盤，廣二尺許，文采燦然。出示將士，軍吏捧盤升階，誤跌致碎，嚇得心膽俱裂，叩頭不止。行儉笑道：「爾非故意跌碎，何必如此恐慌呢？」言下毫無吝色。至戰勝回朝，所得賞賜，悉頒給部下，以此行儉病歿，軍士咸哀。有此名將，應該詳敘。

唯西征少一統帥，急切不能出師，虧得安西都護王方翼，逆戰伊麗水上，擊破虜眾，斬首千餘級。十姓酋長，糾眾再至，方翼又出兵熱海，與他對仗，流矢貫入臂中，他卻用佩刀截去，仍復督戰，卒破勁敵，擒住番目三百餘。車薄遠遁，西突厥復平（方翼系裴行儉裨將，寫方翼處，尚是寫行儉處）。那東突厥餘黨阿史那骨篤祿，阿史德元珍等，忽招集潰亡，據住了黑沙城，復寇并州，及單于府北境，殺嵐州刺史王德茂，分兵四掠。唐廷又起薛仁貴為右領軍衛將軍，兼檢校代州都督。仁貴率兵至雲州，截擊元珍。元珍見唐軍陣內，現出薛字旗號，不由的驚異起來，便出馬大呼道：「唐將何人，敢來與我戰麼？」仁貴在陣後應聲道：「大唐將軍薛仁貴，豈怕你這等毛賊？」元珍又道：「休來誑我！薛將軍已是坐罪被流，早經身死，哪得復有第二個薛仁貴呢？」言未已，唐陣中突出一員大將，手提方天戟，身騎紅鬃馬，長髯豐頷，矍鑠精神，瞋目顧元珍道：「本帥薛仁貴，奉天子命，特來剿滅汝等毛賊。汝知本帥厲害，應該自縛來降，奈何反說我已死？汝且仔細一認！本帥是否誑汝？」說著，又脫去兜鍪，令他認明。元珍不覺失色，策馬返奔，番眾下馬羅拜，且拜且退。仁貴乘勢進擊，殺得他東逃西竄，似風捲殘雲一般，霎時間掃得精光了。仁貴大捷而還，至代州得病，旋即逝世。高宗聞訃，追贈左驍衛大將軍，令有司供給喪輿，護喪歸裡。子訥亦有勇名，後文再表（仁貴為當時驍將，故詳記始末，俗小說中謂子名丁山，得婦竇仙童樊梨花等，俱有神術，事皆虛誕，故連及仁貴子訥以辨明之）。此時吐蕃亦入寇河源，唐侍御史婁師德，出任河源軍經略副使，與吐蕃兵角逐白水澗旁，八戰八克，虜為奪氣，相率引去。高宗擢師德為比部員外郎，兼左驍騎郎將，師德表辭兼職，有詔說他材兼文武，不得固辭。師德系鄭州原武人，以進士出身，轉歷武階，度量弘遠，智勇深沉。自裴行儉去世後，能文能武的唐臣，要推這婁師德了。總計唐室御夷攘狄，除太宗手自芟夷外，全賴這班武臣猛將，佐定天下。高宗雖然庸弱，還有好幾個宿將留遺，出平外亂，所以太宗高宗時代，大唐聲威，遍及四隅。當時依次置都護府，鎮撫東南西北，都護府下有都督，有刺史，都督轄府，刺史轄州，都護統由唐廷派遣，都督刺史，往往就地選任，凡番部酋長，多充是職。小子前已逐回分敘，茲並總揭一表，開列六都護府如下：

（一）安東都護府。初治朝鮮之平壤城，後移至遼河沿岸之遼東城。

（二）安北都護府。初治鬱督軍山之南麓狼山府，後移陰山之麓中受降城。

（三）單于都護府。治山西之大同府，西北之雲中城。

（四）北庭都護府。治天山北路之庭州。

（五）安西都護府。治天山南路之焉耆。

（六）安南都護府。治嶺南之交州。

這東西南北四隅，唯南方用兵最少，不戰自服。諸小國陸續入朝，如占婆真臘扶南闍婆室利佛逝等國，俱通使唐廷，唐朝威力，可算得古今少有了。就是海外諸國，亦多因海陸交通，通商傳教，教派又有數種，匯錄如下：

（一）祆教。系西洋人曾呂亞斯太所創，素尚拜火，故又稱拜火教，波斯人多宗之，後來改宗回教。

（二）摩尼教。系波斯人摩尼所創，源出拜火教，回紇人多宗之。

（三）景教。即耶穌教之一派。唐貞觀年間，波斯人阿羅本，齎其經典來長安，太宗亦頗崇信。為建景教寺於京師，高宗時更命各州設景教寺，後改稱大秦寺。

（四）回教。即摩訶末教，盛行於大食國，見本回文首。

（五）佛教。漢時已入中國，唐玄奘求經天竺，齎歸長安，佛教益興。日本僧道昭最澄空海等，亦入唐傳佛法，互證玄理。

「九天閶闔開宮殿，萬國衣冠拜冕旒。」這是唐人所詠的詩句。當太宗高宗時，確有這種景象，並非虛誇。高宗常往來兩都，外族亦隨地入覲，晚年武氏專政，也嘗御光順門，令四夷覲見，已與皇帝相似。嗣後成為常例。武氏且攛掇高宗，遍封五嶽，乃命在嵩山南麓特築奉天宮。監察御史里行李善感入諫道：「陛下前封泰山，告太平，致群瑞，已足與三皇五帝比隆，近來年穀不登，餓莩載道，四夷交侵，兵車屢出，還請陛下恭默思道，修德禳災，若再廣營宮室，勞役不休，恐天下失望，反為不美呢。」高宗雖也有三分明白，但內為武氏所制，不能自主，只好置諸不理。唯自褚遂良韓瑗死後，中外均莫敢進言，差不多有二十年，至善感始陳讜論，時人稱為鳳鳴朝陽。不沒諫臣。但言不見從，終歸無益。

武氏外好鋪張，內肆毒虐，貶置杞王上金，及鄱王素節，又逼死曹王明，鎮日裡行凶逞威，暗無天日。杞王上金，系高宗妃楊氏所生，武氏有己無人，恨母及子，因把他削奪封邑，安置澧州。素節為蕭淑妃所生，淑妃冤死，出素節為申州刺史，素節著《忠孝論》，表明己意，倉曹參軍張柬之，密封上聞，欲高宗保全素節，偏為武氏所見，益加怒意，陰嗾廷臣誣他受贓，徙置袁州。曹王明乃太宗少子，母為巢刺王妃，曾見前文。永隆中，曾坐太子賢事，降封零陵王，謫居黔州。都督謝祐，陰承武氏意旨，逼令自殺。還有英王哲妃趙氏，為高祖女常樂公主所出，高宗待公主頗厚，武氏又加猜忌，遷怒英王妃，把她幽閉，不給火食，活活的餓死禁中。親子可殺，何況子婦。且逐妃父趙瓌，出為括州刺史，令公主隨夫至官，不准入朝，另納韋玄貞女為英王繼妃。

武氏生四子一女，女封太平公主，獨能得母歡。儀鳳中，吐蕃請公主下嫁，武氏不欲愛女遠行，乞為道士，以拒和親，既而公主服紫袍，系玉帶，首戴巾幘，入侍親前，且歌且舞。武氏大笑道：「兒非武官，何為著此服飾，莫非瘋了不成？」公主答道，「何妨轉賜駙馬。」急欲出嫁，故有後文許多穢聞。高宗聽了女言，已知微意，遂擇薛瓘子紹為婿，令公主下嫁。紹母即太宗女城陽公主，本適杜荷（見二十七回小注中），荷坐承乾事被誅，乃改嫁薛瓘。瓘有三子，長名顗，次名緒，紹為最幼，生得面如冠玉，不讓潘安，所以高宗特為選入，假萬年縣為婚館，門隘不能容翟車，有司毀垣以入。設燎遍途，道樾為枯。公主貌亦絕倫，一對璧人，當然恩愛，不消細說。唯武氏聞顗妻蕭氏，緒妻成氏，均非貴族，意欲令二瑀人易妻，顧語內侍道：「我女貴人，豈可與田舍女作妯娌麼？」勢利至此。語未畢，即有一人接口道：「蕭氏系蕭姪孫女，也是國家的勛舊呢。」武氏聽了，才算把意見蠲除，不生異議。蕭成二女倖免離婚，但看到後文事，我說還不如早離呢。

到了高宗末年，又改元弘道；擬出封嵩山，駕幸奉天宮，忽然間頭眩目迷，幾不能視。色慾大過，宜成此疾。侍醫張文仲秦鳴鶴道：「肝風上逆，須急用針砭，方可療疾。」武氏本伴駕同行，至此亦在帝側，便發怒道：「二人可斬，龍體豈可針灸麼？」張秦二人，碰了幾個釘子，慌忙伏地磕頭。高宗道：「醫官為療疾起見，何足言罪？我頭眩愈甚，快與我針治好了。」兩人才敢起身，一再加刺，應手奏效。高宗喜道：「我目已明，難得有此妙手呢。」武氏聞言，即起身拜天道：「這都是上天所賜，怎敢不敬謹拜謝？」拜畢，又轉身向內，自負彩段百匹，賜給二醫。秦張謝恩而出，既而舊疾復作，仍苦迷眩，又欲召二醫針治。武氏道：「可一不可再，針治究非良策呢。」乃請高宗還東都。看官！你道武氏種種言行，是真心愛高宗麼？高宗年已半百，精力已衰，武氏年齡比高宗尚大三四歲，偏她生得豐采異常，望去尚是半老佳人，並不像五六十歲的形狀。就是枕蓆風光，不減情興，她因高宗沒用，已看作眼中釘，表面上是禱祝高宗速痊，背地裡恰咒詛高宗速死，老天有意從人願，竟令高宗的頭眩病，日甚一日，至返東都後，且臥床不起，自覺甚危，遂詔太子哲監國，命裴炎劉景先郭正一三人，兼東宮平章事，又越數日，疾已大漸，夜召裴炎等，入受遺詔，當即歸天，享壽五十六歲，在位三十四年。改元至十有四次（永徽、顯慶、龍朔、麟德、乾封、總章、咸亨、上元、儀鳳、調露、永隆、開耀、永淳、弘道）。小子有詩嘆高宗道：

男子主剛女主柔，如何權力竟相侔？
綱常倒置危機伏，禍始原來是聚麀。

高宗已崩，太子哲即位，就是《唐史》上所稱的中宗皇帝。看官欲知中宗時事，待至下回再詳。

前半回文字，兩敘裴行儉征虜，而王方翼薛仁貴婁師德事，即順次帶敘，蓋以裴為主，王薛婁三人為賓，屬辭比事，獨分詳略，所以別當日之武功，說本回之文法，固非率爾操觚者比也。中敘六都護一段，為前數回作一總束，俾閱者於目不暇接、腦不遑憶之時，得此揭橥，自覺瞭然，故看似閒筆，實為萬不可少之文字。下半回申述武氏之殘毒，簡而能賅，蓋將述高宗之崩逝，故特就弘道先後年間，關於武氏之處置親屬，一概敘清，省得後文另起爐灶，且於時事亦不致錯雜，而高宗之崩，乃可依次敘下，語在此而意在彼，此亦一文中賓主法也。

第三十回　被廢立廬陵王坐徙違　良策徐敬業敗亡

卻說中宗為高宗第七子，原名為顯，初封周王，改封英王，易名為哲，兄賢被廢，哲乃入立為太子。高宗駕崩，遺詔令太子嗣位，遇有軍國大事，應兼取天後進止。中宗質本庸柔，素為悍母所制，怎能自奮皇綱？當下尊天後武氏為皇太后，一切政事，均歸太后裁決。武氏即臨朝稱制，自武氏為後後（本書只稱武氏，隱寓《春秋》書法），加授韓王元嘉為太尉，霍王元軌為司徒，舒王元名為司空，滕王元嬰為開府儀同三司，魯王靈夔為太子太師，五人皆高祖庶子。越王貞為太子太傅，紀王慎為太子太保，二人皆太宗庶子。這數王同時受封，無非因他地尊望重、隱加籠絡的意思。又進劉仁軌為尚書左僕射，岑長倩為兵部尚書，魏玄同為黃門侍郎，裴炎為中書令，劉景先為侍中，大赦天下，即以中宗元年正月朔日，稱為嗣聖元年。過了元日，冊妃韋氏為皇后，擢後父玄貞為豫州刺史。中宗素愛韋后，至欲進後父為侍中，裴炎以玄貞無功，不宜遽躋高位，因入朝諫阻，中宗不從，炎再三力爭，惹得中宗怒起，厲聲叱道：「我把天下給韋玄貞，也無不可，何況區區一侍中呢？」甫經嗣位，就如此糊塗，怪不得後來死在後手。炎不禁惶懼，轉白太后武氏。武氏忽憶起前情，遂想出一種廢立的計策來了。

先是西蜀人袁天綱，曾官并州令，素精相術。唐初天策府功臣，多經天綱相視，言無不驗。武士彠聞他善相，亦邀至家中，令遍視家屬。天綱見武氏母楊氏，便道：「夫人當生貴子。」及見二子元慶元爽，又道：「將來官至三品，但不得貴顯終身。」嗣見武氏姊韓國夫人，便嘆息道：「此女也是貴相，可惜不利藁砧。」武氏尚幼，經保母抱她入堂，給以男孩，天綱注目細視，不禁驚異道：「這果是男孩麼？若換作女子，乃是不可限量了。」士彠笑道：「果是女子，將來有何結果？」天綱道：「龍瞳鳳頸，相當極貴。」士彠道：「想是好作皇后了。」天綱道：「貴為皇后，還是意中事。我看來尚不止此。」士彠道：「莫非做女皇帝不成？」天綱道：「女子如有此相，當真要做女皇帝。」（語見《唐書．袁天綱傳》，並非揑造，且天綱以技術著名，前文未曾載及，藉此補敘，亦足彌闕。）士彠亦似信非信，至武氏長大起來，兄姊等常以女皇帝三字，作為戲言。武氏少讀書史，曉得歷朝以來，從沒有女皇帝出現，所以天綱遺言，也當他是笑談，不足憑信，誰意時來運湊，福至心靈，由才人進為昭儀，由昭儀進為皇后，由皇后進為太后，步步春風，事事如意，於是得隴望蜀，想實驗那天綱所言，居然欲做女皇帝了。術士多貽誤國家，觀此益信。可巧中宗枉法，裴炎進讒，樂得乘間廢立，自作天子。當下與裴炎定謀，乃密召中書侍郎劉褘之、羽林將軍程務挺張虔勖等，勒兵入宮，即於二月五日，集百官於乾元殿，太后武氏，赫然臨朝。中宗隨了出來，欲就御座，忽由裴炎宣太后敕，廢中宗為廬陵王，令程務挺等扶他下殿。中宗愕然道：「我有何罪？」武氏叱道：「汝欲以天下畀韋玄貞，尚得云無罪麼？」中宗無詞可答，只得由他牽去，錮入別室。武氏又問群臣道：「嗣王失德，已經廢立，此後帝位應屬何人？」裴炎即應聲道：「應立豫王。」大眾都極口贊成。看官道豫王為誰？原來就是相王旦。他本名旭輪，曾封殷王（見前回），徙封豫王，改雙名為單名，去一旭字，未幾即改封相王，易名為旦。高宗末又還封豫王，這是高宗少子，與中宗為同母弟兄。高宗本有八子，長名忠，劉氏所出，已經賜死（見二十六回）。次名孝，鄭氏所出，早歲即歿。三名上金，楊氏所出，四名素節，蕭淑妃所出，均已被謫（見前回）。還有弘賢哲旦四子，均是武氏所出。弘被鴆，賢被廢（見二十八回），中宗哲又復廢去，只剩豫王旦一人，申說處最足醒目。裴炎等當然推戴，何煩擬議，只武氏心中，恰想自己做女皇帝，偏經裴炎等推立豫王，眾口一辭，那時又不便獨伸己意，沒奈何允諾退朝。越日立豫王旦為皇帝，改元文明；豫王妃劉氏為皇后，子成器為太子；廢中宗子重照為庶人，流韋玄貞至欽州。武氏仍臨朝稱制，令嗣皇帝居住別殿，所有國政，不得預聞。還是立個傀儡，較為有名。

是時長安無主，乃命劉仁軌為西京留守。仁軌以衰老辭，且舉漢呂后事以作規誡。武氏手書慰勉，仁軌乃奉命而去。未幾病歿，詔令百官赴哭，追贈開府儀同三司。因高宗安葬乾陵，即以仁軌靈櫬陪葬（仁軌不失為忠，故敘筆亦較詳）。武氏又恐廢太子賢，出居巴州，或有謀變等情，會賢作《黃臺瓜詞》云：「種瓜黃臺下，瓜熟子離離，一摘使瓜好，再摘使瓜稀，三摘猶為可，四摘抱蔓歸。」武氏越疑他怨望，密囑將軍邱神勣，馳赴巴州，逼令自殺，佯貶神勣為疊州刺史，自至顯福門舉哀，追復他雍王舊爵（賢封雍王，見二十八回），復尋召神勣為金吾將軍，宮廷始知武氏殺賢事。賢既殺死，復猜忌廬陵王哲，令出居房州，再徙至均州。進兄子武承嗣（元爽子）為太常卿，同中書門下三品。承嗣請追尊祖考，創立七廟，裴炎入諫道：「太后母臨天下，當示至公，不應自私所親，漢呂氏崇封產祿，因以致敗，太后難道未聞麼？」武氏怫然道：「呂氏濫封母族，原足致亡，我是追崇亡親，有何妨礙？」裴炎又道：「凡事當防微杜漸，不應自開端緒，還乞太后明鑑！」武氏始終不從，且有恨裴炎意。嵩陽令樊文揣摩迎合，獻呈文石。武氏命列置朝堂，作為瑞徵。尚書右丞馮元常奏言：「樊文跡涉諂詐，不可誣罔天下。」說了數語，被黜為隴州刺史。嗣是內外臣僚，侈言符瑞，武氏即下敕改元，稱為光宅，旗幟俱從金色。稱東都為神都，大易官名，尚書省改稱文昌臺，僕射改稱左右相，六部為天地四時六官，門下省為鸞臺，中書省為鳳閣，侍中為納言，中書令為內史，御史臺分為左右肅政臺。此外大小官制，亦一律變更。遂尊五代祖武克己為魯國公，妣為夫人，高祖居常為北平郡王，曾祖儉為金城郡王，祖華為太原郡王，父士彠為魏王，妣皆為妃。在洛陽建立五廟，歲時致祭。進武三思為右衛將軍，三思系元慶子，即承嗣從弟。還有武攸暨武攸寧武攸歸武攸望等，俱靠著太后家族，連類升官。武氏前曾貶死二兄，此時胡竟變計？想由承嗣等善諛而來。諸武用事，內官多受排擠，外官又多遭貶斥。李勣孫敬業，襲爵英國公，本任眉州刺史，被貶為柳州司馬。弟敬猷為盩厔令，亦致免官。給事中唐之奇，貶為括蒼令，詹事府司直杜求仁，貶為黔令，長安主簿駱賓王，貶為臨海丞，御史魏思溫貶為盩厔尉。數人俱作客揚州，同病相憐，遂協謀起兵，借匡復廬陵王為名，推敬業為統帥，思溫為謀主，悄悄的舉起事來（武氏原是應討，但因失職舉事，未免有私，故敘筆亦含貶意）。思溫想了一法，先令私黨監察御史薛璋（一作仲璋），求使江都，既得此差，又令雍州人韋超，訐告揚州長史陳敬之謀反。璋立收敬之系獄，敬業矯稱揚州司馬，是說奉旨讞獄，提出敬之，把他殺死。當即開府庫，赦囚徒，復稱嗣聖元年，立起幕府三所，一名匡復府，一名英公府，一名揚州大都督府。敬業自稱匡復府上將，領揚州大都督事。令唐之奇杜求仁為左右長史，參軍李宗臣及薛璋為左右司馬，魏思溫為軍師，駱賓王為記室，且求得一人貌類廢太子賢，置諸軍中，詭說賢尚未死，逃難至此，令他起兵。理直氣壯之事，何必作此鬼祟。州民頗聞風響應，旬日間得眾十餘萬，乃令駱賓王，草起檄文，移傳各州縣，東南大震，武氏聞警，正擬遣將往討，忽接到檄文一紙，即隨手展開，但見上面寫著：

偽臨朝武氏者，性非和順，地實寒微，昔充太宗下陳，曾以更衣入侍，洎乎晚節，穢亂春宮，潛隱先帝之私，陰圖後房之嬖。入宮見嫉，蛾眉不肯讓人，掩袖工讒，狐媚偏能惑主。踐元后於翬翟，陷吾君於聚麀。加以虺蜴為心，豺狼成性，近狎邪僻，殘害忠良，殺姊屠兄，弒君鴆母。

武氏看到「弒君鴆母」句，微笑道：「我何曾有此事？含血噴人，有哪個相信呢？」(檄文中唯此語近誣，故特借武氏口以辯駁之。)

又覽將下去，便是：

人神之所同嫉，天地之所不容，猶復包藏禍心，窺竊神器，君之愛子，幽之於別宮，賊之宗盟，委之以重任。嗚呼！霍子孟之不作，朱虛侯之已亡，燕啄皇孫，知漢祚之將盡，龍漦帝後，識夏廷之遽衰。

武氏又自言自語道：「話雖未確，對仗卻很是工整哩。」再看下去：

敬業皇唐舊臣，公侯塚子，奉先君之成業，荷本朝之厚恩，宋微子之興悲，良有以也，袁君山之流涕，豈徒然哉？是用氣憤風雲，志安社稷，因天下之失望，順宇內之推心，爰舉義旗，以清妖孽。南連百越，北盡山河，鐵騎成群，玉軸相接。海陵紅粟，倉儲之積靡窮，江浦黃旗，匡復之功何遠？班聲動而北風起，劍氣衝而南門平，喑嗚則山岳崩頹，叱吒則風雲變色。以此制敵，何敵不摧？以此圖功，何功不克？公等或居漢地，或協周親，或膺重寄於話言，或受顧命於宣室，言猶在耳，忠豈忘心？一抔之土未乾，六尺之孤誰託？

武氏又道：「好筆仗！」轉顧左右道：「這篇檄文，不知是何人所作？」有一人接口道：「聞是駱賓王手筆。」武氏嘆道：「有此文才，反令他流落不偶，這豈非宰相的過失麼？」檄文痛斥武氏，她卻未嘗動怒，反說是宰相之過，可見武氏雖是女流，奸雄不亞曹操。再看下去，就是末段文字，辭云：

倘能轉禍為福，送往事居，共立勤王之勛，無廢大君之命，凡諸爵賞，同指山河。若其眷戀窮城，徘徊歧路，坐昧先幾之兆，必貽後至之誅。請看今日之域中，究是誰家之天下！

閱畢，武氏又道：「奇才奇才！但有文事還要有武備，賓王原是能文，敬業未必能武呢。」料事亦明。乃敕令左玉鈐衛大將軍李孝逸，統兵三十萬，往討敬業，追削他祖考官爵，發塚斫棺，複姓徐氏，李勣在時，若力爭武氏之不應為後，當不致有此禍。一面召裴炎入商軍情。炎甥就是薛璋，因他幫助敬業，所以主張緩征，入見時便進言道：「皇帝年長，不親政事，叛黨得援以為辭，若太后指日歸政，叛眾自不戰可平了。」武氏心滋不悅，令炎退去，再召承嗣入議。承嗣道：「叛眾多系烏合，一遇大兵，自然蕩平了。」武氏道：「裴炎卻勸我歸政呢！」承嗣道：「炎甥薛璋，附入叛黨，應該有此說法。適晤及監察御史崔察，且雲炎亦與同謀呢。」武氏遂宣崔察入見，察所對如承嗣旨，並言炎若不反，何故請太后歸政？乃即收炎下獄，命左肅政大夫騫味道，侍御史魚承曄鞫訊，炎語不少屈。或勸炎遜詞求免，炎答道：「宰相下獄，還有生理麼？」誰教你先謀廢立。騫魚兩人，竟鍛鍊成獄，擬處炎死罪。侍中劉景先，及鳳閣侍郎胡元範，均為炎營解，百官亦多謂炎無反意，獨鳳閣舍人李景諶，證炎必反。於是劉景先胡元範，亦被逮下獄，進騫味道檢校內史，同鳳閣鸞臺三品，李景諶同鳳閣鸞臺平章事。既而炎被斬都亭，景先貶普州刺史，元範流瓊州而死。炎從子伷先，為太僕寺丞，年方十七，獨上封事求見。武氏召問道：「汝伯父謀反，汝尚何言？」伷先奮然道：「臣只欲為太后劃計，何敢訴冤？太后為李氏婦，專攬朝政，變易嗣子，疏斥李氏，封崇諸武，臣伯父為國盡忠，反誣以罪，戮及子孫，臣恐人心一變，不可復救了！為太后計，亟宜復子明闢，方保萬全。」可謂大膽。武氏怒道：「小子敢亂言麼？」喝令逐出，伷先且反顧道：「今用臣言，尚是不遲，他日悔將無及呢。」武氏益怒，竟命在朝堂加杖百下，長流瀼州。

是時徐敬業已出兵渡江（敬業已經複姓，故稱徐敬業），會議所向，魏思溫進議道：「明公以匡復為名，宜率大眾鼓行而進，直指洛陽，天下義士，知公有志勤王，自然雲集響應了。」薛璋在旁接入道：「金陵有王氣，且長江天險，足以自固，不若先取常潤二州，倚為根據，然後北向以圖中原，進無不利，退有所歸，乃為良策。」思溫道：「不可！山東豪傑，都因武氏專制，憤悶不平，聞公舉義，皆蒸麥為糧，伸鋤為兵，以待公至，不乘此銳意北圖，乃徒自營巢穴，遠近聞此消息，哪個不解體呢？」敬業終從璋言，不用思溫計，良言不用，安得不敗？遂令唐之奇守江都，自率眾攻陷潤州，執住刺史李思文。思文字敬業叔父，聞敬業兵起，曾遣使上聞，且拒守兼旬，城才陷沒，被執後，思溫請斬首示眾，敬業不許，但令改姓為武，囚繫獄中。思溫嘆道：「不顧大義，專徇私圖，恐敗亡即在目前，我輩無死所了。」何不自去。敬業既得潤州，聞孝逸軍已逼臨淮，乃回軍抵禦，屯駐高郵境內的下阿溪，使弟敬猷守淮陰，別將韋超尉遲昭守都梁山。孝逸遣偏將雷仁智，攻敬業營，為敬業所敗，不敢再進。監軍侍御史魏元忠，語孝逸道：「天下安危，在此一舉，今大軍逗留不進，遠近失望，倘朝廷更命他將來代將軍，將軍將何辭自免呢？」孝逸尚在遲疑，忽聞左鷹揚大將軍黑齒常之，由東都遣發，令為江南道大總管，來援孝逸。元忠又進語孝逸道：「黑齒來援，朝廷已有疑心，為將軍計宜率輕騎往擊淮陰，或都梁山，除他犄角，敬業自無能為了。」諸將尚有異言，謂往擊淮陰都梁，敬業必且赴援，兩面受敵，如何自全？」元忠道：「避堅攻瑕，是兵家至計。敬業精銳，盡在下阿溪，利在速戰，我若一敗，大事去了。唯敬猷出自博徒，韋超等亦非宿將，兵又單弱，易為我克，敬業雖欲往援，勢必不及，我得乘勝前進，雖有韓信白起，也恐不能抵當了。」孝逸乃引兵擊都梁山，陣斬尉遲昭，韋超夜遁，再進軍擊淮陰，敬猷也脫身遁還。於是孝逸遂直攻敬業。

敬業扼溪列陣，擁眾自固。孝逸偏將蘇孝祥，夜率五千人，用小舟渡溪進攻。渡方及半，已被敬業聞知，縱兵奮擊，孝祥不及整軍，只好挺刃血戰，究竟勢孤力渙，不克支持，徒落得渾身受創，墮水而亡，餘眾亦溺死過半。孝逸率諸軍繼退，戰又不利，擬退守石梁。探報敬業營上，有烏鳥噪集。魏元忠與行軍管記劉知柔，同語孝逸道：「這是賊勢將敗的預兆。烏鳥集幕，勢必空營。今敬業未退，烏已先集，豈不是將覆滅麼？今有一策可以破賊。」孝逸問是何策？元忠道：「風順獲乾，利在火攻，將軍何不縱火焚敵呢？」疊觀元忠所言，無不中棨，可惜為武氏爪牙，徒號智囊而已。孝逸極口稱善，遂命軍士各持火具，越溪再戰。敬業正整軍截擊，不意對面敵兵，都用火弓火箭，接連射來，溪邊蘆葦甚多，正值冬天燥烈，朔風猛厲，一霎時四面延燒，捲入陣中，各軍都立足不住，紛紛倒退。敬業尚欲防禦，指揮部下，令驍壯居前，老弱居後，弄得陣勢益亂，被孝逸督軍疾進，一場亂搗，殺得溪流皆赤，岸草齊紅。敬業等逃入江都，料知不能再守，乃焚圖籍，挈妻孥，奔往潤州。到了蒜山附近，見有追兵到來，忙乘舟入江，意欲順流出海，東奔高麗。航行至海陵界，為風所阻，那知部將王那相，竟生變志，哄動兵士，殺死敬業敬猷，及敬業妻子等，共梟得二十五首，持降孝逸軍前。餘黨唐之奇魏思溫韋超薛璋諸人，一併被孝逸捕住，傳首東都。只駱賓王遁去，不知所終（依《唐書本傳》，不從《紀事本末》）。至黑齒常之到江南，已是亂黨肅清，不勞動手了（補筆不漏）。武氏令盡殺徐氏宗族，只有思文得釋出獄，免致連坐，召拜司僕少卿，且面諭道：「敬業改卿姓武，卿可便姓武罷。」思文拜謝而退，尋且加授春官尚書。或言思文字與敬業同謀，乃免官複姓，可憐李勣百戰功勞，只剩了思文一線，留遺曹州，系徐氏本籍。存奉宗祀。

小子有詩嘆道：

欲為兒孫作馬牛，誰知宗族竟全休？
重泉有鬼應增惘，匡復無功逆案留。

敬業敗歿，又有人入譖程務挺，說他與敬業通謀，免不得也要枉死了，下回再行申敘，請看官續閱自知。

中宗欲以天下與韋玄貞，無非是一恨語，不得作為實談，裴炎果忠於事君，何妨委曲調護，今日不從，期諸他日，詎必急白太后，密謀廢立耶？炎只知有武氏，不知有中宗，而其後卒為諸武所傾，梟首都亭，是何若強諫中宗，誓死廷前之為愈也。徐敬業起兵揚州，苟能用魏思溫之策，直指河洛，銳圖匡復，即至兵敗身亡，猶不失為唐室忠臣，乃始以失職生謀，繼以營巢致覆，死不足惜，例以翟義袁粲諸人，且有愧焉。要之私心一起，身名兩敗，裴炎徐敬業，皆以一私字誤之，故本回敘二人事，皆有貶詞，至若李景諶李孝逸輩，佐武忘李，則更不足道云。

第三十一回　敕告密濫用嚴刑　謀匡復構成大禍

卻說羽林將軍程務挺，自預謀廢立後，出任單于道安撫大使，防禦突厥，因阿史那骨篤祿及阿史那元珍等，尚出沒塞外，所以有此調遣（接應第二十九回）。當裴炎下獄時，務挺嘗密表申理，武氏為之不歡。至敬業敗死，或上言務挺與敬業通謀，武氏也不加詳審，遽令左鷹揚將軍裴紹業，馳往務挺軍中，宣敕處斬。務挺夙有勇名，為突厥所畏憚，及聞他正法，宴飲相慶。還有夏州都督王方翼，由安西都護調任（亦應二十九回），與務挺職務相關，且係廢后王氏近親，亦逮捕下獄，流徙崖州，輾轉斃命。

越年，武氏以敬業早平，復改元垂拱，仍遷廬陵王哲至房州。武氏年已周甲，華色未衰，脂粉釵環，未嘗少撤。自從高宗晚年，屢患風眩，不能與武氏常親枕蓆，武氏已鬱鬱寡歡，好容易待到駕崩，臨朝秉政，大權在握，一子廢黜，一子居住別殿，也似禁錮一般，文武百官，要殺便殺，沒一個敢行抗命，正是雌威大盛的時候，無如宮中少幾個面首，終究是玉漏沉沉，繡幃寂寂，驀然想起當年的馮小寶，下體過人，不亞嫪毒（與秦莊襄後私通），樂得叫他再入禁中，重圖歡會（應二十四回）。史稱馮小寶賣藥洛陽，因千金公主以進。稗乘上謂武氏為尼時，已與有染，今從之。小寶當然應召，兩下兒都翻雨覆雲，不減當年情味，武氏遂想出一法，令他為白馬寺主，好借那超度祖宗的名目，往來宮掖，掩飾過去。且因他家世寒微，特命改姓為薛，與駙馬薛紹同族，令紹呼他為季父，何不直呼丈翁？又賜名懷義，寵賚甚優。身且不惜，遑問他物。宮廷內外，明知他是武氏的情夫，只因武氏凶焰滔天，怎敢非議？有幾個不顧廉恥的狗官，反極意趨承，向懷義乞憐。懷義起初尚稍知顧忌，後來漸漸驕恣，出入竟乘御馬，由宦官數人擁護，呵道揚鑣，威赫無比。居然是個天子。士民不及走避，便被鐵爪撾首，流血僕地。遇道士即令髡髮，見朝貴即令下拜，甚至武承嗣武三思等，皆奔走馬前，執僮僕禮。就是對待姑夫，亦不過執子姪禮，何必降為廝僕。右臺御史馮思勖，用法相繩，偶遇諸途，被懷義喝令侍役，毆擊幾死。獨溫國公蘇良嗣，繼劉仁軌後任，留守西京，武氏特召為左相，受職入朝。湊巧碰著薛懷義，勉強與他施禮，懷義竟不答拜，昂若無人。良嗣怒道：「何物禿奴，敢這般傲慢？」懷義驕肆已慣，怎肯忍耐，即與良嗣鬥起嘴來。良嗣竟命左右拖出懷義，並把他掌頰數十下，快哉快哉！氣得懷義火星透頂，急忙馳報武氏。偏武氏向他嬉笑道：「阿師只宜出入北門，若南衙系宰相往來，怎得相犯哩？」武氏畢竟聰明。這數句話，好似向懷義的禿頭上，澆了一碗冷水，淋得氣焰全消，只好自認晦氣，沒處報冤。武氏恐他再去闖禍，便託言懷義有巧思，使入宮營造，不得常出。補闕王求禮，未明武氏用意，反表請閹了懷義，免亂宮闈。看官！你想武氏肯從不肯從？含蓄得妙。

又越年，武氏佯說歸政豫王，豫王倒也聰明，奉表固讓。武氏仍然臨朝，自思內行不正，恐宗室大臣，怨望不服，或致謀變，於是設立銅匭，令置都門，無論何人，統得告密，即將密奏投入匭中，飭心腹隨時取陳。如有遠方告密，且命地方有司，給馬供食，使詣東都，如密奏確鑿，即給官階，否則亦不問罪。看官試想！這種法制，創造出來，不特挾有私嫌的人，可以乘機報怨，就使與人無嫌，也樂得捕風捉影，藉此博個好官兒。胡人索元禮，因告密被召，面對稱旨，立擢為游擊將軍，令他按問罪犯。元禮性最殘忍，推審一人，必誘罪犯扳引數十百人，輾轉牽連，積成冤獄。武氏反說他明干，屢加賞賜。自己本是殘忍，所以同聲相應。尚書都事周興來俊臣等，紛起效尤，競尚羅織，興累遷至秋官侍郎，俊臣累遷至御史中丞，兩人皆養無賴數百名，專令告密，意中欲構陷一人，輒使數處俱告，辭狀相同，立即捕逮，嚴刑拷訊，無不誣服。又撰羅織經數千言，作為祕本，所用刑具，也是特別製造，有定百脈，突地吼，死豬愁，求破家，反是實等名號，或用機捩轉獄犯手足，叫做鳳凰晒翅，或用物絆獄犯腰，引枷向前，叫做驢狗拔橛，或使犯人跪捧大枷，上置累甓，叫做仙人獻果，或使立高木上面，引枷尾向後，叫做玉女登梯，或懸石搥犯人首，或燒醋灌犯人鼻，或用鐵圈梏頭，外加木楔，甚至腦裂髓出，種種酷刑，不可勝舉，每訊囚犯，一聲梆響，械具畢陳，犯人不待上身，已經魂飛天外，始終是一條死路，還是隨口誣供，反得速死，省得熬受嚴刑。所以內外官民，視此三人，比虎狼還加厲害，大家重足屏息，不敢妄發一言。麟臺正字陳子昂，目擊心傷，乃上疏諫阻，略云：

今執事者疾徐敬業首亂倡禍，將息奸源，窮其黨與，遂使陛下大開詔獄，重設嚴刑，有跡涉嫌疑，辭相逮引，莫不窮捕考察，至有奸人熒惑，乘險相誣，糾告疑似，希圖爵賞，恐非伐罪吊人之意也。臣竊觀當今天下，百姓思安久矣，故揚州構逆，殆有五旬，而海內晏然，纖塵不動。陛下不務玄默以救敝人，而反任威刑以失民望，臣愚闇昧，竊有大惑。伏見諸方告密，囚累百千輩，及其窮竟，百無一實。陛下仁恕，又屈法容之，遂使奸惡之黨，快意相仇，睚眥之嫌，即稱有密。一人被訟，百人滿獄。使者推捕，冠蓋如市。或謂陛下愛一人而害百人，天下喁喁，莫知寧所。

臣聞隋之末代，天下猶平，楊玄感作亂，不逾月而敗。天下之弊，未至土崩。烝民之心，猶望樂業。煬帝不悟，專行屠戮，大窮黨與，海內豪士，無不罹殃。遂至殺人如麻，流血成澤，天下靡然，始思為亂，於是雄桀並起，而隋族亡矣。夫大獄一起，不能無濫，冤人籲嗟，感傷和氣，群生癘疫，水旱隨之。人既失業，則禍亂之心，怵然而生矣。古者明王重慎刑罰，蓋懼此也。昔漢武帝時，巫蠱獄起，使太子奔走，兵交宮闕，無辜被害者，以千萬數，宗廟幾覆，賴武帝得壺關三老書，廓然感悟，夷江充三族，餘獄不論，天下以安。古人云：「前事之不忘，後事之師也。」伏願陛下念之！（此奏亦鳴鳳朝陽，故特錄之。）

疏入不省。同三品劉禕之，見武氏所為不合，私語舍人賈大隱道：「太后既廢昏立明，何必再臨朝稱制，不如指日歸政，借安人心。」大隱陽為贊同，背地裡密白武氏。也是告密。武氏當然懷恨，嗣復有人誣告禕之受賕，又與許敬宗妾有私，遂命刺史王本立推鞫。本立宣敕示禕之，禕之道：「不經鳳閣鸞臺，何名為敕？」武氏聞知此語，怒上加怒，竟令處死。禕之臨刑沐浴，自草謝表，立成數紙，仍然慷慨激昂，無一乞憐語。麟閣侍郎郭翰，太子文學周思鈞，見禕之表文，互相讚嘆，不料又為武氏所聞，貶翰為巫州司馬，思鈞為播州司倉。將軍李孝逸，平亂有功，聲望日重，免不得語中失檢，武承嗣等誣他怨望，被黜為施州刺史。承嗣尚以為法未蔽辜，又捏造出數語來，謂孝逸自言名中有兔，兔系月中靈物，當為天下仰望，說得武氏又是滋疑。本擬將他誅死，還是記念前功，特令減死除名，流配儋州。孝逸竟病死貶所。太子舍人郝象賢，系故中書侍郎郝處俊孫，高宗時，處俊曾諫阻武氏攝政，忤武氏意，至是處俊已死，有人誣告象賢，說他私謀不軌，遂令周興推治。這位羅織深文的周侍郎，是個好殺人的魔星，遂任情妄讞，遽說象賢謀反屬實，應予族誅。象賢家人，當然惶急得很，爭向監察御史任玄殖處呼冤。玄殖替他剖辯，反為武氏所斥，先行免官，然後將象賢處斬。象賢臨刑，極口詆罵武氏，把她宮中的淫穢情狀，一古腦兒揚說出來，且奪市人薪柴，毆擊刑官。總是一死，樂得做個爽快。金吾兵上前攔阻，遂將象賢格死，武氏命支解遺骸，發象賢祖父墳塋，毀棺焚屍，家屬駢戮無遺。隨即定了一例，凡法官刑人，先用木丸塞住罪犯口中，免得胡言。

武承嗣又使人鑿石為文，鐫就「聖母臨人，永昌帝業」八字，塗以赤色，令雍州人唐同泰齎獻，只說是得諸洛水。武氏大喜，親祀南郊，告謝昊天，且下敕當拜洛受瑞，稱石為天授聖圖，名洛水為永昌水，封洛水神為顯聖侯。自己先御明堂，朝百官，加號聖母神皇。封唐同泰為游擊將軍，唐同泰名字，恐亦由當時特取。命諸州都督刺史及宗室外戚等，於拜洛前十日，會集神都扈駕受圖。當時傳出一種謠言，謂：「武氏將謀革命，借了洛水受圖的名目，召集宗室，為屠戮計。」於是絳州刺史韓王元嘉，青州刺史霍王元軌，邢州刺史魯王靈夔，豫州刺史越王貞，（注見前。）及元嘉子通州刺史黃公譔，元軌子全州刺史江都王緒，靈夔子范陽王藹，貞子博州刺史琅琊王沖，虢王鳳（高祖庶子。）子東莞公融等，俱心不自安，未敢遽行。黃公譔意欲先發，遂捏造廬陵王敕書，貽琅琊王沖，內云：「朕遭幽縶，諸王應各發兵救我！」沖亦詐傳廬陵王密命，分告諸王，謂「神皇將移李氏社稷，轉授武氏。」一而募兵五千人，擬渡河取濟州，先擊武水。武水縣令郭務悌，忙遣人至鄰邑求援，莘縣令馬玄素，率兵千七百人，初欲中道邀沖，繼恐力不能敵，馳入武水，與務悌協力拒守。

沖進兵至武水城下，用草車塞城南門，縱火焚燒，擬乘火突入城中。不意火方發作，風反回撲，轉致火燒自身，只好麾兵急退。部將董玄寂私語兵士道：「王與國家交戰，跡同叛逆，所以不得天佑，反致逆風哩。」大眾聽了，越覺氣沮。及沖知玄寂有異志，將他斬首，眾心益離，紛紛潰去。只剩沖家僮數十人，尚隨左右，沖料不可成，還走博州，叩城欲入。門吏見他狼狽遁回，放入城，把他殺死。正欲傳首報功，適左金吾大將軍邱神勣，奉敕為清平道行軍總管，前來討亂。行至博州，官吏一律出迎，且持沖首以獻，那知神勣起了歹心，拔出佩刀，盡將官吏斫斃，且入城屠掠千餘家。看官道他是何意？原來是得了沖首，便欲爭功，索性將官吏殺盡，便好說他同行助逆，由自己剿平，好向武氏前報績去了。正是好計。

越王貞聞衝起兵，父子相關，自然響應，也發兵出陷上蔡。武氏命左豹韜大將軍麴崇裕為中軍總管，內史岑長倩為後軍總管，張光輔為諸軍節度，統師十萬，往擊越王貞，未免小題大做。削貞父子屬籍，更姓虺氏。貞聞沖敗，惶恐的了不得，馳使告壽州刺史趙瓌，與商行止。瓌不敢發言，獨瓌妻常樂長公主，語來使道：「為我轉語越王，從前隋楊氏將篡周室，尉遲迴系是周甥，尚舉兵勤王，功雖不成，名留海內，今諸王皆先帝子，奈何不為社稷效忠？李氏已危若朝露，汝諸王不捨生取義，意將何待？大丈夫寧為忠義鬼，徒死亦何益呢！」語頗豪壯。來使還報越王貞，貞乃尚欲進兵，可巧新察令傅延慶，也募得勇士二千餘人，與貞相會。貞乃向眾宣言道：「琅琊雖敗，魏相數州，有兵二十萬，朝夕可至，汝等不必憂慮！」遂發屬縣兵，共得五千，分為五營，令汝南縣丞裴守德為將，作為統轄，署九品以上官五百餘人。其實皆出自脅迫，沒有鬥志。唯守德與他同心，他因將愛女嫁給為妻，署官大將軍，每事與商。一面使道士及浮屠誦經，禱祝成功。左右及戰士，均給避兵符，謂有神效。愚若村嫗，如何成事？忽報麴崇裕等將到豫州，距城只四十里了。他已嚇得面如土色，沒奈何遣愛婿裴守德，及少子規，領兵出戰，不到半日，兩人殺得大敗而回，兵士死亡過半。貞益大懼，閉閣自守，猛聽得鼓聲震天，料知外軍進逼，越急得形色倉皇，不知所措。守德等統束手無策。左右語貞道：「王豈可坐待戮辱？還請自行設法。」貞尋思無計，只得自去覓死，規亦自盡。守德及妻，一同隨死。子女及婿，同入鬼門關，黃泉路上，幸不寂寞了。城中無主，不戰自破。崇裕等入城後，檢得貞等屍骸，一併梟首，持報東都。

武氏遂欲盡殺韓魯諸王，命監察御史蘇珦往查，有無通謀情事。珦查無實據，秉公覆命。武氏一再詰問，珦抗言道：「太后承先朝付託，應以仁恕為心，諸王並未通同謀叛，如何強入逆案呢？」武氏被他一駁，倒也不便加責，只得溫顏與語道：「卿系大雅士，我當別有任使，此獄原不必用卿呢。」乃改令周興等覆驗。興即把「反是實」三字，復奏上去，遂收捕韓王元嘉、魯王靈夔、黃公譔及常樂長公主等，統至東都，迫令自殺。就是霍王元軌、江都王緒、東莞公融，亦坐與越王通謀，次第逮捕。緒與融駢首市曹。元軌防禦突厥，積有戰功，減死流黔州，載以檻車，行至陳倉，也竟暴卒。紀王慎素來膽怯，當琅琊起兵時，檄告諸王，他獨拒絕。周興亦羅織入內，說他未曾告發，竟坐徙巴州，就道而死。濟州刺史薛顗及弟薛緒，緒弟駙馬都尉薛紹，也坐與琅琊王沖通謀，顗緒被誅。紹尚太平公主，貸他死罪，受杖百下，囚羈獄中，偏他禁不住痛楚，便即斃命。

又遣右丞狄仁傑，出為豫州刺史，辦理亂後事宜。這位狄公仁傑，是唐朝有名的好官，他字懷英，系太原人氏，少時博通經籍，曾入京應試明經科，中途投宿逆旅，有孀婦乘夜私奔，堅拒絕納，未曉即去（此事不載史傳，唯稗乘中有之。且記仁傑詩句云：「美色人間至樂春，我淫人婦婦淫人，色心若起思亡婦，遍體蛆鑽滅色心。」語太近俚，故不錄入，唯錄此事以示前型）。既舉明經，迭任內外官職，皆有政聲，嗣為江南巡撫大使，焚毀淫祠一千七百餘所，獨留夏禹吳太伯季札伍員四祠，吳楚巫風，幾從此廓清。至入任文昌右丞，因豫州亂平，乃奉詔出為刺史（狄梁公為唐室砥柱，故敘述從詳）。仁傑到了豫州，查問越王餘黨，統已由張光輔拘住，差不多有二三千人，不禁惻然道：「人命至重，怎可這般濫捕呢。」乃概令釋械，飛使密陳。大旨說是：「罪囚甚眾，實多詿誤，臣欲有所陳請，似為逆人申理，若緘默不言，又違陛下欽恤至意，所以拜表瀆陳，仰乞矜鑑」云云。旋接復旨，俱減死戍邊。先是仁傑曾任寧州刺史，留有德政碑，至流犯道出寧州，父老俱迎勞道：「我狄使君活汝麼？」相攜至德政碑下，且拜且哭，三日乃行，到流所亦為立碑。循吏榜樣。時張光輔尚駐豫州，部將多恃功強索，仁傑不應。光輔入部將讒言，詰責仁傑道：「刺史如何輕視元帥？」仁傑道：「作亂河南，只一越王貞，今一貞已死，難道萬貞復生麼？」光輔不解所謂，又復窮詰。仁傑道：「公率將士十萬，前來平亂，亂已平靖，渠魁受戮，公乃縱兵暴掠，欲殺降人為己功，豈非是一貞已死，萬貞復生？仁傑奉命來此，為民除害，恨不得上方斬馬劍，加置公頸，有什麼怕死哩？」光輔張目不能答，及還東都，奏言仁傑不遜，因遷仁傑為復州刺史，轉徙洛州司馬。至光輔得罪，乃復擢為地官侍郎，事見後文。

再說武氏因平定諸王，安然出巡，踐著拜洛受圖的舊約，嗣皇帝豫王旦，及太子成器等，一律隨行。內外文武百官，及四夷酋長，也都扈駕。沿途鑾衛儀仗，及各種雅樂，與所有珍寶，一古腦兒陳列出來，慢慢兒的逐隊進行。到了洛水岸上，已由當差的官吏，設起祭壇，備就黃幄，恭待那妖淫凶險的武太后，親臨主祭。鸞輿既至壇前，有無數宮娥綵女，簇擁武氏下輿，但見她首戴冕旒，身服袞袍，居然是從來未有的女皇帝，徐步登壇。豫王旦與太子成器，隨行而上，廷臣夷酋等，左右分立壇下，香花繚繞，仙樂悠揚，當由武氏柔腰輕折，拜了三拜，隨後令豫王及太子，依次拜訖，再命宣祝官讀過祝文，乃將案前所供的瑞石，飭游擊將軍唐同泰，敬謹捧下，移置受圖亭內，舁還都中。武氏亦上輿而歸。這番巡幸，自唐興以來，算做第一次熱鬧。武氏又令薛懷義監造明堂，高二百九十四尺，方三百尺，共列三層，下層象四時方色，中層象十二辰，上為圓蓋，捧以九龍。上層像二十四氣，也設圓蓋，上施鐵鳳，高一丈，用黃金為飾，號為永珍神宮。又在明堂北面，築起天堂五級，中供夾紵大象（注見後文）。大約登第三級，便已可俯瞰明堂了。工既竣，加封懷義為右威衛大將軍，兼梁國公。何不封他比翼王？越年正月朔日，大饗永珍神宮。武氏搢大珪，執鎮珪為初獻。嗣皇帝豫王旦亞獻，太子成器終獻。禮畢，由武氏高坐明堂，受百官四夷朝賀，即以垂拱五年，改為永昌元年，即中宗嗣聖六年。大赦天下，賜酺七日。小子有詩嘆道：

雌龍得勢竟猖狂，衮服居然御廟堂，
獨怪男兒軀七尺，如何裙下效趨蹌？

武氏經過這種舉動，便想篡唐，免不得又要殺人了。欲知後事，且看下回。

武氏之淫刑以逞，雖曰人事，豈非天命？周厲以監謗而亡，嬴秦有偶語棄市之刑，亦不數年而即滅，而武氏之令人告密，則尤過之，況內行不修，私幸懷義，外吏不擇，寵用索元禮周興來俊臣，如此淫惡，乃任其横行無忌，天乎人乎？越王貞父子，一舉即亡，連坐者數十家，株累者數千人，而武氏則拜洛受圖，築堂受賀，傾萬民之財力，張一己之淫威，人力或不足以勝之，而天道豈果無知耶？吾閱此回，不禁為之慨然曰：「是果唐祖若宗漁色之報也，豈非天哉？」

第三十二回　武則天革命稱尊　狄仁傑奉制出獄

卻說武氏自拜洛受圖後，遂想篡奪唐室，自稱皇帝，武承嗣慫恿尤力，於是諸武相繼攬權。直臣如蘇良嗣等，已經罷去，索元禮周興來俊臣，及其餘酷吏，統依附諸武，專伺宗室及大臣，遇有嫌疑可指，即誣他謀反，次第捕戮。總計武氏改元永昌，至次年改元天授，相距不過年餘，所殺唐宗及唐臣，幾乎不可勝紀，最著名的表述如下：

唐宗（以被殺之先後為次）

汝南郡王瑋　鄱陽郡公諲　廣漢郡公謐　汶山郡公蓁　零陵郡王俊　東平王續　廣都郡公瑋　嗣恆山郡王厥　嗣鄭王璥　嗣滕王修琦（父即元嬰，已歿。）　豫章郡王亶（父即舒王元名亦坐流致死。）　澤王上金　許王素節及子璟（餘子瑛、琪、琬、瓚、瑒、瑗七人，為天授紀元後所殺。）　南安郡王穎　鄅國公昭（以上皆高祖太宗支派。）

宗室　李直　李敞　李然　李勛　李策　李越　李黯　李玄　李英　李志業　李知言　李玄貞

唐臣（次序同前）

御史大夫騫味道　天官侍郎鄧玄挺　內史張光輔　洛州司馬弓嗣業　洛陽令張嗣明　陜州刺史郭正一　相州刺史弓志元　蒲州刺史弓彭祖　尚方監王令基　同平章事魏玄同　夏官侍郎崔督　彭州長史劉易從　梁州都督李光誼　陜州刺史劉延景　右武衛大將軍黑齒常之　右鷹揚將軍趙懷節　辰州刺史劉景先　地官尚書王本立　春官尚書范履冰　勝州都督王安仁　汴州刺史柳明肅　太常丞蘇踐言　曾江縣令白令言　太子少保納言裴居道　將軍阿思那惠　尚書右丞張行廉　泰州刺史杜儒童　秋官尚書張楚金　麟臺郎裴望及弟司膳丞璉

以上被殺諸人，所有家屬，俱流徙極邊。且因周書有《武成》一篇，與自己武姓相合，目為符讖，乃令遵用周正，特改永昌元年十一月為正月，十二月為臘月，夏曆正月為一月，稱年為載，改元載初，牽合無理。封周漢後為二王，虞夏殷後為三恪，撤除唐宗室屬籍，召用宗秦客為鳳閣侍郎。秦客系武氏從姊子，具有小智，受職後日侍宮中，與武氏同改造十二字，由小子錄述出來。

照為曌，天為𠀑，地為埊，日為囸，月為囝，星為〇，君為𠁈，臣為恵，人為𤯔，載為𡕀，年為𠡦，正為𠙺。毫無道理，適同兒戲。

武氏自名為曌，改詔書為制書，晉授薛懷義輔國大將軍，封鄂國公。懷義多聚無賴少年，度為僧徒，橫行都中，人莫敢言。有僧法明，杜撰《大雲經》四卷，奏達闕下，內言武氏乃彌勒佛下生，應代唐為閻浮提主（釋氏以人世為閻浮提）。武氏甚喜，頒行天下，旋敕兩京諸州，建寺珍藏。侍御史傅遊藝，竟率關中百姓九百餘人，詣闕上表，請武氏自為皇帝，改國號周，賜嗣皇帝武姓。武氏佯為不許，卻擢遊藝為給事中。既而百官宗戚，遠近百姓，四夷酋長，沙門道士，合六萬餘人，聯名上表，願如遊藝所請。不知如何賣囑出來？嗣皇帝豫王旦，亦自乞賜姓武氏。為求生計，不得不爾。群臣復上言鳳皇來儀，自明堂飛入上陽宮，還集左臺桐樹，良久方去；又有赤雀數萬集朝堂，彷彿搗鬼。應請太后即日為帝，以應符命等語。武氏乃下制許可，易唐為周，旗幟尚赤，親御則天樓，大赦天下，改元天授。（即嗣聖七年。）當由群臣加上尊號，稱為神聖皇帝。降嗣皇帝旦為皇嗣，賜姓武氏，皇太子成器為皇太孫。比新莽之篡漢，還要容易。一座唐室江山，竟輕輕的移入老淫婦手中，巾幗竟奪鬚眉，釵環變成弁冕，這真是中國有史以來，第一次的大變。就是漢朝的呂雉，晉朝的賈南風，也都應退避三舍哩。大筆淋漓。

過了五日，立武氏七廟於神都，追尊周文王為始祖文皇帝，妣姒氏為文定皇后，文王後妃，也想不到有此遠代孝女。四十代祖平王少子武，為睿祖康皇帝，妣姜氏為康惠皇后，魯國公武克已，已追贈太原靖王，至是尊為成皇帝，號稱嚴祖，妣為成莊皇后，北平郡王武居常，已追贈趙肅恭王，至是尊為章敬皇帝，號稱肅祖，妣為章敬皇后，金城郡王武儉，已追贈魏義康王，至是尊為昭安皇帝，號稱烈祖，妣為昭安皇后，太原郡王武華，已追贈周安成王，至是尊為文穆皇帝，號稱顯祖，妣為文穆皇后，魏王武士彠，已追贈忠孝太皇，至是尊為孝明高皇帝，號稱太祖，妣為孝明高皇后，罷唐宗廟為享德廟，只祀高祖以下三室，餘但廢享。冬至祀上帝於永珍神宮，以始祖及考妣配饗，百神從祀，封武承嗣為魏王，武三思為梁王，武攸寧為建昌王，武士彠、兄孫攸歸、重規、載德、攸暨、懿宗、嗣宗、攸宜、攸望、攸緒、攸止，皆為郡王，諸姑姊為長公主。改并州文水縣為武興縣，比漢豐沛，百姓世世免役。

武氏以親族鄉鄰，均得霑恩，獨愛女太平公主，尚屬向隅，未免缺典，遂加封食邑三千戶。公主並無喜色，亦未表謝，武氏料她新亡駙馬，怏怏失望（薛紹因死見前回），乃擬另為擇偶，俾得新歡，湊巧武承嗣喪妻，因欲嫁公主為繼室，已有成議，偏是公主不願，仍無歡容。武氏不得已令她自擇，公主竟靦然道：「欲兒改適武氏，除非武攸暨不可。」想是承嗣面貌，不及攸暨。武氏道：「攸暨自有妻室，難道兒願作妾麼？」公主微笑道：「陛下為天下主，兒為陛下女，奈何與人作妾？但富貴易妻，也是常事，只教陛下一言，就玉成了。」武氏點頭應允，便召入武攸暨，與商易妻事。偏攸暨素憚閫威，一時不敢承認，惹得武氏懊恨起來，竟爾放出辣手，潛令人毒死攸暨妻室。那時攸暨放心安膽，好娶這太平公主。公主也歡歡喜喜的，嫁與攸暨，婚儀不減當年，璧人依然好合，無怨無曠，各得其所了。攸暨得此寵女，閫威必且加倍，我為彼懼。武氏又令司賓卿史務滋為納言，鳳閣侍郎宗秦客為檢校內史，給事中傅遊藝為鸞臺侍郎平章事，秦客潛勸武氏革命，所以得任內史。遊藝入朝才期年，歷衣青綠朱紫，時人稱他為四時官宦。且與內史岑長倩，左玉鈐衛大將軍張虔勖，左金吾大將軍邱神勣，侍御史來子珣等，並得賜姓為武。既而宗秦客以受贓被黜，邱神勣史務滋張虔勖傅遊藝，皆陸續得罪，依次受誅。周興已進任文昌右丞，被人告密，說他與神勣同謀，武氏即命來俊臣鞫治。俊臣方與興對食，接閱制敕，便語興道：「朝廷命我鞫一罪犯，只恐罪犯未肯實供，如何是好？」興答道：「這有什麼難處？若取一大甕，四周用炭燒著，令罪犯坐入甕中，不怕他不供認哩。」俊臣乃索大甕，焙炭如興言，然後起座告興道：「有內狀鞫君，請君入甕！」說著即將制敕付示周興，興不待閱畢，便已惶恐服罪。武氏加外俯原，但流興至嶺南，途中為仇家所殺。索元禮殘酷，比興尤甚，旋亦伏誅。也有此日。

是時唐朝宗室，誅黜殆盡，連故太子賢遺下三子，如義豐王光順，及弟守禮守義，俱幽禁宮中，就是豫王諸子，除太子成器外，亦只准在宮內居住，不得外出。表面上卻賜他武姓，算作親暱的樣子，暗中實防他為變，實行監守。鳳閣舍人張嘉福，竟圖討好，陰嗾洛陽人王慶之等數百人，上表請立武承嗣為皇太子。內史岑長倩，已升任右相，極端排斥，謂皇嗣現在東宮，不應再有此議，因表請下制切責。武氏遲疑未決，召問地官尚書同平章事格輔元。輔元所對，與長倩同。武承嗣久伺儲位，聞兩人不肯贊成，大為拂意，遂囑令納言歐陽通，誣劾兩人逆狀。歐陽通不肯誣奏，他又使私人告密，自己入宮進讒。於是岑格兩人，被逮下獄。問官便是來俊臣，把長倩子也拘捕了來，誘他引入歐陽通。通明知不從承嗣，致有此累，對簿時侃侃辯論，毫不少屈。俊臣倚勢作威，施以酷刑，五毒備至，通始終不肯誣服。俊臣竟揑造供詞，說與長倩輔元，共同謀反，冤冤枉枉的殺死三人。武氏又召王慶之入問道：「皇嗣我子，奈何廢置？」慶之答道：「古人有云：『神不歆非類，民不祀非族』，今陛下既登大寶，尚以李氏為嗣，臣實未解。」武氏道：「汝且退去，待朕細思！」慶之伏地哀請，不肯即去。武氏乃賜給印紙，並面囑道：「汝欲見朕，可將此紙作為門證，門吏自不敢阻難了。」慶之乃叩首而出。承嗣因未得如願，屢嗾慶之入請，慶之也願為走狗，日日入宮求見。武氏未免惹厭，且默思易嗣一層，事關重大，究竟不宜速行，因復召鳳閣侍郎李昭德入商。昭德笑道：「天皇為陛下夫，皇嗣為陛下子，陛下身有天下，當傳與子孫，為萬世業，奈何以姪為嗣？從古以來，可有姪為天子，為姑立廟麼？且陛下受天皇顧託，若以天下與承嗣，天皇便無從血食了。」這一席話，將武氏揭破迷團，遂令昭德出阻慶之，不許入見，且賜給昭德一杖，令他撻逐。昭德持杖出來，正值慶之昂然而入，自來尋死。當被昭德一把抓住，拖出門外，揚言語朝士道：「此賊欲廢我皇嗣，立武承嗣，我已奉敕給杖，撲殺此賊。」言已，即將杖交給朝士，令毆慶之。朝士正恨他滋鬧，樂得擺布，立刻將慶之拖倒，先擇他不致命處，毆了數百下，待他耳目中都已出血，乃再加數下，了結性命。受人嗾使者其聽之！

武氏命武攸寧為納言，起狄仁傑為地官侍郎同平章事。仁傑正色立朝，不肯諂事諸武，還有鸞臺侍郎同平章事樂思晦及右衛將軍李安靜，也與仁傑一般剛正，同為諸武所嫉視。諸武又嗾令來俊臣，暗地構陷，俊臣因仁傑方得向用，一時扳他不倒，獨安靜當武氏革命時，未肯聯名勸進，乃即上書訐他謀反，並言思晦與安靜友善，未免同謀，武氏最恨這謀反二字，便令俊臣嚴訊。安靜朗聲道：「我乃唐室老臣，欲殺就殺，若問謀反，實無可對。」思晦也抗詞不撓，當由俊臣指為實證，一道制敕，又將兩人送入冥途。武氏反自謂如意，竟於天授二年冬季，改次年為如意元年。嗣又因二齒重生，復改如意為長壽（即嗣皇九年）。

先是武氏嘗遣使存撫四方，留意選舉，至此因改元加恩，引見存撫使所舉人物，無論賢愚，悉加擢用。上等試用鳳閣舍人及給事中，次等試用員外郎侍御史，及補闕拾遺校書郎，時人作詩嘲笑道：「補闕連車載，拾遺平斗量。欋（讀若瞿，杷也）推侍御史，碗脫校書郎。」有舉人沈全交復續二語道：「曲心存撫使，眯目聖神皇。」御史紀先知聞全交續詩，遂劾他誹謗朝政，請杖示朝堂。好算先知。武氏笑道：「但使卿等未嘗濫選，何恤人言？」武氏所忌，只有反案，餘固不論。竟釋置不問。未幾，有制敕頒下，授郭霸為監察御史，當時又傳出一種笑柄，叫做四其御史，或竟叫他吃屎御史。看官道是何因？霸前為寧陵丞，聞徐敬業起兵，自請往軍前效力，有誓抽其筋，食其肉，飲其血，絕其髓等語，因此稱為四其御史，中丞魏元忠遇疾，霸前往探問，私嘗元忠糞，佯作喜色道：「病人糞甘可憂，今系苦味，可保無虞。」元忠雖未面責，心中嘗恨他不情，病癒後，輒舉以告人，因此又叫做吃屎御史（《唐書》作弘霸，《通鑑》作霸）。霸系同安人，如何有越勾踐遺風。武氏但喜他善諛，不管什麼卑鄙行為，所以他也得加官進祿了。

話休敘煩，且說來俊臣承諸武命，一意的讒構良臣。既已害死樂李兩人，遂想連及狄仁傑，平白地興起波瀾，將仁傑攔入逆案，並將同平章事任知古裴行本，司農卿裴宣禮，左丞盧獻，中丞魏元忠，潞州刺史李嗣真，一併羅織進去，狠狠的上了一疏，且請武氏降敕，有一問即承，罪得減死等語。武氏本深信俊臣，當然准奏，遂拘仁傑等下獄，由俊臣審訊。先詰仁傑謀反狀，仁傑從容道：「大周革命，萬物維新，唐室舊臣，甘從誅戮，反是實。」妙語。俊臣不禁微笑道：「好一個硬頭官，實言不諱，免得動刑。」至問及任知古等，知古等也自知必死，答語與仁傑相符。唯魏元忠辨了數語，俊臣不復加訊，概令還系獄中。判官王德壽，入獄探視仁傑，勸他引入平章事楊執柔，當可免死。想是與執柔有隙。仁傑厲聲道：「皇天后土，可表忠忱，奈何使仁傑扳誣好人呢？」說至此，即用首觸柱，血流被面，慌得德壽連忙搖手，再三婉謝，並囑獄吏好生看待，方轉身出去。你也只有此膽麼？仁傑因守吏少寬，乃裂衣嚙指，血書冤狀，置入棉衣中。次日，德壽又來看視，仁傑語德壽道：「天時方熱，我有棉衣一襲，請飭屬吏轉授家人，撤去棉絮。」德壽允諾，即令獄卒持付仁傑家，仁傑子光遠，撤棉得帛書，遂叩閽告變，因得召見。武氏得了帛書，乃召問俊臣。俊臣給武氏道：「仁傑等下獄，臣未嘗褫他巾帶，寢處很是安適，如果問心無愧，怎肯自供謀反哩？」武氏道：「全案人犯，已俱供認嗎？」俊臣道：「只有魏元忠尚未實供。」武氏道：「須再令問官審明，免得枉屈。」俊臣唯唯而退。

當下令侍御史侯思止復訊，他人不問，單問魏元忠。元忠仍然力辯，思止命將元忠倒掛起來。元忠道：「我生得薄命，譬如騎驢遭墜，足掛蹬上，為驢所曳哩。」思止益怒，欲改用酷刑。元忠道：「侯思止你若要魏元忠頭，儘管擷取，若要元忠自供謀反，任你什麼拷打，我元忠卻不便承認呢。」正說著，忽由通事舍人周綝到來，說是奉制勘視犯人。思止乃停止刑訊，忙遣心腹報知俊臣。俊臣急給仁傑等冠帶，令見欽使。待周綝到了獄中，略略顧視，不發一言。俊臣即詐造仁傑等謝死表，令綝持還報命。

適值樂思晦子沒入掖廷，年才九齡，生得眉目清秀，姿性聰明，偶為武氏所見，召問姓名。他卻從容跪奏道：「臣父樂思晦，得罪受誅，臣家已破，可惜陛下英明，國家大法，為來俊臣等所欺弄，陛下不信臣言，乞擇朝右忠臣，素經陛下信任，但令俊臣推訊起來，沒一個不是叛黨了。」想是狄仁傑等命不該死，所以有此慧童。武氏道：「偌大的孩兒，倒也識得來俊臣麼？」乃命他暫退，一面飭內侍至制獄中，宣入仁傑等人。仁傑等入謁武氏，行過臣禮，一齊呼冤。武氏道：「卿等果有冤誣，為何前時自供反狀？」仁傑慨然道：「若非自承反狀，早被搒死，哪得重見天日呢？」武氏又問道：「為何復作謝死表？」仁傑等齊聲道：「臣等並無此事。」武氏令左右取表給示，經仁傑等審視，便道：「這似判官王德壽手筆，臣等筆跡，無一相同，可見得是捏造了。」武氏不覺點首，便放他七人還家。七人謝恩退歸，為武承嗣所見，忙入白武氏道：「七人已有反意，陛下何故釋放？」武氏道：「得饒人處且饒人，況叛跡未露，何必濫殺大臣。」承嗣尚欲請武氏窮治，武氏道：「王言無反汗，你可知道嗎？」承嗣不能固爭，乃怏怏趨出，密囑臺官等聯名上奏，請誅仁傑等七人。臺官不敢不依，草就了一篇模稜兩可的文字，呈將進去，獨侍御史霍可獻，系裴宣禮的外甥，竟伏闕面陳道：「陛下不殺裴宣禮，臣情願效死階前。」說著，竟首觸殿階，流血沾地，為了區區爵祿，竟甘心殺舅，且撞頭出血，置父母遺體於不顧，富貴之惑人，一至於此。俊臣又奏稱行本罪重，不可不誅。秋官郎中徐有功，看不過去，獨挺身出奏道：「陛下有好生大德，俊臣等不能順美，反欲勸陛下為暴主，究是何意？請陛下明察！」武氏乃宣諭道：「卿等不必廷爭，朕自有折衷辦法呢。」言畢退朝，大眾散歸。是夕頒制，貶狄仁傑為彭澤令，任知古為江夏令，裴宣禮為彝陵令，魏元忠為涪陵令，盧獻為西鄉令，流裴行本李嗣真至嶺南。小子有詩嘆道：

羅織經成可奈何，冤沉制獄罪囚多。

僅留七族更生慶，尚謫遐方受劫磨。

七人遭黜，諸武稍稍洩忿，不意過了數日，武承嗣竟奉命罷相，這真是出人意表了。究竟承嗣為何罷相，且看下回表明。

欲篡唐室，不得不殺人，此武氏之本意，故殺人最多，幾乎不可殫述。本回列作二表，省卻無數筆墨，此即執要馭煩之旨，而於武氏革命時之舉動，卻詳載無遺，嫉其篡奪之惡也。欲安諸武，又不得不殺人，此非全出武氏本意，而武承嗣實為主動，故殺人雖多，究不若前時之甚。本回特歸罪承嗣，所有被殺諸人，亦備述其冤誣之由來，可詳則詳，不必從略，至若狄仁傑等一案，尤加意演述，幸其得免於死，為唐室少留一脈也。作者於下筆時，俱有斟酌，正非隨手掇拾者所得比爾。

第三十三回　安金藏剖心明信　僧懷義稔惡受誅

卻說武承嗣是武氏愛姪，受封魏王，職任左相，端的是一人之下，萬人之上，那唐朝宗室，及內外文武百官，好幾多人為他所害，他還想捽去豫王，入為太子，不料反接到制敕，竟把他的左相重任，撤消了去。他也不識何因，及探問武氏左右，方知是由侍郎李昭德攛掇出來，不由的大怒道：「昭德昭德！你敢在虎頭上搔癢麼？我總要你死無葬地。」伏下文昭德被殺事。正恨語間，忽又聞昭德已升授同平章事，越覺忍耐不住，竟出門上馬，跑進宮中去了。原來昭德籍隸長安，素性剛毅，自入拜侍郎，杖死王慶之後（見前回），頗得武氏信任，屢與商議國政。昭德乘間密陳道：「魏王承嗣，權勢太重，應加裁製為是。」武氏道：「承嗣是朕姪兒，所以特加重任。」昭德道：「姑姪雖親，究竟不及父子，子尚有弒父等情，況姑姪呢？今承嗣位居親王，又兼首相，權等人主，恐陛下未必久安天位了。」武氏不覺瞿然道：「朕未曾慮及此著，卿言也有可採哩。」遂親下手諭，罷承嗣左相職，接連就令昭德同平章事。承嗣忿忿的跑至宮門，下馬入宮，求見武氏。武氏傳入，問他來意。承嗣道：「陛下命臣免相，使臣得卸仔肩，臣不勝感幸。但昭德黨同伐異，好肆排擊，此人若參政柄，定致變亂，陛下應亟行貶黜，免得貽憂。」武氏正色道：「我任昭德，才得安眠，他能為我代勞，奈何勸我貶黜呢？」承嗣再欲有言，武氏又搖首道：「汝不必多說，我自有主見。」說罷，拂袖徑入。承嗣碰了一鼻子灰，只好悶悶而回。勢不可恃，若乘此急流勇退，亦可免異日赤族之禍。昭德入秉政權，裁抑酷吏，不遺餘力，且禁吏民妄言祥瑞。或獻入白石一方，中有赤文，昭德問道：「此石有何異徵，敢來妄獻？」來人答道：「因此石具有赤心，與他石不同，故此上呈。」昭德怒道：「此石赤心，他石都要造反麼？」駁得好。說得左右僚吏，一齊解頤，昭德即舉石擲出，並叱逐來人。未幾，又有襄州人胡慶，用丹漆寫著龜腹，有「天子萬萬年」五字，亦齎陳闕下。足為烏龜皇帝之兆。昭德冷笑道：「又來欺我麼？」遂取龜過來，用刀一刮，滅盡字跡，因奏請將胡慶加罪。武氏道：「小民無知，心實不惡，可饒他去罷！」自己也是心虛。補闕朱敬則，及侍御史周矩，趁著昭德參政的時候，均上書奏請緩刑，武氏也頗嘉納。監察御史嚴善思，正直敢言，嘗因告密風盛，引為深恨，亦上疏規諫。武氏遂命他按問，他秉公訊鞫，所有告密事件，多是虛誣，共查出八百五十餘人，悉令抵罪。羅織經從此失效，羅織黨也從此少衰。來俊臣恨他破法，陰與侍御史侯思止王弘義等，構陷善思，坐流驩州。李昭德代為營解，武氏亦知善思受冤，乃復召為渾儀監丞。旋有制禁人間藏錦，侯思止違禁私藏，被昭德察覺，杖死朝堂。思止目不識丁，由告密得官，本授為游擊將軍，他獨面白武氏，求為御史，武氏語思止道：「卿不識字，奈何作御史？」思止答道：「獬豸何嘗識字，不過能觸邪呢。」武氏心喜，乃令官侍御史。受職後與來俊臣等，共同羅織，貽害吏民，及被昭德杖斃，遠近稱快。唯俊臣等失一爪牙，恨不得撲殺昭德，借報私仇，奈一時不能逞願，只好勉強含忍。

武承嗣更怏怏失望，日夜謀去皇嗣，密囑武氏寵婢團兒，入譖豫王妃劉氏，及德妃竇氏（即玄宗隆基生母）。私挾巫蠱，咒詛乘輿。武氏信此為真，俟二妃入朝，竟一律殺死，連屍骨都沒有著落。可憐豫王旦只背地拭淚，一句兒不敢多言。尚方監裴匪躬，及內常侍范雲仙，私謁豫王，又有人告知武氏，俱被腰斬。自是公卿以下，皆不得見豫王。武承嗣又囑團兒諸人，密告豫王隱蓄異圖，武氏即命來俊臣推治，把豫王平日侍役，都拿至法庭。俊臣堂皇高坐，備列刑具，才拍一聲驚堂木，已令人毛髮森豎，不寒而慄。起初尚齊跪案前，均替豫王辯冤，怎禁得俊臣虎威，刑杖交加，或被笞，或被撲，或被夾，或被拶，不消半個時辰，已害得滿庭人犯，血肉橫飛，奄奄一息。俊臣尚再三迫脅，喝令供認，大眾已不勝楚毒，沒奈何自稱願供，案上即有數紙擲下，給大眾拾寫。突有一人闖入法庭，大呼道：「三木之下，何求不得？皇嗣未嘗謀反，奈何硬說他反哩。我是一個樂工，本不敢與聞此事，但事關社稷，怎能不辯？我願剖心出示，替皇嗣表明真跡。」說至此，即解衣露胸，取出亮晃晃的小刀，向胸前縱橫一劃，頓時鮮血直噴，暈倒地上，不省人事。賴有此人。俊臣望將出去，見他血漬滿庭，僵臥不動，也未免心驚起來，慌忙下座出視，已是洞胸露腑，五臟皆見。即令左右撫他口鼻，尚有微微呼吸，似覺一息尚存，正思把他處治，已有宮監到來，傳武氏命，令飭役舁他入宮。俊臣不敢違慢，便命二人舁著，隨宮監同去，自己亦退堂停訊。暫將全案人犯，暫羈獄中，武氏因案情重大，預著人探察法堂，及聞有人剖心明冤，立命舁入，親自驗視，果然奏報不虛，乃急傳御醫入治。御醫沈南璆等，悉心診視，謂尚可施救，不致傷生。當下移入靜室，由數醫官運動妙手，先將五臟安置原處，然後用桑皮線縫好裂痕，外敷良藥，令得生肌長肉，好容易調治竟夕，待至次日黎明，方見他口眼活動，漸漸有些甦醒轉來，再灌以參湯，進以大劑，才覺一條性命，僥倖保全。御醫復奏武氏，謂已無妨。武氏復親身臨視，因他身子尚不能動彈，概令免禮，但問他姓氏籍貫。他已少有知覺，硬撐了一聲道：「臣是太常樂工長安人安金藏。」如聞其聲，如見其人，一語抵人千百。言已泣下。武氏也不覺黯然道：「我有子不能自明，累汝至此，汝真是一個忠臣了。」乃令他靜養，並派役服侍，返入內殿，囑內侍傳諭俊臣，將豫王左右侍役，盡行釋放。一場大獄，才算冰消。

越年為長壽三年，武承嗣召集二萬六千餘人，上武氏尊號，稱為越古金輪聖神皇帝。武氏最喜人諛，自然准請。又御則天樓受尊號，改元延載，免不得大饗宗廟，遍宴群臣，忙亂了好幾日。武氏尚饒餘興，帶同承嗣三思，及太平公主等，往遊後苑，此時尚值初春，餘寒未退，各種花木，雖已生有枝葉，或已含蕊，尚未開放，沒有什麼豔景。武氏道：「這數日天氣晴和，為什麼花尚未開哩？」承嗣道：「時尚未至。」說到「至」字，三思即湊入道：「想尚未接御敕，不敢遽開，若陛下降制催花，花神也應聽命哩。」承嗣道：「恐怕未必。」武氏也為默然。偏太平公主敢作敢言，更上前婉奏道：「聖德覃敷，百神效順，怎見得不能驟開？但請陛下降了慈諭，總有幾株開放哩。」武氏經此一說，也不覺生了奇想，便命侍從取過紙筆，自題一詩云：「明早游上苑，火速報春知。花須連夜發，莫待曉風吹。」這四句就作為制敕，遞與太平公主。公主揀那花蕊最多的向陽樹上，令侍從移取高梯，齎敕上登，懸掛樹梢，然後隨了武氏，又玩賞一回，方才回宮。越宿起來，公主即遣侍女探視，返報上苑群花，果已開放。喜得公主心花怒開，匆匆梳洗，即往報武氏。武氏也欣然道：「果有此事麼？」當下傳令免朝，飭王公大臣，侍宴後苑。待至午牌已近，乃啟駕臨幸，到了苑中，百官俱已鵠候，排班慶賀。武氏特別心歡，四面一瞧，果有好幾處花枝，向日吐葩，紅白相間，也自以為花神效命，萬匯含芳，更兼武三思太平公主，及王公大臣等，爭獻諛詞，引得這位老淫嫗，眉飛色舞，笑逐顏開（此事不見正史，唯稗史中偶載及此，但初春天氣，風日晴和，也應有數樹開花，筆下演述，亦極得分寸，不涉張皇），當下開筵歡飲，列坐傳觴，酒至半酣，命內侍查明花名，一一報聞，約報至數十種，武氏忽問道：「牡丹花開未？」這一句問將過去，轉令查報花名的內侍，噎住了喉，不敢發聲。武氏又問道：「尚未開麼？」內侍只好應了一聲「是」字。武氏竟轉喜為怒道：「此花不中抬舉，快與朕剷移苑外，貶謫洛陽。」內侍奉諭，傳旨園官，園官即將園中所植牡丹，悉數移出，散種野外。嗣是牡丹花改稱洛陽花（語見《事物紀原》）。

武氏宴畢還宮，心下還帶著三分不足，不似開宴時的滿面喜容。三思卻又想出一法，召集四夷酋長，請鑄銅鐵為天樞，銘刻武氏功德，豎立端門外面。武氏准奏，即令姚璹為督作使，大聚銅鐵，鑄冶起來。諸胡集錢至百兆，購辦銅鐵，尚嫌不敷，乃更採斂民間農器，湊成二百萬斤，方得敷用。天樞形狀似柱，高一百五尺，徑十二尺，共有八面，環以銅龍，負以銅獸，柱巔制一雲蓋，蓋上有四蛟，捧一大珠，這番工作，越年始成。三思作文，大旨在黜唐頌周，武氏自署名號，叫做大周萬國頌德天樞，一併鐫刻柱上。又將群臣蕃酋的名氏，亦附入下面，這也是千古未有的特色呢。以有用之銅鐵，作無用之柱腳，實是呆鳥。

是年八月，梨花盛開，免不得有人稱瑞。武氏也以為瑞徵，御殿時籠在袖中，取示廷臣。大眾又是稱賀。獨同平章事杜景佺伏奏道：「目下已值仲秋，草木黃落，不意此花獨榮，陰陽失序，咎在臣等。」滿廷都是佞臣，獨景佺有此正論，恐亦與梨花相同。武氏聞言，未免愕然，半晌才道：「卿算有宰相才。」語畢退朝。會李昭德奏劾王弘義，坐流瓊州，弘義行至中途，詐稱奉敕追還，返道漢北，為昭德所聞，忙令侍御史胡元禮往驗，察出詐謀，立刻杖斃。來俊臣亦坐貪淫罪，貶為同州參軍，急得諸武不知所措，忙運動鳳閣鸞臺，你一疏，我一奏，說得昭德非常專恣，不由武氏不動起疑來。可巧突厥寇邊，遂調昭德為行軍長史，隨著朔方道大總管，率領契苾明曹仁師沙吒忠義等十八將軍，往御突厥。

突厥阿史那骨祿等，常侵邊境，前由程務挺黑齒常之兩人，相繼防禦，始終不敢深入，至兩人被戮，防邊無人，骨篤祿出入無忌，只因年老多疾，所以一出即歸。延載元年，骨篤祿病死，弟默啜頗有勇略，即自立為可汗，率眾寇靈州。武氏卻用了一個匪夷所思的人物，出為行軍大總管，初令轄新平道，繼令轄代北道，旋復令轄朔方道。看官道是何人？原來是輔國大將軍鄂國公薛懷義。真是奇極。備述官銜，越覺挖苦。懷義是個禿奴，曉得什麼兵法？只因與武氏是老姘頭，乃得仰沐榮封。且武氏非彼不歡，如何調他統軍？肉戰則可，兵戰其可平？說來又有一段隱情，表明後方可知曉。懷義受封鄂國公，越發驕橫，所有平時用費，概得向庫中支取，不加限制。竟有唯王不會之遺規。他卻想出一種巧思，每月開一無遮會，召集善男信女，大會寺中，見有姿色的婦人，就留住禪房，任情取樂。婦女信佛者其聽之！都人統畏他勢焰，就是妻女被淫，也只好忍氣吞聲，不敢過問。他又募度壯僧數千人，作為幫手，這種壯僧，也不安本分，無非是採花問柳，倚翠偎紅，所以洛陽女兒已不知被他蹧蹋若干。懷義日在寺中，與僧眾肉身說法，還有何心入宮應卯？武氏傳召，時常託詞不赴，十次中不過應酬三四次，累得武氏慾火難熬，別尋一個主顧，便是御醫沈南璆。南璆房術，不讓懷義，武氏恰也歡慰，但恐懷義在外闖禍，且聞他僧徒多系力士，索性借禦寇為名，令他率眾北征，若得戰勝，原不愧為知人，否則令他師徒斃敵，也好杜絕後患。揭出武氏心計，發前人所未發。偏是懷義交運，一經出師，胡虜便退。此次武氏疑忌李昭德，令他為行軍長史，又命一個同平章事蘇味道，做了行軍司馬，陪著昭德，掩飾人目，一面令懷義特別得意，連朝廷宰相，都受他節制，或肯不顧存亡，前去效死。怎奈天下事往往出人所料，懷義未到朔方，突厥兵又復退去。那時懷義自然折回，沿途與昭德議事，屢有齟齬，還都後也奏稱昭德恣肆，竟貶昭德為南賓尉。嗣又因杜景佺等，附會昭德，不能匡正，也將他貶徙遠州。無非由梨花一奏所致，可見前時稱為相才，實是一句譏諷語。懷義曾造夾紵大象，留供天堂，像高九百尺，鼻如千斛船，小指中容數十人並坐。夾紵漆成，異常精采（應三十一回）。至是為風所摧，由武氏令懷義重修。懷義又支取庫銀數百萬兩，督工趕築，忙碌了兩三月，才得修復原狀，因入宮復旨。武氏只淡淡的答了「知道」二字。懷義見武氏沒甚興採，也即退出，默思從前何等親暱，今自班師以後，修造大象，已歷十旬左右，從未經過召幸，此中定是有人庖代，所以這般疏淡；乃私下訪問宮人，宮人都受武氏密囑，未敢通風，因此也探聽不出。左思右想，得了一策，特請在朝堂開設無遮會，經武氏批准，即潛在朝堂下面，掘地為坑，深約數丈，埋著許多紙糊殿閣，泥塑佛像，至開會時，乃從坑中引上，對著大眾，但說從地中湧出，預兆禎祥。又密取牛血，畫一大象頭顱，高二百尺，但捏稱是刺諸膝上，得血繪成。以己比牛，也沒甚榮耀。一時哄動都市，士女雲集。懷義出錢數十車，望空散擲，令他爭拾，甚至互相踐踏，傷斃老弱多人。次日，復在天津橋南，張像設齋，預邀宮廷大小官吏，屆時詣席，官吏憚懷義威焰，不敢不來，只有武氏高居深宮，連日不聞足音，懷義越加懷疑，就從散席以後，留住二三知己，盤問宮中情狀。當時有個快嘴人物，說是御醫沈南璆，日夕入侍，那懷義不禁大憤道：「反了反了。」武氏所防唯反，是對著臣僚，懷義所防唯反，是對著武氏，寫來極有趣味。隨即送別好友，等到一更以後，竟悄悄的到了天堂，放起火來。

這天堂在明堂北面，占居高巔，天堂被火，明堂自然延燒，更兼風勢猛烈，越燒越旺。照耀都中，幾同白晝，一班禁衛軍，合力灌救，毫不見效，延及天明，方得撲滅。一座金碧輝煌的明堂，已變做烏焦巴弓，無一完木。最可嘆的是夾紵大象，裂作數百段，漆血氣布滿都城。都是民脂民膏。武氏正加號慈氏，命設酺宴，忽聞明堂大火，未免驚惶。拾遺劉承慶，請輟朝停酺，上答天譴，武氏頗有允意。獨納言姚璹，謂明堂是治政地，非宗廟比，不應自加貶損，乃仍然視朝，賜酺百官。左史張鼎，且上言火流王屋，適顯周家祥瑞。通事舍人逢敏，復奏稱彌勒顯道，有天魔燒宮，焚壞七寶臺等情，這是意中恆事，無傷聖德。劉承慶謂是天譴，已涉無稽，張鼎逢敏等語，更不值一噱。武氏微笑不答，但說：「由內外工徒，不知戒火，因有此變。」當下仍令懷義更造天堂明堂，又鑄銅為九州鼎，及十二神，各高一丈，分置四方。

懷義因縱火無罪，越加驕蹇，且斥武氏負情忘義，別圖所歡，當下一傳十，十傳百，免不得傳到武氏耳中。武氏大為懊悵，因恐投鼠忌器，不便下手，忍耐了好多日，已是殘冬，又改元為天冊萬歲，未幾又改元證聖。累屆朝賀，懷義多不與列，且更說出許多穢語，直把那武氏淫褻情狀，一古腦兒都宣揚出來，武氏時有所聞，遂召入太平公主與她熟商。公主本武氏愛女，所有宮中情事，無一不知，便對武氏道：「臣女早欲奏聞陛下，只因陛下不言，臣女亦何敢先言？試思陛下系何等聖佛，託生人間，欲選三五侍臣，自應就公卿貴閥中，看他姿稟穠粹，方准入選，奈何令懷義禿奴，得侍左右呢？」武氏道：「我亦有悔意，但欲除此人，頗費周折。」公主道：「這有何難？」武氏又接入道：「他手下有許多力士，若略一通風，必將謀變，就使指日剿平，已被他許多謗譭，豈不是大損名譽麼？」你亦自顧名譽麼？公主笑道：「這事委臣女往辦，管教他身首兩分，毫無他慮。」武氏喜道：「我就叫你便宜行事。你須小心！」公主應聲趨出，即召駙馬從兄武攸寧，密囑數語，再選十數健婦，囑令如此如此。大家唯命是從，分頭往辦，待到黃昏時候，公主即遣一武氏心腹，召懷義入宮。懷義聞召，未免一喜一疑，喜的是又蒙召幸，疑的是何故復召，乃帶著力士數名，策馬馳入，行至宮門，見宮中沒甚動靜，方敢下馬趨進，大踏步上了殿階。階前只有數婦，阻住力士，不准隨入。懷義見殿階上下，止立婦人數名，料想沒有他變，放心入殿。不意背後突遭一擊，痛得眼花撩亂，跌倒殿中，才呻吟了一聲，已被眾婦人揿住，用著最粗的鐵鏈，捆縛起來，再把木丸塞入懷義口中，令不得言。懷義尚望徒眾入救，殺豬似的狂喊，誰知武攸寧已指麾健卒，擁出階前，一陣亂斫，將懷義的隨身護符，殺得精光，乘勢入誅懷義，刀光一閃，了結性命。當將屍骸拖出，擲入火堆，剩得幾根燼餘殘骨，送入白馬寺，壓置塔下。小子有詩嘆道：

淫僧敢自亂宮闈，況復驕橫肆毒威。
粉骨非真能蔽罪，徒留穢史付人譏。

懷義既誅，太平公主遂薦引一個妙年郎君，入為武氏的男妃。欲知此人為誰，容至下回再表。

本回以安金藏薛懷義為主腦，而外此各事，隨筆穿插，無斷續痕，此由閱史時獨具眼光，見得當時事實，俱屬相因，因甲得乙，因乙得丙，因丙得丁，彼此關連，自然綰合耳。其所以用安金藏僧懷義為主腦者，表金藏之忠，暴懷義之惡也。武承嗣欲奪儲位，累譖豫王，盈廷大臣，不聞代白，安金藏一樂工耳，獨能剖心明信，為豫王辨白冤誣，此其忠為何如乎？懷義穢亂宮闈，橫行不法，雖由武氏之溺情床闈，縱令驕淫，而懷義恃勢作威，肆無忌憚，開無遮會以汙婦女，火明堂以洩私仇，此其惡為何如乎？表之暴之，為後世示勸懲，此正維持風教之苦心也。餘事多見細評，不必贅述云。

第三十四回　累次發兵才平叛酋　藉端詳夢迭獻忠忱

卻說太平公主，引入少年，陪伴武氏，這人姓張名昌宗，系故太子少傅張行成族孫。昌宗有兄易之，曾襲蔭居官，累遷尚乘奉御，兄弟皆丰姿秀美，通曉音律。昌宗年僅及冠，更生得眉目清揚，身材俊雅，太平公主先為說項，引得武氏動情，然後召入昌宗，衣以輕綃，傅以朱粉，浴蘭芳，含雞舌，送入武氏宮中。武氏瞧入眼中，早已十分中意，一經侍寢，說不盡的旖旎，描不完的纏綿，薛懷義無此風情，沈南璆亦慚形穢。武氏生平，從未經過這般酣豔，此番天緣相湊，幸得這個妙人兒，遂不禁百體皆酥，五中俱快，綢繆竟夕，尚覺是歡娛夜短，戀戀情深。豔語不涉猥褻。昌宗暗想，這個老淫嫗，真是天下尤物，居然能通宵達旦，極樂不疲，自己還恐招抵不上，遂把乃兄易之，亦推薦上去。武氏謂恐一時無兩，昌宗道：「臣兄材力過臣，且善煉藥石，陛下若召來一試，便覺臣言非虛哩。」棣萼多情，卻也難得。武氏允諾，次日即召幸易之，果然枕蓆工夫，比乃弟尤為進步，不過柔情媚骨，似覺稍遜一籌，武氏各有取材，也與他徹夜交歡，越宿起床視朝，即封昌宗為雲麾將軍，武氏專封情夫為將軍，豈因他肉戰勝人嗎？易之為司衛少卿，特賜甲第，並給奴婢橐駝牛馬等物，外加美錦五百匹。嗣是二張輪流進御，大得武氏歡心，寵遇無比。晉授昌宗為銀青光祿大夫，追贈二張父希爽為襄州刺史，母韋氏臧氏，並封太夫人。臧氏系昌宗生母，年逾四十，姿色未衰，有是子應有是母。平時嘗有外遇，尚書李迥秀與她有私，武氏竟許為情夫，准他來往。推己及人，好算是特別仁恩。二張權力日增，不到一旬，已是門無隙地，威震京都。諸武兄弟及宗楚客等，爭謁門牆，伺候顏色，甚至親與執鞭，非常羨慕，號易之為五郎，昌宗為六郎。

唯自懷義死後，天堂明堂，仍然派人督造，越年乃成，規模比前時稍狹，華麗不減當初，易名為通天宮，又改元為萬壽通天（即嗣聖十三年）。武氏方鋪張揚厲，粉飾太平，祀南郊，封中嶽，去越古慈氏諸號，改稱天冊金輪大聖皇帝，賜酺十日，舉國若狂，不料東北警報，陸續前來，轉令武氏無暇行樂，只好遣將調兵，出御朔方。原來營州北境，向有東胡種落，作為窟穴，漸漸的生齒日蕃，分設奚及契丹二部。突厥勃興，契丹臣附突厥，奚亦間通貢使。至唐武德年間，突厥漸衰，契丹酋長孫敖曹，乃叩關入朝。太宗時威振四夷，契丹別帥窟哥，及奚帥可度者，並率部眾，內附唐廷，就契丹部置松漠府，即授窟哥為都督。奚地置饒樂府，即授可度者為都督，均賜姓李氏。太宗伐高麗，嘗發奚契丹兵從軍。高宗顯慶時，窟哥可度者皆死，奚與契丹連叛，由定襄都督阿史德樞賓等，次第討平，仍然臣服。至萬歲通天元年，營州都督趙文翽，殘酷不仁，虐待契丹部眾，於是松漠都督李盡忠，及歸誠州刺史孫萬榮，共舉兵攻陷營州，殺死文翽，盡忠即窟哥孫，自稱無上可汗，萬榮即敖曹孫，為盡忠先鋒，縱兵四掠，所向殘破。武氏聞警，亟遣左鷹揚衛大將軍曹仁師，右金吾衛大將軍張玄遇，左威衛大將軍李多祚，司農少卿麻仁節等，率兵往討，並命梁王武三思為榆關道安撫大使，納言姚璹為副，陸續出都。改李盡忠名為李盡滅，孫萬榮名為孫萬斬。武氏專改他人姓名，不脫婦人咒詛習氣。

曹仁師等行至幽州，遇有唐兵自營州逃回，報稱前為虜寇，被縶地牢，今聞王師大至，寇已乏食，所以放還。契丹果真乏食，何妨殺死俘囚。乃無故釋還，顯是有詐。張玄遇麻仁節兩人，急欲爭功，帶領部兵，兼程前進，馳至黃麞谷，又有許多老弱番兵，前來迎降，面目都含饑色。又是一個詐降計。兩將益以為寇兵乏糧，正好一鼓蕩平，便驅兵深入。但見沿途一帶，羸牛瘦馬，或立或臥，越覺貪功心熾，一口氣跑至西硤石谷，這西硤石的地方，最稱險阻，兩旁山巒層疊，林箐縱橫，真個是行軍絕路，未便輕進。兩將也不管利害，見路即行，適值夕陽西下，天氣陰沉，仄徑羊腸，蒼茫莫辨，還是不肯住腳，闖將進去。忽聽得號炮一聲，胡哨四起，大眾才有些慌忙，免不得東張西望，哪知番眾突出，四面殺來，急切裡無從退回，已覺叫苦不迭。偏契丹兵逐隊擁上，統是驍悍的步卒，前隊是長槍兵，專戳面部，後隊系撓索兵，專絆馬足。唐軍都是騎士，上下不能兩顧，頓時人仰馬翻，不是被殺，就是被擒。玄遇仁節兩將，措手不及，也被絆馬索絆倒，一併擒去。契丹將孫萬榮，搜得兩將兵印，即詐為文牒，遣報曹仁師各軍，說是官軍大勝，仁師部將燕匪石宗懷昌等，樂得前去分功，因兼程疾進，不遑寢食，正走得人困馬乏，又被契丹伏兵，左右邀擊，害得全軍覆沒，無一生還。明明自去尋死。

敗報馳達東都，武氏再遣同州刺史建安王武攸宜，為清邊道大總管，出討契丹，且募全國繫囚，及士庶家奴，有力從軍，悉令調發。攸宜未曾出境，萬榮已進兵崇州，涼州都督許欽明兄欽寂，為龍山軍討擊副使，逆戰失利，致為所擒，萬榮移兵圍安東，令欽寂招降安東都護裴玄珪，欽寂佯為應諾。及至城下，呼玄珪與語道：「狂賊不道，必遭天殃，滅亡便在目前，公宜厲兵堅守，毋失忠節。」萬榮大怒，將他殺斃，即督兵攻城。城上矢石如雨，才行退去。欽寂弟欽明，也為突厥所虜，後亦殉難，時人稱為二忠。既而突厥默啜可汗，表請和親，願率部眾助討契丹。亦非善意。武氏遂遣豹韜衛大將軍閻知微，左衛郎將署司賓卿田歸道，齎冊授默啜為遷善可汗，兼左衛大將軍。默啜出襲松漠，適值盡忠驚死，萬榮外出，被默啜乘隙掩入，把盡忠萬榮的妻子，及所有輜重，盡行擄去。萬榮無家可歸，索性專寇唐境，攻陷冀州，殺刺史陸寶積，屠吏民數千人，再驅眾攻瀛州，河北震動。魏州刺史獨孤思莊，膽小如鼷，悉驅城外居民，入城守衛，一面飛表乞援。武氏知他怯懦，乃起彭澤令狄仁傑，往代思莊（仁傑遭貶，見三十二回）。仁傑抵任，遣民歸農，且與語道：「距寇尚遠，何必倉皇。萬一寇至，我也自能支持，不勞百姓。」大眾拜謝，歡躍而去。

唐廷再命夏官尚書王孝傑，羽林衛將軍蘇宏暉，統師十七萬，往擊孫萬榮。行至東峽石谷，正遇契丹前鋒，立即與戰。契丹兵略略交鋒，便即引去。又是詐計。孝傑縱兵追擊，宏暉繼進，途中七高八下，崎嶇難行，前面適有一大嶺，兩旁峭壁懸絕。孝傑策馬先登，不防契丹兵回撲轉來，勢如猛虎，所當輒靡。嶺上喊聲連天，宏暉尚在嶺下，竟不管孝傑死活，馬上返奔，剩得孝傑孤軍，也是立足不住，紛紛散亂。孝傑被番眾一擠，墮崖身死，餘眾亦多半傷亡，逃脫的沒有幾人。唐軍又敗。武攸宜方至漁陽，聞孝傑敗死，嚇得魂魄飛揚，不敢前進。萬榮遂進屠幽州，分兵陷瀛州屬縣，大掠而南。孝傑記室張說，飛馬回奏，武氏也覺惶急起來，更用右金吾衛大將軍武懿宗為行軍大總管，與右豹韜衛將軍何迦密，出師援應。諸武只能殘害朝臣，不能擊走胡虜，武氏專信母族，安得不敗。接連又命御史大夫同平章事婁師德，為清邊道大總管，右武威衛大將軍沙吒忠義，為清邊中道前軍總管，統兵二十萬，即日北行。懿宗軍至趙州，聞契丹兵將到冀州，便欲南遁，將士請堅壁清野，為疲賊計。懿宗不從，遽退還相州，沿途拋棄軍械，不可勝計。萬榮復進掠冀州，入屠趙州。

先是萬榮破王孝傑時，曾在柳城西北四百里，依險築城，留住老弱婦女，及器械輜重，留妹夫乙冤羽居守。突厥默啜可汗，探悉情形，又發兵潛往，突入新城，擄住乙冤羽，便把全城蓄積，悉數取歸。嗣復故意將乙冤羽縱去，令報萬榮。萬榮已狡，默啜尤狡。萬榮方招誘奚部，夾攻唐軍，氣焰很是鴟張。偏由乙冤羽馳報，新城失守，害得神色沮喪，寢食不安，那部眾的眷屬，都在新城，一聞陷沒，個個恟懼，皆無鬥志。奚部兵士，見他這般情狀，料知不能勝唐，也有變心。唐神兵道總兵楊宏碁，及清邊道前軍副總管張九節，偵知底細，便與奚人結了密約，夾擊萬榮，裡應外合，前犄後角，立將萬榮軍搗破，殺得血肉模糊，萬榮只率輕騎數千名，奪了一條血路，落荒東走。張九節從間道馳出，截擊萬榮去路，萬榮進退兩難，回馬斜奔，趨至洛水東岸，手下已是散盡，止剩家奴數人，乃下馬憩息，淒然長嘆道：「今欲歸唐，罪大難容，歸突厥亦死，歸新羅亦死，奈何奈何？」言未已，那頭顱已應聲墜下。看官欲問何人下手？當然是他的家奴。奴持首獻唐軍。還有萬榮驍將李楷固何務整，亦至幽州求降。時狄仁傑已升任幽州都督，好言撫慰，送往東都，並安撫河北百姓，不妄戮一人。獨武懿宗所至殘酷，遇有難民自拔來歸，多指為賊黨，刳心剖膽，窮極慘狀；及班師還朝，且奏言河北從賊諸民，應悉數夷族。左拾遺王求禮在側，奮然出奏道：「小民素無武備，力不勝賊，只好暫時屈從，本意何嘗欲反。懿宗擁強兵數十萬，望風退走，以至賊徒滋蔓。今賊幸告平，反欲移罪草野，盡加屠戮，試思自己不忠，怎能責人？臣請先斬懿宗，以謝河北百姓！」快哉快哉！我應浮一大白。懿宗無詞可辯。

武氏乃下制大赦，改萬歲通天二年為神功元年，且因默啜有功，復令閻知微田歸道同使突厥，冊默啜為特進頡跌利施大單于，立功報國可汗。知微見了默啜，舞蹈三呼，似對著武氏一般，甚至吮他靴鼻，歸道獨長揖不拜。一佞一直，相去何如。默啜以歸道無禮，拘住不遣，但令知微南歸，求允婚約，並乞給還六州降戶，及單于都護地。此外尚有谷種彩帛農器鐵等件，亦在要素項中。知微唯唯從命，返見武氏，請允所求。武氏道：「前時突厥降眾，曾分居豐勝靈夏朔代六州，目前戶口蕃息，差不多有數千帳了。單于都護府地，由先朝百戰得來，奈何輕許？就是穀帛等物，亦應酌量賜給，不宜多與。」鳳閣侍郎李嶠，從容接口道：「陛下聖見甚明，突厥所求，斷難輕許。臣思戎狄無親，貪利寡信，若驟允所請，便所謂藉寇兵，齎盜糧了，不如嚴兵阨守，以絕狡謀。」說至此，又有兩人進言道：「欲取姑予，也是對外的良策，況默啜為國立功，正應羈縻勿絕。歸道又被他留質，若一律拒斥，彼必戕我天使，發兵寇邊，契丹餘黨，均為所用，恐邊境又無寧日了。」武氏視之，乃是納言姚璹，及鸞臺侍郎楊再思，當下沉吟半晌，方徐徐答道：「二卿所言亦是，朕當酌給便了。」乃越宿下制，竟撥還六州降戶數千帳，並給谷種四萬斛，雜彩五萬段，農器三千具，鐵四萬斤。且指令默啜女為親王妃，約期親迎。唯單于都護府地，未曾提及，此制頒到突厥，默啜乃遣還歸道。歸道入朝，與閻知微爭論廷前，知微謂和親可恃，歸道謂和親不可恃。武氏有左袒知微意，歸道嘆息而出。武承嗣子淮陽王延秀，年少翩翩，尚未娶妻，武氏令娶默啜女為妃，約於來歲行親迎禮。預備金帛億萬，作為聘儀，屆期乃發。

承嗣老且漁色，羅致美女，充入後房。右司郎中喬知之，有妾名碧玉，秀豔絕倫，通文字，善歌舞，知之非常寵愛，視若奇珍，偏被承嗣聞知，竟令女媼至知之宅，佯言由姬妾所遣，邀碧玉往教妝梳。知之不好拒絕，只得令碧玉赴承嗣第。一去數日，未見回來。知之一再探問，均被門吏所阻，且加以譏笑，氣得知之無法可施，歸作綠珠怨一首，令女僕輾轉投遞，方得繳與碧玉。碧玉正為承嗣所逼，勉強羈留，既得知之來箋，立即展覽，詞云：

石家金谷重新聲，明珠十斛買娉婷。此日可憐偏如許，此時歌舞得人情。君家閨閣不曾觀，好將歌舞借人看。意氣雄豪非分理，驕矜勢力橫相干。辭君去君終不忍，徒勞掩袂傷鉛粉。百代離恨在高樓，一代紅顏為君盡。

碧玉覽畢，暗暗泣下，明知詩中寓意，叫她自盡，遂將詩系裙帶間，拚了一命，往投井中。不愧綠珠。及承嗣令人搶救，已是無及，徒撈得一個芳骸，不能復活，唯裙帶間詩跡尚留，由承嗣檢視，知是知之所貽，遂諷酷吏羅告知之，把他下獄處死，籍沒全家。不意石崇之後，復有喬知之。自時李昭德來俊臣兩人，均已起用，昭德入為監察御史，俊臣入為司僕少卿，兩人俱不改舊性，一個是鋒芒未斂，一個是暴縱自如。明堂尉吉頊，聞箕州刺史劉思禮，與洛州錄事參軍綦連耀，陰結朝士，謀為不軌，遂入白俊臣。俊臣令上書告變，武氏即使武懿宗窮治，輾轉牽連，殺死同平章事李元素孫元亨等三十六人，親舊連坐，或貶或竄，多至千餘家。俊臣欲專為己功，復羅告吉頊，虧得吉頊入訴武氏，自陳心跡，才得免禍。俊臣又復得寵，也百計鉤致美姝，甚至矯敕奪人妻女，諸武本與他有舊，任他所為，此外無人敢捋虎鬚。獨李昭德素來嫉視，擬羅列俊臣罪惡，痛奏一本。

奏尚未上，俊臣已誣他謀反，先被下獄。自是俊臣愈加恣肆，自言才比石勒，陰蓄異圖，意欲將皇嗣廬陵王太平公主，及武承嗣三思以下諸王，一古腦兒列入反案，統行捽去，好教他獨攬朝綱。古人說得好，「眾怒難犯，專欲難成。」俊臣想把滿朝權貴，一併陷死，難道別人果沒有知覺，受他侮弄麼！當下由諸武及太平公主，共發俊臣罪狀，也將他拘繫獄中。刑官嚴訊得實，請立處極刑。奏上三日不報。吉頊已升任中丞，從武氏遊苑中，代為執轡，武氏問及外事，頊答道：「外人唯怪陛下不殺來俊臣。」武氏道：「俊臣有功國家，朕不忍遽置死地。」頊又答道：「俊臣誣殺忠良，罪惡如山，乃是國家的大蠹，若處他死刑，外人必稱陛下聖明，陛下奈何尚惜此賊哩。」武氏點首，及回宮後，竟批令昭德俊臣，一併棄市，時人都為昭德呼冤，為俊臣稱快。俊臣受誅，仇家皆抉目摘肝，剖心割肉，頃刻即盡。道旁爭相賀道：「從今以後，夜間始得安眠了。」世人亦何苦為酷吏。

武氏自俊臣死後，也悔從前聽信蜚言，殺人過甚，乃進徐有功為殿中侍御史，擢姚元崇為夏官侍郎，召魏元忠為肅政中丞，並徵狄仁傑為鸞臺侍郎，同平章事，愁霾陰氣，漸漸銷融。

唯武承嗣三思等，尚謀奪儲位，屢次營求，狄仁傑嘗以為憂，苦未得言。越年，復改元聖潛，即嗣聖十五年，是年中宗還宮。武氏為三思所惑，欲立他為太子，乘著酺宴期內，召問相臣。眾莫敢對，獨仁傑從容奏陳道：「從前太宗皇帝，櫛風沐雨，手定天下，傳諸子孫，先帝以二子託陛下，陛下今乃欲移歸他族，恐先靈未愜，反啟危機。且姑姪與母子，孰親孰疏？陛下立子，千秋萬歲後，配食太廟，倘或立姪，臣未聞有祔姑宗廟呢。」武氏道：「這是朕的家事，卿不必預聞。」你也學李勣語麼？仁傑道：「天子以四海為家，四海以內，何一非陛下家事？況元首股肱，義同一體，臣備位宰相，怎得不預聞呢?」武氏道:「據卿說來，仍立豫王為是。」仁傑復道:「弟不可先兄，廬陵王並無大過，應該召還廬陵，待廬陵百年後，兄終弟及，未始不可。」武氏稍稍感悟，總還躊躇未決。是夕，夢見鸚鵡飛入，自折兩翼，醒來甚覺奇異。曾與二張同夢否?翌晨臨朝，顧語仁傑道:「朕昨夢大鸚鵡，兩翼皆折，這是何兆?」仁傑道:「陛下姓武，鸚鵡就是寓音，兩翼便是兩子，陛下將二子保全，兩翼自然復振了。」借夢諷諫，可謂善言。武氏不覺稱善，乃把冊立諸武意，擱起不提。

二張兄弟，與吉頊友善，常相過從，頊從容進言道:「公兄弟貴寵逾恆，天下側目，不立大功，恐難自全。」二人惶恐問計，頊遂答道:「天下未忘唐德，都想迎立廬陵王，主上春秋日高，大統總須付託。武氏諸王，非所屬意，公等何不勸立廬陵?既慰眾望，且建巨勛，不但可以免禍，並且可長保富貴了。」二張齊聲道:「敬受明教!」嗣是入宮值班，與武氏喁喁私語時，即以頊言為請。床頭語容易動人，遂令武氏幡然變計，決擬召還廬陵王。小子有詩詠道:

敢將嗣主錮房州，十四年來久被幽。
幸有良臣圖反正，從容數語脫羈囚。

究竟廬陵王是否還都，容待下回說明。

契丹入寇，武氏三次出師，迭用諸武為統帥，武三思偷安榆關，武攸宜逗留漁陽，武懿宗退保相州，無一有用材。卒至塞外喪師，至再至三，乃徒改萬榮為萬斬，盡忠為盡滅，犬雞之誼，何當撻伐。彼盡忠之死，萬榮之誅，亦賴天心之不欲絕唐，而因出一默啜以牽制之耳。豈武氏之威靈乎哉?武氏知諸武之無用，固未敢易嗣，而來俊臣之惡貫滿盈，自速其死，酷吏去而賢臣進，然後唐室方有轉機，鸚鵡入夢，諷諫有人，狄公以外，復有吉頊，天之有意扶唐，於此益見。故本回事蹟，乃反周為唐之一大關鍵也。

第三十五回　默啜汗悔婚入寇　狄梁公盡職歸天

卻說武氏用二張言，乃遣職方員外郎徐彥伯等，召廬陵王哲至東都。廬陵王與韋妃諸子，一併詣闕，入朝武氏。武氏留居宮中，佯稱為他療疾。狄仁傑因事涉詭祕，尚覺懷憂，進入宮求見，武氏與語廬陵王事。仁傑道：「陛下既召還廬陵王，何故未得一見？」武氏道：「卿尚疑朕麼？」隨即呼廬陵王出幄。仁傑審視果確，才下拜頓首道：「王已還宮，人未曾曉，怪不得議論紛紛，還疑是假了。」武氏乃令廬陵王出舍龍門，備禮迎還，中外大悅。武承嗣以計劃失敗，鬱鬱不樂，竟至成疾。次子延秀，因武氏指婚胡女，親迎屆期，不得不遣往突厥。武氏復令閻知微署春官尚書，與署司賓卿楊齊莊，齎金萬兩，帛萬匹，偕延秀同行。鳳閣舍人張柬之入諫道：「自古到今，未有中國親王，娶夷狄女，還請陛下詳察！」武氏不省，且出柬之為合州刺史。至延秀到突厥南庭，承嗣已一命嗚呼，長子延基襲爵，本應稱為嗣魏王，武氏因犯承嗣諱，特改號繼魏王。二名不偏諱，武氏改嗣為繼，全然是宦官宮妾醜態。承嗣早死數年，還算幸事。突厥可汗默啜，聞延秀到來，先召入閻知微。知微即將禮單奉呈，由默啜驗收畢。默啜竟變色道：「我女應配李氏，奈何來一武家兒？我突厥世受李氏恩，聞李氏盡被屠滅，只有兩子尚在，我將發兵輔立，俟得正位，送女未遲。」金帛已收，女卻不嫁，還要說出絕大道理，令人拍案叫絕。這一席話，說得知微面色如土，不由的跪下叩頭，籲請如約。你說和親可恃，究竟靠得住否？默啜笑道：「汝何必多慮，儘管留居中國，我便許汝為南面可汗，可好麼？」知微聽得「可汗」二字，又不覺喜出望外，拜謝而起。默啜叱令左右，將延秀拘住，不准入見，且寫了一封責問書，遣楊齊莊折還。武氏正靜待和親消息，忽由齊莊返謁，報稱突厥悔婚狀，且呈上來書。武氏一瞧，不禁大怒，看官道他書中寫著何語？乃是數武氏五大罪，列述如下：

（一）是前時所給谷種，俱系蒸熟，布種不生。（二）是金銀器多系偽劣，並非真物。（三）是突厥可汗，曾賞給中使等緋紫，俱被武氏剝奪。（四）是彩帛統系疏惡。（五）是突厥可汗貴女，當嫁天子兒，武氏小姓，門戶不敵，休得妄想結婚。

最後結語，乃是進取河北，南下勤王，將反周為唐等情。氣得武氏這張粉臉，青一塊，紅一塊，幾乎像個黑煞紅神。當下派司屬卿武重規為天兵中道大總管，又是一個武家兒。右武衛將軍沙吒忠義為天兵西道總管，幽州都督張仁亶為天兵東道總管，統軍三十萬，出征突厥。再遣左羽林大將軍閻敬容李多祚，為天兵西道後軍總管，將兵十五萬為後援。各軍依次出發，渡河北進。

默啜已自率十萬騎，南向擊靜難平狄清夷等軍。靜難軍使慕容玄崱，迎降默啜。默啜遂入圍嬀檀等州，又分兵攻陷定州，殺刺史孫彥高，及吏民數千人，再進兵趙州。刺史高叡與妻秦氏，募集吏民，及所有家奴，執械守城。默啜見刀兵森列，旗幟嚴明，倒也不敢輕攻，乃令閻知微至城下招降。知微一面招諭守吏，一面與番眾交手蹋歌，示歡樂狀。守將陳令英登城俯語道：「尚書位任非輕，乃供虜役使，且與虜蹋歌，得勿知愧否？」知微道：「人生但求行樂，何必拘拘名節。我教你等出降，便是此意。」全無心肝。高叡也在城樓，即用箭射知微，知微慌忙引退，回報默啜。默啜即引兵圍城，高叡夫婦，日夕巡守，不敢少懈。偏長史唐波若，潛為敵應，引入虜兵。也想去蹋虜歌麼？虜眾紛紛登城，叡與秦氏，知不可守，仰藥待死。經虜眾舁見默啜，默啜示以紫袍金獅子帶，且與語道：「降我賜汝官，否即就死。」叡還顧秦氏。秦氏道：「酬報國恩，正在今日。」說了兩語，便即閉目待死，叡亦不發一詞，越宿俱為虜所殺。夫婦盡忠，完名全節，後來朝廷賜謚日節，追贈叡為冬官尚書。不沒忠臣不沒烈婦。

趙州被陷，吏民非死即降。默啜又入攻相州，寇勢益熾。武氏改號默啜為斬啜，不忘故智。懸賞購斬啜頭，許封王爵。調任沙吒忠義為河北道前軍總管，李多祚為後軍總管，往援相州。一面立廬陵王為皇太子，復名為顯，賜姓武氏，命為河北道元帥，出御突厥。改封豫王旦為相王，領太子右衛率。先是突厥啟釁，大兵迭發，都城因募民為兵，月餘不滿千人。及太子為元帥，應募日眾，不到三五日，即數滿五萬人。太子乃自請出師，武氏不許，但命狄仁傑為副元帥，令代行元帥事，率軍北征。武氏親餞都門，仁傑拜命而去。途次迭接軍報，乃是默啜大掠趙定二州，得男女八九萬口，悉數坑死，取金帛北歸。仁傑忙檄各道兵追剿，自己也督領十萬騎，倍道疾趨，到了趙州境外，不見一虜，就是各道人馬，也沒有一兵一卒到來，乃長嘆數聲，回駐趙州。

未幾，奉制為河北道安撫大使。仁傑疏請曲赦河北諸州，一無所問。幸得武氏批准，乃招撫百姓，凡經突厥驅掠等人，悉令遞還原籍。散糧施賑，修驛通師，自食蔬糲，嚴禁部兵侵擾百姓，河北復安。閻知微由突厥縱還，武氏命磔死天津橋，夷他三族。蹋歌之樂何如？乃制令各道班師，並召還仁傑，改授內史。武氏復得改憂為喜，行樂深宮。事有湊巧，那吐蕃將贊婆弓仁，俱率部眾來降。武氏大喜，忙令羽林軍飛騎往迎。原來吐蕃自欽陵為相，威行四方，欽陵居中秉政，子弟出握兵權，內外相維，強盛了二十餘年（回應二十八回）。武氏臨朝，曾屢次發兵往討，迄無成功。唯長壽元年，由西州都督唐休璟，及左武衛大將軍阿史那忠節等，破吐蕃兵，奪還龜茲于闐疏勒碎葉四鎮，仍置安西都護府，發兵駐守。欽陵又常入寇，與守兵相爭，互有勝負。萬歲通天元年，又遣使求和，請罷安西四鎮戍兵，並乞分突厥十姓地。當由武氏派通泉尉郭元振，與議和約。元振索還吐谷渾諸部，及青海故地，方得與突厥五姓相易。欽陵不從，彼此相持不決，幾成懸案。會吐蕃贊普器弩悉弄，年已寖長，因患欽陵擅權，密與大臣論巖等，謀除欽陵。可巧欽陵外出，器弩悉弄託詞遊獵，號召兵士，掩捕欽陵親黨，得二千餘人，一併殺死。又遣使召還欽陵兄弟，欽陵聞變，抗命不受。器弩悉弄自引兵往討，欽陵兵潰自殺。欽陵弟贊婆，素守東方，欽陵子弓仁，曾統轄吐谷渾七千餘帳，至是同來款塞，情願投誠。既得中使禮迎，遂歡天喜地的入朝晉謁。武氏面授贊婆為輔國大將軍，兼歸德郡王，弓仁為左羽林大將軍，兼安國公，皆賜鐵券。贊婆願為中國戍邊，乃更授右衛大將軍，令即率部眾戍河源谷。才經年餘，贊婆病死，追贈安西大都護，另遣御史大夫魏元忠，為隴右諸軍大總管，率同隴右大使唐休璟，嚴備吐蕃。適值吐蕃將麴莽布支，入寇涼州，休璟邀擊洪源谷，披甲陷陣，六戰皆克，斬首二千級，莽布支遁去，休璟凱旋。

還有一種可喜的事情，也是同時奏報。先是契丹降將李楷固駱務整，由狄仁傑解送東都，廷臣以連番出兵，將士多為二人所傷，擬處置極刑，以慰冤魂。武氏卻也躊躇，命將二人系獄待決（應前回）。會召仁傑還朝，問及二人處置。仁傑奏道：「楷固務整，驍勇絕倫，他能為契丹盡力，也必能為我效忠，但請加恩撫馭，不患不轉為我用。」武氏乃命將二人赦罪。仁傑復請給官階，因再加楷固為左玉鈐衛大將軍，務整為右武威衛大將軍，令出剿契丹餘黨。二將同往朔漠，捕得餘黨多人，還都獻俘。武氏受俘含樞殿，改元久視，擢兩人為大將軍，且封楷固為燕國公，賜姓武氏。大集群臣，入殿賜宴。武氏親舉觴賜仁傑道：「事出卿力，卿可盡此一觴。」仁傑受飲畢，且奏道：「這是陛下威靈，將帥盡力，臣有何功可言？」武氏嘉他謙讓，欲加厚賜，仁傑固辭，才算罷議（吐蕃契丹事，皆隨突厥事帶敘，此即屬辭比事之法）。

但是仁傑入相，也非全出武氏明鑑，追溯由來，實是納言婁師德所薦引，仁傑未曾知曉。自與師德同列朝班，嘗擠令出外，因此師德出討契丹，事平歸來（見前回），即外調為隴右諸軍大使，管領屯田事宜，繼復調任并州長史，兼天兵道大總管。仁傑有時入商政務，武氏頗稱師德知人，仁傑獨奏道：「臣嘗與他同僚，未嘗聞他知人呢。」賢如狄梁公，尚不能無私意。武氏微笑道：「朕得用卿，實由師德推薦。師德能薦卿，難道不得為知人麼？」仁傑不覺懷慚，及退，語同列道：「婁公盛德，我為所容，今日才得知覺，未免愧對婁公呢。」嗣是仁傑記在心中，仍欲引與共事。偏師德年已七十，竟病歿會州。師德字宗仁，鄭州原武人。身長八尺，方口博唇，生平與人無爭，遇事輒讓。嘗因弟出守代州，教他耐事，弟謂：「遇人唾面，由自己舐幹，總好算是忍耐。」師德道：「唾面須待自幹，若必欲拭淨，尚是違拂人意呢。」時人聞言，皆服他器量。師德自高宗上元初年間，入任監察御史，至武氏聖歷二年乃歿，相距幾三十年，這三十年間，大獄屢興，羅織不絕，獨師德與世無忤，從未殃及。出為將，入為相，以功名終身，這就是他器宇深沉的好處。唾面自乾之言，正適用於當日，否則亦未免有誤。相傳袁天綱子客師，傳習父業，相術亦多奇中。嘗與友渡江，登舟後，遍視舟中諸人，鼻下皆有黑氣，擬挈友返岸，忽見一偉丈夫神色高朗，負擔前來，便即登船，因私語同伴道：「貴人在此，我輩可無憂了。」及舟至中流，風濤迭起，終得達岸。客師問偉丈夫姓名，答稱「婁師德」三字。這時候的婁師德，尚未貴顯，客師已目為貴人，照此看來，人生安危，關係命相，亦未可知。述及軼聞，無非因師德為當時賢相，故不憚煩詞。

師德死後，得追贈幽州都督，予謚曰貞，這且按下。

且說武氏愈老愈淫，逐日召幸二張，尚嫌未足，乃更廣選美少年，入內供奉，創設控鶴監丞主簿等官，位置私人，另擇才人學士，作為陪選，掩人耳目。於是用司衛卿張易之為控鶴監，銀青光祿大夫張昌宗，左臺中丞吉頊，殿中監田歸道，夏官尚書李迥秀，鳳閣舍人薛稷，正諫大夫員半千，均為控鶴監內供奉。半千奏言：「古無此官，且所聚多輕薄士，不如撤消。」看官！你想這武氏正愛他輕薄，肯信他的說話麼？當下將他調出，令為水部郎中。武氏除視朝聽政外，日夕與這班供奉官，飲博為樂。易之昌宗，更仗著武氏寵幸，謔浪笑敖，無所不至。太平公主及駙馬武攸暨，亦混作一淘兒，混情嬉戲。武氏且召入太子相王，也教他脫略形跡，相聚為歡。嗣又替他想出一法，令太子相王太平公主，與武攸暨張易之昌宗等，訂一盟約，誓不相負，並祭告天地明堂，把誓文鐫入鐵券，留藏史館。嗣是彼此莫逆，越鬧得一塌糊塗。還有一個上官婉兒，系故西臺侍郎上官儀孫女，儀被誣死，家族籍沒（見前文）。婉兒生未及期，與母鄭氏同沒入掖庭。及年至二七，妖冶豔麗，獨出冠時，更且天生聰秀，過目成誦，所作文藝，下筆千言，好似乎日構成，不假思索，因此才名大噪。唐宮中何多尤物？武氏召她入見，當面命題試文。婉兒一揮即就，呈將上去。經武氏瞧了一周，果然是珠圓玉潤，調葉聲和，尤喜那書法秀媚，格仿簪花，不由的極口稱許，因即留住左右，命掌詔命。自萬歲通天以後，所下制誥，多出婉兒手筆。武氏倚為心腹，甚至與昌宗交歡，世不避忌。婉兒情竇初開，免不得被他引動，更兼昌宗姿容秀美，尤覺得慾火難熬，一日，與昌宗私相調謔，被武氏瞧著，竟拔取金刀，插入婉兒前髻，傷及左額，且怒目道：「汝敢近我禁臠，罪當處死。」虧得昌宗替她跪求，才得赦免（婉兒傳中，只載婉兒忤旨，控鶴監祕記中詳敘其事，唯語太穢褻，特節錄之）。婉兒因額有傷痕，常戴花鈿，益形嬌媚，嗣是不敢親近昌宗。唯深宮曲宴，仍未嘗一日相離。可笑那腐氣騰騰的王及善，由刺史進任內史，竟劾奏二張侍宴，失人臣禮，當由武氏調文昌左相，名為優待，實是疏忌。中丞吉頊，嘗嫉視武懿宗，說他退走相州，毫無膽力。懿宗忍耐不住，與頊相爭，武氏出為調解，頊尚斷斷不休，惹得武氏動怒起來，勃然道：「頊在朕前，尚輕視我宗，他日還當了得麼？從前太宗皇帝，有馬名獅子驄，性暴難馴，朕尚為宮女，從旁進言道：『妾能制服此馬，唯須用三物，一鐵鞭，二鐵撾，三匕首。』太宗嘗稱朕膽壯，今日倔強如汝，亦豈欲汙朕匕首麼？」婦道尚柔，武氏猶自鳴得意，亦思太宗若明婦道，寧令汝橫行至此？頊聽了此言，不覺汗下，拜伏求生。武氏方才色霽，叱令退出。諸武遂譖頊弟倚勢冒官，頊竟坐貶為固安尉。陛辭時得蒙召見，頊頓首道：「臣永辭闕廷，願陳一言。」武氏問他何語？頊答道：「合水土為泥，有無衝突。」武氏道：「有什麼衝突。」頊又道：「分半為佛，半為天尊，有衝突否？」武氏道：「這卻難免。」頊復道：「宗室外戚，各有階級，庶內外咸安，今太子已立，外戚尚封王如舊，他日能勿衝突麼？」武氏道：「朕亦想念及此，但木已成舟，只好慢慢留意罷。」頊乃拜辭道：「但願陛下留意，天下幸甚。」言已自去。左監門衛長史侯祥，因吉頊撤差，丐求補缺，百計鑽營，尚未見效。武氏又改控鶴監為奉宸府，更增選美少年供差。右補闕朱敬則上疏奏阻，略云：

陛下內寵，有張易之昌宗足矣。近聞長史侯祥等，明自媒衒，醜慢不恥，求為奉宸府供奉，無禮無義，溢於朝聽，臣職司諫諍，不敢不奏。

這奏上後，同官都替他捏一把冷汗，偏武氏嘉他直言，竟賜綵緞百端。意欲籠絡敬則，所以加賜。唯宮中追歡取樂，仍然如故。武三思且奏言昌宗系王子晉後身，乃由武氏令著羽衣，吹風笙，騎一木鶴，往來庭中。文武都作詩讚美，恬不知羞。昌宗兄張同休，得入為司禮少卿，弟昌儀得為洛陽令，均倚勢作威，勢傾朝右。鸞臺侍郎楊再思，諂事張氏，得入為內史，越覺獻媚貢諛。當時競譽昌宗，謂六郎面似蓮花，再思獨指為謬談。昌宗問故，再思道：「語實倒置，六郎豈似蓮花？乃蓮花似六郎呢。」昌宗也為解頤。

武氏年近古稀，也恐死期將近，樂得任情縱慾，再博幾年歡娛，所有一切朝政，都委任這同平章事狄仁傑。獨任狄公，是武氏聰明處。仁傑以復唐自任，對著武氏卻婉言諷諫，屢把那切情切理的言語，徐徐引導，所以武氏也被感悟，目為忠誠。武氏嘗謂仁傑道：「朕欲得一佳士，秉樞機，究竟何人可用。」仁傑對道：「文學如蘇味道、李嶠等，皆一時選。但佐治有餘，致治不足，必欲取卓犖奇材，莫若荊州長史張柬之。」武氏乃擢柬之為洛州司馬。越數日，又問仁傑，仁傑道：「前薦張柬之，尚未擢用。」武氏道：「已遷任洛州了。」仁傑道：「柬之有宰相才，不止一司馬呢。」乃復擢為秋官侍郎。仁傑又嘗薦夏官侍郎姚元崇，監察御史桓彥範，泰州刺史敬暉等數十人，後來皆為名臣。或語仁傑道：「天下桃李，盡在公門。」仁傑道：「薦賢為國，並非為私呢。」仁傑長子名光嗣，聖歷初為司府丞，武氏令宰相各舉尚書郎一人，仁傑竟以光嗣薦，乃晉拜地官員外郎，材足稱職。武氏嘗語仁傑道：「晉祁奚內舉得人，卿亦不愧祁奚了。」唯仁傑有盧氏堂姨，居橋南別墅，一子已長，未嘗入都城。仁傑常有饋遺，每值休沐，必親往問候，適見表弟挾著弓矢，攜了雉兔，來歸進膳，見仁傑在座，一揖即退，意甚輕簡。仁傑因白姨母道：「仁傑現已入相，表弟所願何官，當為盡力。」姨笑道：「宰相原是富貴，但我止生一子，不願他服事女主呢。」高操出仁傑上，故特為表明。仁傑赧顏而退。久視元年九月，狄仁傑卒，年七十一。大書特書。武氏聞訃，不禁泣下道：「朝堂自此無人，天奪中國老，未免太速呢。」乃追贈文昌右相，諡曰文惠。中宗復位，晉贈司空，睿宗朝又加封梁國公。小子有詩詠狄梁公道：

唐室垂亡賴轉旋，滿朝誰似狄公賢？
休言事女汙臣節，名士原來貴達權。

仁傑歿後，應另有一番黜陟，待小子下回敘明。

武氏之威，只能行於朝廷，不能行於蠻夷，故契丹方平，突厥又熾，武氏欲和親以羈縻之，而默啜謂我女須嫁李氏，安用武氏兒，反若名正言順，無可指駁。夷狄且有君，不如諸夏之亡，吾為唐室愧矣。當日者孌倖擅權，盈廷蕪穢，無一非武氏家奴，唯婁狄二公，以功名終，頗有重名，然婁師德只務圓融，不知大體，所差強人意者，唯狄仁傑一人。綱目於仁傑之歿，不繫周字，明其始終為唐，未可以周臣視之。碩果僅遺，所關者大，本編於仁傑亦無貶詞，宜哉！

第三十六回　證冤獄張說辨誣　誅淫豎中宗復位

卻說狄仁傑已歿，他相如蘇味道李嶠陳元方等，均不逮仁傑。味道嘗言人生處事，當模稜兩可，不必過明，時人號他為蘇模稜。嶠徒有文名，當時上瑞石頌，稱為皇符，貽譏人口。元方較為清謹，唯因細事不奏，忤武氏意，已經罷職。武氏乃悉心選擇，另用數人，韋安石為同平章事，崔玄暐為天官侍郎，張嘉貞為監察御史，三人均有清操，為世所重。又都御史蘇頲，覆按宿獄，平反多人，都下始乏冤囚。久視二年，仍用正月為歲首，改元大足，尋復改為長安。三月間雨雪數寸，蘇味道稱為瑞雪，率百官入賀，侍御史王求禮出阻道：「三月雪為瑞雪，臘月雷可稱瑞雷麼？」一語駁倒。味道不從，及武氏視朝，即相率拜賀。求禮獨昂然道：「今陽和布令，草木發榮，天乃下雪為災，怎得誣稱瑞雪？臣見味道等阿諛取悅，均不值一辯呢。」武氏為之不歡，輟朝竟入。越數日，又有人獻三足牛，味道又欲入賀。求禮揚言道：「物反常為妖，牛本四足，如何缺一？這乃政教不行的現象呢。」味道乃止。

肅政中丞魏元忠，奉宸監丞郭元振，相繼外調，控御突厥吐蕃。元忠出為蕭關道大總管，轉徙靈武道，馭軍持重，寇不敢逼。元振出任涼州都督，擇險加防，南境硤石置和戎城，北境磧石置白亭軍，拓境千五百里，且命甘州刺史李漢通，開置屯田，兵食俱足，轉餉無煩。突厥默啜可汗，無隙可乘，乃遣屬吏莫賀幹入朝，願以女妻太子兒。武氏意在羈縻，歸使許婚。默啜始釋武延秀南還，邊境少寧。魏元忠還任舊職，兼檢校洛州長史，治事嚴明。洛陽令張昌儀，仗二兄勢力，素不守法，每入長史衙聽值，出入自由，至元忠蒞任，屢加訓斥。張易之家奴，暴亂都市，又由元忠逮捕，立斃杖下。二張挾恨遂深，武氏卻進元忠同平章事，因此二張愈加側目。岐州刺史張昌期，系易之弟，奉召為雍州刺史，復被元忠奏阻。元忠且面奏武氏謂：「承乏宰相，不能盡忠死節，反令小人在側，罪該萬死。」看官試想！「小人」二字，明明是指斥二張，二張聽了，哪有不賊膽心虛，恨上加恨。會武氏有疾，二張遂欲構陷元忠，司禮監高戩，嘗侍太平公主，往來宮中，二張隱含醋意，乃誣稱元忠與戩私議，謂：「武氏年老，不若倚附太子，為永久計。」是語傳達武氏，武氏大怒，竟命將元忠及戩，下獄待質。據此看來，二張與太平公主亦未免有曖昧情事。一面召太子相王，及諸宰相，使元忠與昌宗參對，兩下爭論未決。武氏疾已少愈，擬親加面訊。昌宗欲引一證人，為必勝計，自思與鳳閣舍人張說，頗為親密，遂暗中囑令作證，當以好官相酬。說當面允諾，不料為同僚宋璟所知，竟於臨訊這一日，預待朝房。昌宗與元忠，兩人入訴武氏前，又復辯論不休，昌宗謂：「可問張說，彼亦聞元忠言。」武氏即召說入朝，將至朝門，兜頭碰著宋璟。璟便與語道：「名義至重，鬼神難欺，不可黨邪陷正，自求苟免。就使得罪被竄，亦播榮名，萬一不測，璟當叩閤力爭，與君同死。萬代瞻仰，在此一舉。」元忠不死，賴有此言。侍御史張廷珪、左史劉知幾兩人，俱在璟側，廷珪援朝聞道夕死可矣兩語，勉勵張說。知幾亦加勉道：「毋汙青史，為子孫累。」

說點頭而入。

元忠見說進來，恐他證成冤獄，便呼道：「張說欲與昌宗，共羅織魏元忠麼？」說叱道：「元忠為宰相，何乃效里巷小兒語？」說畢，便謁見武氏。武氏問及獄證，說尚未對，昌宗向說道：「何不亟行奏明？」說奏道：「陛下試看昌宗，在陛下前，尚逼臣如此，況在外面？臣實不聞元忠有是言。」閱至此，我為一快。昌宗遽厲聲道：「張說與魏元忠同反。」武氏顧昌宗道：「你亦太信口誣人了。」昌宗道：「臣不敢誣說，說嘗稱元忠為伊周。伊尹放太甲，周公攝王位，難道不是欲反麼？」說正色道：「易之兄弟，統是小人，徒聞伊周名，未識伊周法。日前元忠入相，自謂無功受寵，不勝慚懼。臣實語元忠道：『公居伊周職任，正可效忠。』伊尹周公，是千古忠臣，歷代瞻仰，陛下用宰相，不使學伊周，將學何人？臣亦明知今日附昌宗，立取臺衡，附元忠，反遭族滅，但鬼神難欺，名義至重，臣不敢誣證元忠，自取冤累。」我閱此，又為一快。武氏不便再問，半晌才語道：「張說反覆小人，宜一併系治。」語畢，下座入內。說乃與元忠一同系獄。越日，獨召說入問，說奏對如前。武氏再命宰相及武懿宗復訊，說仍執前言，矢口不移，正諫大夫朱敬則等，先後上疏，為元忠訟冤，武氏竟貶元忠為高要尉，說與戩皆流竄嶺南。

元忠出獄辭行，伏殿奏陳道：「臣年已老，今向嶺南，九死一生，但料陛下他日，必思臣言。」武氏問道：「將來有什麼禍祟？」元忠抬頭見二張侍側，便指示道：「這兩小兒必為亂階。」二張忙下殿叩首，極口稱冤。武氏叱元忠退去，自引二張入宮，不再下制。侍御史王晙，又奏稱元忠無罪，亦不見報。元忠襆被出都，太子僕崔貞慎等，設餞郊外，被易之聞知，又欲重興大獄，捏狀告密，謂貞慎等與元忠謀反，署名系柴明二字。武氏復使監察御史馬懷素鞫問，懷素集訊數次，並無實據，故意延案不復，內使督促再三，懷素乃入殿自陳，請傳柴明對質。武氏道：「朕不知柴明住處，但教照案鞫治，何用原告？」懷素道：「事無證據，奈何誣人？」武氏怒道：「卿欲縱容叛臣麼？」懷素從容道：「臣何敢縱容叛臣？但元忠以宰相被謫，貞慎等以親故餞行，若即誣他謀反，臣實不敢附和。從前漢朝欒布，奏事彭越頭下，漢祖且不以為罪，況元忠罪狀，不如彭越，陛下乃欲誅及送行，豈非過甚？陛下操生殺權，如欲加人以罪，不妨取決，聖衷若必委臣訊鞫，臣何敢妄斷？只好據實奏聞。」理直氣壯。武氏聽他侃侃直陳，倒也覺得有理，怒氣亦為之漸平，便道：「卿且退！朕已知道了。」懷素退後，此案遂擱置不提，貞慎等乃得免罪。宋璟嘗自嘆道：「我不能為魏公伸冤，不但負魏公，並且負朝廷，抱愧恐無已時了。」

璟系邢州南和人，耿介不阿，舉進士第，累官至鳳閣舍人。武氏因璟有才，頗加器重，嘗召入賜宴，與二張同席。二張同居卿列，位居三品，璟系六品官階，當然入就下座。易之因武氏重璟，也歡顏相待，虛位與揖道：「公系第一名流，何故下座？」璟答道：「才劣位卑，張卿以為第一，竊所未解。」天官侍郎鄭果，時亦在座，便插入道：「宋公奈何稱五郎為卿？」璟奮然道：「就官職言，正當以卿相呼，足下非張卿家奴，乃欲稱卿為郎麼？」說得鄭果啞口無言，不由的面頰發赤；就是與座諸官，也不禁感愧起來。到了終席，璟不同二張通語，二張自是怨璟，有時經武氏召幸，未免加入讒言。偏武氏知他忠直，不欲輕信。武氏明哲處，卻非常人可及，但若無此智，何能臨朝至二三十年耶？唯二張勢力，總日盛一日，無論宮廷內外，稍忤二張意旨，即遭嚴譴。舊皇孫重照，系中宗長子，中宗被廢，重照亦貶為庶人（見三十回）。至中宗復召入東都，立為太子，乃封重照為邵王，且因照字與曌字相通，犯武氏諱，改為重潤。重潤妹永泰郡主，嫁與武承嗣子延基，兄妹相見，不免道及二張醜事，二張偶有所聞，即入訴武氏，且請武氏，不復召幸，免滋謗語。這武氏愛二張如活寶，一日不能相離，驟然聽得此語，不禁老羞成怒，立召重潤兄妹入宮，責他無故謗議，不容分辯，即命內侍加杖。可憐那兩人是金枝玉葉，哪裡受得起杖刑，更兼內侍討好二張，手下特別加重，竟把兩人打得皮開肉爛，及舁回住處，已是氣息毫無，魂歸冥漠。武氏怒尚未息，索性將繼魏王武延基，也同日賜死。自己姪孫，也不暇顧，淫毒至此，可勝浩嘆。

同平章事韋安石，見二張凶橫益甚，舉發他各種罪狀，有制令安石與右庶子唐休璟，審問二張。安石等方欲傳訊，哪知內敕復到，竟出安石為揚州長史，休璟為幽營二州都督。休璟知二張從中媒過來，臨行時密語太子道：「二張恃寵不臣，必且作亂，殿下應預先防備，免得遭殃。」太子允諾，休璟自去。武氏因安石外調，擬選人補缺，意尚未決，可巧突厥別部酋長叱列元崇，糾眾寇邊，當遣夏官尚書姚元崇，出任靈武道安撫大使，控制叛番，召見時令以字為名，免與叛寇相同。武氏專就是等處著想。元崇表字元之，陝州硤石人，自是遂以字行。武氏且令薦舉相才，元之對道：「張柬之沉厚有謀，能斷大事，現年已八十，請陛下速用為是。」武氏應諾，待元之去後，即用柬之為同平章事。柬之先任合州刺史（見前回），尋與荊州長史楊元琰對調，兩人同泛江至中流，談及武氏革命事。元琰慷慨太息，竟至泣下。柬之與語道：「他日你我得志，當彼此相助，同圖匡復。」元琰答稱如約。至是柬之入相，遂薦元琰為右羽林將軍，且與語道：「江上舊約，尚相憶否？」元琰道：「謹記勿忘。」柬之又結司刑少卿桓彥範，右臺中丞敬暉，及右散騎侍郎李湛等，同謀復唐，待時乃發。

長安四年秋季，武氏又復寢疾，累月不見輔臣，唯二張侍側不離。鳳閣侍郎崔玄暐上疏道：「太子相王，孝友仁明，足侍湯藥，宮禁所關甚重，幸無令異姓出入。」疏上數日，適武氏病得少痊，乃批答出來，系是「感卿厚意」四字。二張見此批答，恐致見疏，且慮武氏病篤，必將及禍，因陰結黨援，為預備計。不料外面已屢有揭帖，說是二張謀反。二張日夕彌縫，就是武氏得知，也置諸不問。偏是謠言日甚，不得不令二張加憂，密引術士李弘泰，占問吉凶。弘泰謂：「昌宗有天子相，勸他至定州造佛寺，可以祈福。」昌宗方暗自欣幸，奈被許州人楊元嗣聞悉，即行告發。即以其人之道，還治其人之身。武氏命平章事韋承慶，及司刑卿崔神慶，御史中丞宋璟等，審問二張。昌宗慌忙入白武氏，叩首流涕，自稱：「弘泰雖有妄言，臣等實無異心。」武氏乃令內侍傳語問官，囑他援自首律，減昌宗罪。承慶神慶復奏云：「昌宗準法首原，弘泰首惡當誅。」獨宋璟與大理丞封全禎，上疏辯駁道：「昌宗屢承寵眷，復召術士占相，意欲何為？且果以弘泰為妖妄，何不即執付有司？雖云據實奏聞，終是包藏禍心，法當處斬，不得少貸。」疏入不省。璟復見武氏，堅請收系二張，武氏仍然不許，但云：「且檢詳文狀，再行定奪。」璟退出後，竟有制令璟安撫隴蜀，璟不肯行，上言：「本朝故事，中丞非軍國大事，不當出使，今隴蜀無變，臣不敢奉制。」武氏乃改令璟往幽州，推按都督屈突仲翔贓汙。璟又謂：「外臣有罪，須由侍御或監察御史往審，臣不敢越俎代行。」司刑少卿桓彥範，及鳳閣侍郎崔玄暐，又接連入奏，固請武氏加罪昌宗。武氏乃令法司議罪。司刑卿韋昇系玄暐弟，復奏應處大辟，武氏不從。璟復入請窮治，武氏道：「昌宗已向朕自首，理應減罪。」璟答道：「昌宗為飛書所逼，窮蹙首陳，本非初意，且謀反大逆，罪難首原，若昌宗不伏大刑，何用國法？」武氏溫言勸解，璟厲聲道：「昌宗分外承恩，臣知言出禍隨，只因義憤所激，寧死不恨。」

武氏不覺變色。內史楊再思在側，恐璟忤旨，遂宣敕令出。璟又道：「聖主在此，臣面聆德音，不煩內史擅宣敕命。」真是硬頭子。武氏無言可駁，只好飭令復訊，遣昌宗至御史臺對簿。璟乃趨出，即詣臺立按昌宗。才經數語，忽由內使持敕特赦，引昌宗自去。璟不便追還，只長嘆道：「不先擊小子腦袋，悔無及了。」用全力搏兔，仍被脫去，應呼負負。既而武氏令昌宗謝璟，璟不令見，且傳語道：「公事公言，若私見便是違法，王法怎得有私哩？」昌宗特別慚恨。會璟為子授室，竟謀遣刺客殺璟，幸有人先為通報，璟乃潛宿他舍，才得免禍。越年正月，即嗣聖二十二年，是年改元神龍。武氏疾甚，二張仍居中用事，暗蓄異謀。於是同平章事張柬之，以為時機已至，不應再緩，乃密邀右羽林大將軍李多祚至第，與語道：「將軍今日富貴，從何得來？」多祚泣下道：「統是先帝所賜。」柬之道：「今先帝二子，為二豎所危，將軍獨不思報先帝大德麼？」多祚道：「苟利國家，唯相公驅使，多祚不敢自愛身家。」柬之道：「可真麼？」多祚指天為誓道，「如有虛言，應受天誅。」柬之大喜，即與同謀匡復事宜，復令桓彥範敬暉李湛等，俱為羽林將軍，令掌禁兵。又恐二張先自啟疑，特參入一個武攸宜，使與彥範等同列。二張果無異言。俄而姚元之自靈武至都，柬之語彥範道：「元之到來，吾事濟了。」遂招元之入室，商定大計，且轉告彥範等人。彥範歸白母前，母與語道：「忠孝不兩全，先國後家，庶不失為忠臣。」亦是賢母。於是彥範遂與張柬之崔玄暐敬暉李湛楊元琰李多祚等，約同起義，並邀同司刑少卿袁恕己，左羽林衛將軍薛思行趙承恩，職方郎中崔泰之，庫部員外郎朱敬則，司刑評事冀仲甫，檢校司農少卿翟世言，內直郎王同皎，率左右羽林兵五百餘人，入玄武門。同皎曾尚太子次女新寧郡主，先與李多祚李湛，馳入東宮，奉迎太子。太子未免疑懼，不敢出來。同皎道：「先帝以神器付殿下，殿下橫遭幽廢，神人同憤，迄今已二十二年。今無心悔禍，北門南牙，同心協力，共討凶豎，恢復大唐社稷，請陛下速至玄武門，親撫大眾，即刻入宮誅逆。」太子支吾道：「凶豎誠當誅滅，但太后患病未痊，恐致驚膽，願諸公再作後圖。」庸主實是無用。李湛忙接入道，「諸將相不顧家族，再造社稷，殿下奈何欲納諸鼎鑊呢？請陛下自往面諭，決定進止。」太子欲前又卻，同晈道：「事不宜遲，遲即有變，殿下亦恐難逃禍呢。」太子乃行。既出門外，同晈即扶抱太子上馬，代為執轡，馳至玄武門前。大眾歡躍相迎，不待太子開口，便將他擁至內殿，斬關而入。二張聞變，慌忙趨至殿廡，探聽消息，正值羽林軍進來，由張柬之等指揮，一齊趨上，刀光閃處，便將兩個貌美心凶的淫夫，劈作數段。再進至武氏所寢的長生殿，見殿前侍衛環立，由柬之等叱退，直叩寢門。武氏聞人聲雜沓，料知有變，即力疾起床，厲聲問道：「何人膽敢作亂？」柬之等擁太子入室，且齊聲道：「張易之昌宗謀反，臣等奉太子令，入誅二逆，恐致漏洩，故不敢預聞。臣等自知稱兵宮禁，罪應萬死。」武氏為唐室罪人，此時正應直數其罪，貶入別宮。奈何反自坐罪乎？武氏怒目視太子道：「汝敢為此麼？但二子既誅，可還東宮。」彥範進言道：「太子怎得再返東宮？昔天皇以愛子託陛下，今年齒已長，天意人心，久歸太子，臣等不忘太宗天皇厚恩，故奉太子誅賊，願陛下傳位太子，上順天心，下副民望。」武氏不欲允行，因見人情洶洶，又未便嚴詞拒絕，正在躊躇顧慮，驀見李湛亦立門前，便顧語道：「汝亦為誅易之將軍麼？我待汝父子不薄，不意乃有今日。」湛系李義府子，聽了此言，竟俯首無詞。武氏又見崔玄暐，也與語道：「他人多因人薦用，唯卿由朕特拔，今亦與彼等同來麼？」玄暐道：「這便是報陛下大德呢。」武氏不禁頓足道：「罷罷！」說了兩個「罷」字，仍返床躺下。

柬之仍擁太子出殿，即令羽林軍收捕張同休昌期昌儀，三人捉住雙半，遂請太子令，梟首天津橋南，且飭拘二張餘黨，逮韋承慶崔神慶房融等下獄。一面派袁恕己輔相王旦，統南牙兵，防備不測。一面召太平公主，令入白武氏，請制傳位。公主因二張譖死高戩，與有夙嫌，此次二張受誅，樂得充這美差，入勸武氏，不到半日，遂請出一道太子監國的制敕。越宿又頒制傳位，復辟功成，大赦天下，改元神龍。神龍現首不現尾，故其後為韋氏所弒。唯二張黨與不赦。百官登殿朝賀，當由中宗頒敕賞功。相王加號安國相王，拜為太尉。太平公主，加號鎮國太平公主。授張柬之夏官尚書，同鳳閣鸞臺三品，崔玄暐為內史，袁恕己為鳳閣侍郎同平章事，敬暉桓彥範為納言，並賜爵郡公。李多祚賜爵遼陽郡王，王同皎為駙馬都尉，兼右千牛衛將軍，爵瑯琊郡公。李湛為右羽林大將軍趙國公，餘皆進秩有差。越日，徙武氏居上陽宮。又越日，由中宗率同百官，詣上陽宮，加武氏尊號，稱為則天大聖皇帝。不復武氏後號，仍稱她為皇帝，柬之等殊不曉事。還朝後，敕令武氏宗族，概守舊官。皇族子孫，曾遭配沒，盡准歸復屬籍，且量敘官屬。從前周興來俊臣等冤誣諸人，咸令昭雪，子女俱免配沒，一律遣歸。復國號為唐，凡郊廟社稷陵寢，官制旗幟服色文字，皆如永淳以前故事（永淳系高宗年號，見前文）。復以神都為東都，遷武氏七廟至西京，仍命避諱。貶韋承慶為高要尉，流崔神慶至欽州，房融至房州。調楊再思留守西京，出姚元之為亳州刺史。小子有詩詠中宗復辟道：

> 帝子登臺復大唐，山河再造慶重光。
> 如何諸武仍留孽，又使餘凶亂政綱。

看官聽著！這姚元之系定策功臣，為何謫出亳州？這種情由，待小子下回再說。

上次敘二張入幸，不過穢亂深宮，罪尚未甚。至本回方及二張凶殘，冤誣魏元忠，幾至於死，非宋璟之規正張說，及張說之指斥張昌宗，則冤獄構成，大刑立至，元忠尚能襆被出都乎？重潤兄妹，系出華胄，又被讒死，甚至私引術士，密謀不軌，凶殘至此，死有餘辜。天道福善而禍淫，未聞有淫人致福者，況益以凶殘乎？張柬之等，舉兵討逆，名正言順，二張之誅，正天之假手柬之，為淫惡者示之報也。唯淫後尚存，且加尊號，餘孽未殄，仍守舊官，柬之等但知懲前，不務毖後，固為失策，昭昭者天，豈尚未厭禍，再欲亂唐耶？讀此回為之一快，又為之一嘆。

第三十七回　通三思正宮縱慾　竄五王內使行凶

卻說姚元之為定策功臣，當中宗復位時，曾加封梁縣侯，食邑二百戶，至武氏遷居上陽宮，元之曾隨駕過省，見了武氏，竟嗚咽流涕。及還，張柬之桓彥範與語道：「今日何日？豈公涕泣時麼！」元之答道：「前日助討凶逆，是不廢大義，今日痛別舊君，是不忘私恩，就使因此得罪，亦所甘心。」元之以敏達稱，斯語實為避禍計，厥後五王遭害，元之獨免，賴有此爾。柬之入白中宗，乃即出為亳州刺史。中宗復立韋氏為皇后，追贈後父玄貞為上洛王，母崔氏為王妃。左拾遺賈虛已上疏道：「異姓不王，古今通制，今中興伊始，萬姓仰觀，乃先封後族為王，殊非廣德施仁的美意。況先朝曾贈後族為太原王，可為殷鑑。」（指武士彠封王事。）中宗不報。原來中宗在房州時，與韋氏同遭幽禁，備嘗艱苦，情愛甚篤。每聞敕使到來，中宗不勝惶懼，即欲自盡，韋氏嘗勸阻道：「禍福無常，未必定是賜死，何用這般慌張呢？」既而延入內使，果沒有意外禍事。中宗遂深信韋氏，倍加情好，且與她私誓道：「他時若再見天日，當唯卿所欲，不加禁止。」同居患難，應敦情好，何唯卿所欲之語，如何使得？及中宗復位，再立為後。韋氏遂依踐舊約，居然欲仿行武氏故事，干預朝政，且幹出那無法無天的事情來了。

先是二張伏誅，諸武尚存，洛州長史薛季昶，入語張柬之敬暉道：「二凶雖誅，產祿猶在（呂產呂祿系漢呂后從子），去草不除根，終恐復生。」柬之敬暉道：「大事已定，尚有何慮？我看若輩如幾上肉哩。」未免大意。季昶出嘆道：「我輩恐無死所了。」朝邑尉劉幽求亦語桓彥範敬暉道：「三思尚存，公等終無葬地，若不早圖，噬臍無及。」彥暉二人，仍付諸一笑，全然不睬。哪知這位武三思，常出入禁掖，勾通六宮，比那武氏專政時，還要進一層威風。看官聽我道來，便已知他淫威漸熾，不可收拾了。中宗生有八女，第七女安樂公主，乃是中宗被廢時，挈韋氏赴房州，途次分娩，解衣作褓，特取名為裹兒。及年至十餘齡，姿性聰慧，容貌麗都，竟是一個閨中翹楚，中宗與韋氏，甚加寵愛。至中宗仍還東宮，眷屬一併隨歸。武氏見了此女，也愛她秀外慧中，遂命嫁與武三思子崇訓。臨嫁時備極張皇，令崇訓行親迎禮，貴戚顯宦，無不往賀。宰相李嶠蘇味道及郎官沈佺期宋之問等文士，且獻入詩文，滿紙稱頌，連上官婉兒，也隨同賀喜，齎奉篇章。中宗見婉兒詩意清新，容色秀麗，已自稱賞不置，到了復位以後，大權在握，便把婉兒召幸，合成一個鸞鳳交，冊為婕妤，封婉兒母鄭氏為沛國夫人。其實婉兒早已破瓜，並非處子，她自與六郎相謔，被武氏斥退後，已知不得近禁臠，只好降格相求，另尋主顧（應三十五回）。可巧武三思是個色中餓鬼，常倚武氏勢力，值宿宮中，因得與婉兒眉去眼來，鉤搭成歡。婉兒與三思，年齡雖不相當，猶幸三思生得頎晰，枕蓆上的工夫，又具有特長，便也樂得將就，聊解情懷。後經中宗召幸，自嘆命不由人，更嫁老夫，所有床第風光，遠遜三思數倍，不過因皇恩加寵，沒法推辭，只得敷衍成事，暫過目前。偏韋氏也是個好淫婦人，平時雖與中宗親愛，心中恰很有不足意，婉兒素性機警，相處數日，便已猜透八九，更放出一種柔媚手段，取悅韋氏，引得韋氏不勝喜歡，竟視婉兒是個知己，暇時輒與她談心，無論什麼衷曲，無不傳宣，甚且連中冓私情，也竟說出。嘗語婉兒道：「你經皇上寵幸，滋味如何？我看似食哀家梨，未曾削皮，何能知味？」（語出《控鶴監祕記》，看官欲知韋氏語意，請視原書。）婉兒乘勢迎合道：「皇后與皇上同經患難，理應同享安樂，試思皇上自復位後，今日冊妃，明日選嬪，何人敢說聲不是？難道皇上可以行樂，皇后獨不能行樂麼？」這數語正中韋氏心坎，卻故作嗔語道：「你是個壞人！我等備位宮闈，尚可似村俗婦人，去偷男子漢麼？」婉兒又道：「則天大聖皇帝，皇后以為何如？」韋氏不禁一笑。婉兒索性走近數步，與韋氏附耳數語，韋氏恰裝著一種半嗔半喜的樣兒，婉兒知已認可，遂出去引導可人兒，黃夜入宮。是夕正值中宗留宿別寢，趁著韋氏閒暇，即把情人送入，一宵歡樂，美不勝言。看官道是何人？原來就是武三思。婉兒自己不貞，還要教壞韋后，看官閱過此等歷史，則女子無才是德之言，非真迂論。嗣是三思得一箭雙鵰，只瞞著中宗一副耳目。這頂綠頭巾，實出婉兒之賜。韋氏與婉兒，且向中宗面前，屢說三思才具優長，中宗竟拜三思為司空，同中書門下三品，渠肯為後妃效勞，理應加封。並進婉兒為昭容，令她專掌詔命。三思子崇訓，與崇訓妻李裹兒，當然封為駙馬公主，不消細說。既而復封散騎常侍武攸暨為定王，兼職司徒，諸武聲勢復振。

張柬之等始覺著急，乃入朝面奏，請中宗削諸武權。看官試想！此時的中宗，還肯聽他奏請麼？三思入宮，與韋氏擲雙陸，中宗且自為點籌，至三思歸第，間或一二日不至，中宗即微服往訪，差不多似魚得水，似漆投膠。你的妻妾，得了他的滋味，宜乎加愛，試問你有什麼好處。監察御史崔皎進諫道：「國命初復，則天皇帝尚在西宮，人心未靖，舊黨猶存，陛下奈何微行，不防危禍哩？」中宗非但不從，反把崔皎所言，轉告三思。昏愚至此，安得不死。三思引為大恨，遂與婉兒密議，造出一種墨敕，只說由中宗手諭，不必經過中書門下，便好直接施行，這明明是欲奪宰相政權，歸入宮中，好令三思等任情舞弊。又況詔敕都歸婉兒職掌，中宗又是個糊塗蟲，所頒墨敕，統是婉兒代筆，是假是真，外人無從辨明。於是中宗庶子譙王重福，為韋氏所譖，說他妻室是二張甥女，顯見是黨同二張，一道墨敕，將他貶為均州刺史，令州司從旁管束。還有術士鄭普思，尚衣奉御葉靜能，好談妖妄，獻媚中宮。韋氏替兩人說項，又是一道墨敕，授普思為祕書監，靜能為國子祭酒。桓彥範敬暉等竭力奏阻，拾遺李邕亦上疏諫諍，均不見從，唯高宗廢后王氏，及蕭淑妃兩人，由武氏易姓為蟒為梟，總算經宰相奏請，仍復舊姓。又召還魏元忠為兵部尚書，擢用宋璟為黃門侍郎，任使得人，尚孚眾望。餘皆為韋氏婉兒三思等所把持，多半營私壞法。韋氏竟援武氏故例，當中宗視朝時，也在御座左側，隔幔坐著。桓彥範奏稱：「牝雞司晨，有害無利，請皇后專居中宮，勿預外事。」中宗並不理睬。胡僧慧範，挾術結韋氏歡，韋氏竟稱他平亂預謀，特授銀青光祿大夫。張柬之桓彥範等，見中宗所施諸政，愈出愈非，意欲先誅諸武，再清餘孽，遲了遲了。乃率群臣上表，略云：

臣等聞五運迭興，事不兩大，天授革命之際，宗室誅竄殆盡，豈得與諸武並封。今天命維新，而諸武封建如舊。並居京師，開闢以來，未有斯理。願陛下為社稷計，順遐邇心，降其王爵以安內外，則不勝幸甚！

看官試想！武三思是韋氏上官氏的淫夫，武攸暨是太平公主的駙馬，豈是一本彈章，便搖得動麼？柬之等沒法，卻去引用一個崔湜，作為耳目，湜任考功員外郎，少年新進，頗有口才，他是個見風使帆的朋友，對著武三思等，常諂諛求悅，對著張柬之等，卻詞辯生風，敬暉看他敏達，竟令他密伺諸武動靜。他反將暉等計謀，轉告三思，三思引為中書舍人，反做了武家走狗。可巧宣州司士參軍鄭愔，坐贓被髮，逃入東都，私下求謁三思，三思立命延入。原來愔本做過殿中侍御史，因坐二張黨與，乃致累貶。三思素與愔善，延見後稍敘寒暄，愔竟大哭起來。哭畢，復大笑不止，惹得三思驚疑不定，免不得詰問情由。我亦要問。愔答道：「愔初見大王不得不哭，恐大王將被夷戮，後乃大笑，幸大王尚得遇愔，可以轉禍為福呢。」竟有戰國士人遊說之風。三思又問道：「何禍何福？」愔答道：「大王雖得主寵，但張柬之等五人，出將入相，去太后尚如反掌，大王自視勢力，與太后孰重？彼五人日夜切齒，謀食大王肉，思滅大王族，大王不去此五人，危如朝露，尚安然以為無恐，愔所以為大王寒心呢。」三思被他一說，幾乎身子都顫動起來，便引他登樓，密問轉禍為福的計策。愔微笑道：「何不封五人為王？陽示遵崇，陰奪政柄，待他手無大權，慢慢兒的擺布，不怕他不束手就斃了。」三思大喜道：「好計好計！」遂把他贓罪盡行洗釋，且薦為中書舍人，一面暗告韋氏等，向中宗前日夕進讒，只說張柬之等五人，恃功專寵，將不利社稷。中宗不得不信，便與三思商議此事。三思即將愔策上陳，遂由中宗手敕，封張柬之為漢陽王，桓彥範為扶陽王，敬暉為平陽王，袁恕己為南陽王，崔玄暐為博陵王，罷知政事，令他朔望入朝。改用唐休璟豆盧欽望為左右僕射，韋安石為中書令，魏元忠為侍中。本來唐朝首相，叫做尚書令，左右二僕射，乃是宰相副手。自唐太宗嘗為尚書令，此後臣下不敢居職，遂將尚書令撤銷，即以二僕射為二宰相。太宗後除拜僕射，必兼中書門下二省，所以叫做同三品。午前決朝政，午後決省事。豆盧欽望，希承諸武意旨，自言不敢預政事，因此專任僕射，不兼相職，後遂成為常例。借豆盧欽望事，敘及官制沿革，可謂面面顧到。

羽林將軍楊元琰，以功封弘農郡公，至是見三思用事，五人罷政，自知遺禍未已，表請祝髮為僧，悉還官封，中宗不許。元琰多須，狀類胡人，敬暉尚戲語道：「何不先與我言？我若早知，必勸皇上允准，髡去胡頭，豈非快事？」元琰道：「功成者退，不退必危，元琰自請為僧，原是真意，省得再蹈危機呢。」暉知他語中有意，也為矍然，每與柬之等談及，或撫床嘆憤，或彈指出血，畢竟是無法可施，徒呼負負罷了。機上肉何不一割。元琰再行固請，仍不見允，但調任為衛尉卿。柬之也恐禍及，奏請致仕，歸家養疾。他本是襄州人，因令為襄州刺史。柬之至州，持下以法，親舊無所縱貸。會河南北十七州大水，泛濫所及，遠至荊襄，漢水亦漲嚙城郭。柬之因壘為堤，防遏湍流，邑人賴以無害，稱頌不衰。右衛參軍宋務光，因河洛水溢，上書言事道：「水為陰類，兆象臣妾，臣恐後庭干預外政，乃致洪水為災，宜上儆天警，杜絕禍萌。太子國本，應早建立，外戚太盛，應早裁抑」云云。中宗乃降武三思為德靜王，武攸暨為樂壽王，武懿宗等十二人，皆黜王封公，表面上算是抑制，其實軍國重權，已盡歸三思掌握，不過塗飾人目罷了。三思且暗囑百官，上皇帝尊號曰「應天皇帝」，皇后曰「順天皇后」。妻被人淫，身被人汙，難道天意叫他如此麼？中宗大喜，即與韋氏謁謝太廟，大赦天下。居然仿高宗武氏故事。相王旦及太平公主，俱加封萬戶，文武百官，各增爵秩，賜民酺三日。

三日以後，又挈韋氏及妃主等人，往看潑寒胡戲。看官道什麼叫做潑寒胡戲呢？原來東都城內，嘗有番胡雜居，此時正當十一月間，天氣嚴寒，胡人素來耐冷，雖經風霜凜冽，尚能裸身揮水，舞蹈自如，因此中宗飭令諸胡，演此把戲，作為娛目騁懷的消遣。清源尉呂元泰上疏諫阻，擲還不省，竟與後妃等登洛城南門，賞玩了一天。是夕還宮，有上陽宮人入報，太后病重，恐防不測，乃於隔宿往省。武氏見了中宗，免不得叮嚀囑咐，教他保全諸武，且涕泣與語道：「我年已活到八十二歲了，別人做不到的事情，我都親身做過，尚有何恨？但回思往事，如同夢境，此後不必稱我為帝，仍以太后相稱便了。」說至此，禁不住喘急起來，呼吸多時，方覺稍平。乃復顧中宗道：「你且去！明日再說。」中宗乃出。到了夜半，中宗已欲就寢，又有宮人來報導：「太后昏暈過去了。」中宗忙召同韋氏婉兒等，趨入上陽宮，到了武氏寢室，見相王及太平公主諸人，已是擠滿床前，但聽武氏口中所述，一派兒都是鬼話，經太平公主等，齊聲呼喚，又把薑湯徐徐灌入，才有些清醒起來。大眾方避立左右，讓過中宗韋氏。臨榻婉問，武氏雙目直視，復囈語道：「呵喲！你等都來了麼？要我老命，奈何？」說畢，又復昏去。無非痛恨武氏，所以增詞演寫。中宗也不覺發怔，復經大眾七手八腳，合力施治，好容易救活殘生。武氏顧見中宗，瞧了半晌，乃撐著病喉道：「病入膏肓，不可救藥，我今日方信二豎為災呢。王后蕭妃二族，我前日待他過甚，你應赦免他的親屬。就是褚遂良韓瑗柳奭等遺嗣，俱宜釋歸，這是至囑！」又顧太平公主道：「你是我的愛女兒，聰明類我，幸勿為聰明所誤。」轉眼瞧及韋氏及婉兒等，只是搖頭，不復再言。為後文伏案。大眾也不敢再問，武氏卻呼呼的睡去了。嗣是輪流陪侍，又越二宵，武氏乃死。中宗傳武氏遺制，除去帝號，赦王蕭二族，及褚韓柳數姓家屬，尊謚武氏為則天大聖皇后，命中書令魏元忠，暫攝塚宰。三思偽託武氏遺命，慰諭元忠，賜封邑百戶。元忠捧讀偽制，感激涕零，有人見他下涕，從容私議道：「大事去了。」獨不記臨朝對簿時麼？中宗居喪甫三日，即由元忠歸政，詔令預備太后祔葬事宜。給事中嚴善思入奏道：「鬼神主靜，不應輕褻，今欲祔葬太后，恐開啟陵墓，反致驚黷。況合葬並非古制，不如在陵旁更擇吉地，較為慎重。」善思寓有深意。中宗不從，竟將武氏合葬乾陵。(系高宗墓，見前文)。

越年為神龍二年，武三思因桓彥範等尚在京師，時懷猜忌，遂請中宗出桓彥範為洺州刺史，敬暉為滑州刺史，袁恕己為豫州刺史，崔玄暐為梁州刺史。晉加僧慧範等五品官階，賜爵郡縣公，葉靜能加授金紫光祿大夫。駙馬都尉王同皎，目擊時事，心甚不平，嘗與親友談及國政，指斥三思，並及韋后。前少府監丞宋之問，及弟之遜，因坐二張黨案，流戍嶺南。二人卻逃回東都，因素與同皎往來，潛匿同皎宅內。二宋既已犯決，同皎不應為私廢公，乃竟許留匿，安得不死？同皎平時議論，俱為之遜所聞，之遜密令子曇，及甥校書郎李悛，轉告三思。三思即令曇悛告變，謂同皎與洛陽人張仲之祖延慶，及武當丞周憬等，潛結壯士，謀殺三思，且廢皇后。中宗乃命御史大夫李承嘉，監察御史姚紹之，按問同皎等。獄尚未決，再命楊再思韋巨源參驗。再思本出為西京留守（見上次），因諂附三思，仍召還為侍中，巨源是三思爪牙，得任刑部尚書，這兩人摻入問刑，無罪也變成有罪。張仲之朗聲道：「武三思淫汙宮掖，何人不知？公等獨無耳目麼？」巨源大怒，命反掖送獄。仲之尚且反顧，屢語不已，經紹之叱令役隸，擊斷仲之左臂。仲之大呼道：「蒼天在上，我死且當訟汝，看汝等能長享富貴麼？」已而再思等擬成讞案，請將同皎等處置極刑。同皎仲之延慶皆坐斬。獨周憬未曾被捕，逃入比干廟（比干，紂叔父），聞同皎枉死，不由的悲憤起來，竟至神座前大言道：「比干古時忠臣，應知我心，武三思與韋后淫亂，為害國家，將來總當梟首都市，但恨我未及親見囉。」遂引刃自剄。之問之遜，及曇悛併除京官，加朝散大夫。韋氏以新寧公主，無夫守寡（公主為同皎妻見前回），不忍她寂寞空幃，特令改嫁從祖弟韋濯。母舅變成夫婿，也可謂唐朝新聞了。真是一塌糊塗。

三思既除去同皎，遂誣稱桓彥範敬暉等，與同皎通謀，乃左遷彥範為亳州刺史，暉為朗州刺史，恕己為郢州刺史，玄暉為均州刺史，就是同時立功的大臣，如趙承恩薛思行等，一併外調。處士韋月將，獨上書請誅武三思，中宗覽書，立命拿斬。黃門侍郎宋璟入奏道：「外人紛紛議論，謂三思私通中宮，陛下亦應澈底查究，不宜濫殺吏民。」中宗不許，璟抗聲道：「必欲斬月將，請先斬臣。」宋公又來出頭了。大理卿尹思貞，時亦在側，也奏稱：「時當夏令，不應戮人。」中宗乃命加杖百下，流戍嶺南。三思竟函囑廣州都督周仁軌，殺死月將，且出思貞為青州刺史，璟為檢校貝州刺史，一面復令中書舍人鄭愔，再告敬暉等謀變，辭連張柬之，因再貶暉為崖州司馬，彥範為隴州司馬，柬之為新州司馬，恕己為竇州司馬，玄暐為白州司馬。三思意尚未饜，定欲害死五人，方快心願，乃密令人至天津橋畔，揭示皇后穢行，請加廢黜，又故意令中宗聞知，中宗大怒，即命李承嘉窮究。承嘉受三思密囑，奏稱由敬暉等五人所為，遂更流暉至瓊州，彥範至瀼州，柬之至瀧州，恕己至環州，玄暐至古州。五家子弟，年至十六以上，悉流嶺南。中書舍人崔湜，且代為三思劃策，令外兄大理正周利用（本名利貞，因避韋氏父諱，改貞為用），齎了一道偽造的墨敕，往殺五人。利用前為五人所嫉，貶為嘉州司馬，由三思召為刑官，至是命攝右臺侍御史，出使嶺外。利用立即啟行，兼程逾嶺。適值柬之玄暐，已經道歿，只縛住敬暉桓彥範袁恕己三人。暉被剮死，彥範杖斃，恕己飲野葛汁不死，也被捶死。薛季昶累貶至儋州司馬，聞五人遇害，自知不能免禍，也具棺沐浴，飲毒而終。小子有詩嘆五王道：

邪正從來不兩容，周誅管蔡舜除凶。
自經大錯鑄成後，嶺表徒留冤血濃。

利用還都，得擢拜御史中丞，還有一班三思走狗，盡得升官，待小子下回再敘。

武氏以後，又有韋氏，並有上官婉兒，及太平公主安樂公主等人，何淫婦之多也。夫冶容誨淫古有明訓，但好淫者未必儘是冶容，冶容者亦未必儘是好淫，誤在宗法未善，愈沿愈壞耳。韋氏淫而且賤，仇若三思，甘為所汙，忠若五王，反恐不死。有武氏之淫縱，無武氏之材能，其鄙穢固不足道。獨怪中宗以十餘年之幽囚，幾經危難，備嘗艱苦，尚不能練達有識，甚至縱婦宣淫，引奸入室，臣民明論暗議，彼且甘作元緒公，殺人唯恐不及，或所謂下愚不移者非耶？武氏本一智婦，乃獨生此愚兒，殊為不解。至若五王之死，已見前評，去草不除根，終當復生，薛季昶料禍於前，隨死於後，尤為可悲。乃知姚元之楊元琰輩之不愧明哲也。

第三十八回　誅首惡太子興兵　狎文臣上官恃寵

卻說武三思既殺五王，權傾中外，當時為三思羽翼，約有數人，最著名的叫做五狗：一個就是御史中丞周利用，還有侍御史冉祖雍，太僕丞李俊，光祿丞宋之遜，監察御史姚紹之。終日伺候門牆，一經三思呼喚，無不奉命唯謹，所以時人號為五狗。宗秦客坐贓被黜（見三十二回），客死嶺表，有弟楚客及晉卿，由三思舉薦入官，累次超遷，楚客竟得任兵部尚書，晉卿亦得為將作大匠。紀處訥系三思姨夫，三思姨頗有姿色，為三思所羨，處訥慷慨得很，縱妻與三思通姦，三思即引為太府卿，廉恥道喪。都下稱為宗紀，相率側耳。三思又擢任鄭愔為侍御史，崔湜為兵部侍郎，湜系故御史崔仁師孫，父名挹，因湜得寵，也得任禮部侍郎。父子同時為侍郎，系唐朝所罕有。湜因感恩不盡，愈為三思效力。三思嘗語人道：「我不知此間何人為善？何人為惡？但教與我善便是善人，與我惡便是惡人。」一班趨炎附勢的官兒，得聞此語，越發巴結三思，願為走狗。由此五狗以外，又輾轉鉤引，聚成無數狗奴。

會中宗還駐長安，相王旦請速立太子，借固邦本。太平公主亦以為言。中宗遂不與韋氏三思等熟商，竟立衛王重俊為太子。重俊系後宮所生，非韋氏嫡出，韋氏追諫無及，心甚怏怏。三思亦因建儲大事，絕不與聞，故隱懷忮忌。又有一個宮中寵女，自恃恩眷，嘗欲以女統男，謀竊神器，覬聞儲位已定，更不禁著急起來。此人為誰？就是安樂公主李裹兒。原來韋氏只生一子，重潤受封邵王，前被武氏杖斃（見三十六回）。安樂公主以嫡後無兒，竟痴心妄想，求為皇太女，中宗頗有允意，召問魏元忠。元忠答道：「公主為皇太女，駙馬都尉當作何稱？」中宗也一笑而罷。公主聞元忠言，大恚道：「元忠山東木強，曉得什麼禮法？阿母子尚為天子，天子女獨不可作天子麼？」看官道「阿母子」三字作何解？因宮中嘗稱武氏為阿母子，所以公主有此憤言。中宗勸諭百端，且令她得開府置官，公主方才息恨。至重俊立為太子，公主瞧他不起，與駙馬都尉武崇訓，呼他為奴。太子怨不能平，默思盈廷大臣，多系諸武黨羽，唯魏元忠李多祚兩人，較為正直，乃即與他密商。多祚極端贊成，只元忠尚有異議。元忠自起用後，遇事模稜，不似在武氏朝，侃侃持正，譽望已經減損。想是慮患太深，遂把豪情減去。此次太子為討逆計，元忠恐事機不成，必罹巨禍，所以不願與謀。可巧酸棗尉袁楚客，貽書元忠，謂朝廷有十失，勖他規正，略云：

今皇帝新服厥德，當進君子，退小人，以興大化，正天下，君侯安得徒事循默哉？苟利國家，專之可也。夫安天下者先正其本，本正則天下固，國之興亡系焉。太子天下本，古立太子，必慎選師保，教以君人之道，蘊崇其德，所以固根本也。今嫡嗣雖定，師保未端，有本無枝，本將曷恃？此朝廷一失也。女有內則，男有外傳，豈相混哉？幕府者丈夫之職，今公主得開府置吏，以女處男職，所以長陰抑陽也。而望陰陽不忒，風雨時若得乎？此朝廷二失也。緇衣羽流，不務本業，專以重寶附權門。私賣度錢，自肥私橐，國家多一僧道，即多一遊手，此朝廷三失也。唯名與器，不可假人，今倡優之輩，因耳目之好，遂授以官，非輕朝廷，亂正法耶？此朝廷四失也。有司選士，非賄即勢，上失天心，下違人望，非為官擇吏，乃為人擇官，葛洪有言：「舉秀才，不知書，察孝廉，濁如泥，高第賢良雜如蛙。」此朝廷五失也。閹豎第給宮掖，供掃除，古以奴隸畜之，後世不察，委以事權，豎刁亂齊，伊戾敗宋，後漢用十常侍以亂天下，可謂明戒。今中興以後，閹官得坐升班秩，率授員外，乃盈千人，此朝廷六失也。古者茅茨土階，以儉約貽子孫，所以愛力也，今外戚公主，所賞傾府庫，所造皆官供，高臺崇榭，誇奢門靡，民力耗敝，徒使人主受謗於天下，此朝廷七失也。官以安人，非以害人，今天下困窮，州牧縣宰，非以選進，割剝自私，民不聊生，乃更員外接官，十羊九牧，有害無利，此朝廷八失也。政出多門，大亂之漸，近封數夫人，皆先朝宮嬪，出入無禁，交通請謁，此朝廷九失也。不以道事其君者，所以危天下也，危天下之臣，不可不逐。今有引鬼神執左道以惑眾者，熒惑主聽，竊盜祿位。傳曰：「國將興，聽於人，將亡，聽於神。」今幾聽於神乎？此朝廷十失也。凡茲十失，均足召亡，君侯不正，誰與正之？願君侯留意焉！

元忠得書，自覺懷慚，於是太子討逆，也不加勸阻，唯推李多祚出頭，自己作壁上觀，靜待成敗。仍然狡猾。多祚向來意氣自雄，自謂前次討平二張，反手即定，此次三思淫惡，與二張無異，天怒人怨，但教稍稍舉手，便可立除，驕必敗。因此邀同將軍李思沖李承況獨孤禕之沙吒忠義等，矯制發羽林兵三百餘人，擁著太子重俊，殺入武三思私第。三思正在家夜飲，與一班嬌妻美妾，團坐敘歡，連崇訓也在旁陪宴，只有安樂公主入宮未歸，不在座間，猛然聽得人聲馬嘶，免不得驚疑起來，方呼侍役等出門探視，不防羽林兵一擁而入，見一個，殺一個，三思父子，無從脫逃，被多祚等次第拿下，推至太子馬前。太子斥他淫凶萬惡，自拔佩劍，剁死兩人，一面飭軍士搜殺全家，無論男的女的，老的少的，俏的醜的，一古腦兒拖將出來，亂刀劈死。快哉快哉！太子乃命左金吾大將軍成王千里（太宗孫）及千里子天水王禧，分兵守宮城諸門，自與多祚等，入肅章門，直指宮禁。

中宗與韋氏婉兒，及安樂公主等，夜宴才罷，忽由右羽林大將軍劉景仁，踉蹌進來，報稱太子謀反，已領兵入肅章門了。中宗不覺發顫道：「這……這還了得！」還是婉兒有些主見，便道：「養兵千日，用兵一時，劉將軍所掌何事，乃聽叛兵犯闕麼？」景仁碰了一個釘子，連話兒都答不出來。安樂公主接口道：「你快去調兵入衛，守住玄武門，再報知兵部宗楚客等，速來保護！」景仁聽了，飛步趨出。婉兒又獻議道：「玄武門樓堅固可守，請皇上皇后等，快往登樓，一來可暫避凶鋒，二來可俯宣急詔。」安樂公主也以為然，遂相偕趨玄武門樓。適遇劉景仁帶兵百騎，轉來保駕，中宗即令他屯兵樓下，自與韋氏等上樓。宮闈令楊思勖，亦隨步同上，既而宗楚客紀處訥，及中書令李嶠，侍中楊再思蘇瓌等，均前來請安，數人約率兵二千餘名，由中宗敕令駐太極殿，閉門固守。說時遲，那時快，李多祚等已至玄武樓下，嘩聲不絕。中宗據樓俯視，語多祚道：「朕待卿不薄，何故謀反？」多祚道：「三思等淫亂宮壺，陛下豈無所聞？臣等奉太子令，已誅三思父子，唯宮闈尚未肅清，願將黨同三思的首惡，請制伏誅，臣等當立刻退兵，自請處罪，雖死不恨。」中宗聞三思父子，已經被殺，不由的吃了一驚。還有韋氏婉兒安樂公主，都忍不住泣涕漣漣，牽住中宗衣襟，願報仇雪憤。安樂公主或念結髮之情，應該如此，韋氏婉兒何亦如之？中宗尚看不出破綻，真是笨伯。急得中宗越加惶急，不知所為。又聽得多祚大呼道：「上官昭容，勾引三思入宮，乃是第一個的罪犯。陛下若不忍割愛，請速將她交出，由臣等自行處置。」此語未免專擅。中宗待他說畢，回顧婉兒，但見婉兒兩頰發赤，紅淚下流，突向前跪下道：「妾並無勾引三思情事，諒經陛下洞鑑，妾死不足惜，但恐叛臣先索婉兒，次索皇后，再次要及陛下。」好一個激將法。中宗道：「朕在宮中，豈真不見不聞？怎忍將卿交與叛逆。卿且起來，商決討逆方法。」婉兒方才起立。楊思勖在旁進言道：「李多祚挾持太子，稱兵犯闕，這等叛臣逆賊，人人得誅。臣雖不才，願率同禁兵，出門擊賊。」中宗被他一說，稍覺膽壯起來，便道：「卿願效力，尚有何言？但此去須要小心！」思勖領諭，當即下樓，馳至太極殿內，傳諭宗楚客等。楚客即撥兵千人，歸他帶領，他便披甲上馬，領兵出來。多祚因中宗未曾答覆，尚在樓下待著，按兵不動。也是呆鳥。太子接應多祚，道遇魏元忠子太僕少卿昇，也脅令同來，因見多祚尚未動手，也在後面紮住。多祚婿野呼利，曾任羽林中郎將，至是執戈前驅，意欲奪門升樓，為將軍劉景仁所拒，再進再卻，忽見門已大啟，忙馳馬欲入，兜頭碰著楊思勖，一刀砍來，急切裡閃避不及，被思勖劈落馬下，再是一刀，了結性命。思勖殺死野呼利，麾兵齊出，與多祚接戰。多祚手下，不過二三百人，且見野呼利被殺，越覺氣沮，便紛紛倒退。中宗在樓上觀戰，見思勖已是得勝，不禁改憂為喜，遂高聲傳呼道：「叛軍聽著！汝等皆朕宿衛士，何故從多祚造反？若能立刻反正，共誅多祚，朕不但赦汝前愆，還當特別加賞，勿患不富貴呢。」羽林兵聽到此諭，已知多祚無成，大家顧命要緊，索性遵敕倒戈，殺死多祚。思沖承況褘之忠義等，前後受逼，都戰死亂軍中，連魏昇亦為所殺，只有太子策馬走脫。

成王千里父子，聞多祚等已經接仗，也進攻右延明門。宗楚客紀處訥等，引兵抵敵，千里等寡不敵眾，同時傷亡。楚客再遣果毅軍將趙思慎追捕太子，太子率百騎走終南山，逃至鄠西，隨身只有數人，暫憩林下，被左右刺死，將首級獻與思慎。思慎攜太子首，歸報中宗。中宗毫不痛惜，把太子首獻入太廟，並祭三思及崇訓柩，然後懸示朝堂。東宮官屬，無敢近太子屍，唯永和縣丞寧嘉勗，解衣裹太子首，號哭多時，後來被貶為興平丞。成王千里父子，及多祚等家屬，悉數誅夷，且改千里姓為蝮氏。

韋氏婉兒，逼中宗窮治餘黨，連肅章門內外諸守吏，並請盡誅。中宗乃更命法司推斷，大理卿鄭唯忠道：「大獄始決，人心未定，若再加推治，恐更多反側了。」中宗乃止。但坐各門吏流罪，頒制大赦，改元景龍，加授楊思勗為銀青光祿大夫，楊再思為中書令，紀處訥為侍中，追贈武三思太尉梁宣王，淫慝如三思，還要追封，無怪淫夫愈多，妻女越受糟蹋了。武崇訓開府儀同三司魯忠王。先是中宗復位，追念重潤兄妹，含冤未白，特贈重潤為皇太子，賜謚懿德，永泰郡主為公主，以禮改葬，號墓為陵。安樂公主亦請用永泰公主故事，稱崇訓墓為陵。給事中盧粲，上書駁斥，以為永泰事本出特恩，魯王系是駙馬，不得為比。中宗手諭道：「安樂與永泰無異，魯王同穴，不妨援例。」粲又駁奏道：「陛下鍾愛公主，施及女夫，未始非推恩至意。但駙馬究系人臣，豈可使上下無辨，君臣一貫呢？中宗乃將此議擱起。公主恨粲多言，擅擬制敕，令帝署印，出粲為陳州刺史。當時宮廷內外，還道公主情深伉儷，所以有此奏請，或將來為同穴起見，特借武崇訓事，同表顯榮，亦未可知。哪知崇訓在日，承嗣子延秀，與崇訓為同族兄弟，隨時往來，叔嫂不避。延秀在突厥數年，頗通番語，兼嫻胡舞，姿度閒冶，豐採麗都（延秀被拘突厥及其後放還，見三十五六回）。安樂公主早已另眼相看，曲意款待，只恨崇訓在旁，沒法兒與他偷情，此次崇訓死了，樂得召入延秀，共敘幽歡，名目上是幫助治喪，背地裡是陪侍枕蓆。延秀又是個知情識趣的人物，驟得公主委身，自然特別盡力，溫柔鄉里，趣味獨饒，風月夢中，歡娛倍甚，太宗可納弟婦，延秀應該盜嫂。漸漸的明目張膽，公然與夫婦一般。最可笑的是中宗聞知，竟令延秀尚主，授太常卿，兼右衛將軍，封溫國公。延秀入朝謝恩，並謁韋氏，韋氏見他翩翩少年，也很羨慕。且因三思已死，無可續歡，看到這個愛婿，頓不禁惹起慾火，後來竟迫令侍寢，居然母女同歡。丈母逼姦女婿，越是怪事。

宗楚客等且表上帝後尊號，稱中宗為應天神龍皇帝，韋氏為順天翊聖皇后，改玄武門為神武門，樓為致勝樓。安樂公主，復陰結宗楚客等，謀譖相王及太平公主，嗾令御史冉祖雍，誣奏二人與重俊通謀，請收付制獄。中宗竟召吏部侍郎，兼御史中丞蕭至忠，命他鞫治。至忠泣諫道：「陛下富有四海，不能容一弟一妹，乃令人羅織成獄麼？相王昔為皇嗣，嘗向則天皇后前，以神器讓陛下，累日不食，這是海內所共聞，奈何因祖雍一言，遂滋疑竇麼？」中宗素來友愛，因即罷議。宗楚客等復訐奏魏元忠，說他縱子助逆，明明是重俊黨援，應夷滅三族，中宗不許。這卻尚有見地。元忠卻自嘆道：「元惡已誅，鼎鑊亦所願受，可惜太子隕沒，不得重生呢。」乃表請辭官。有制令以齊公致仕，仍朝朔望。楚客再引右衛郎將姚廷筠，為御史中丞，令他申劾元忠，援侯君集房遺愛等舊案，作為比例，因貶元忠為渠州司馬。冉祖雍復上言元忠謀逆，不應出佐渠州，楊再思等亦以為言，那時中宗亦動起惱來，駁斥再思等道：「元忠久供驅使，有功可錄，所以朕特矜全，現在制命已行，豈容屢改？朝廷黜陟，應由朕出，卿等屢奏，殊違朕意。」有此剛決，卻是難得。再思等始惶恐拜謝。楚客心終不死，再使袁守一彈劾元忠，謂：「重俊位列東宮，猶加大法，元忠非勛非戚，如何獨漏嚴刑？」中宗不得已，再貶元忠為務州尉。元忠行至涪陵，得病而終，年已七十餘。他本宋州宋城人，以剛直聞，晚年再入朝秉政，自損豐裁，聲望頓減。但終為奸黨所譖，仍至貶死。至景龍四年，睿宗即位，乃追贈尚書左僕射齊國公，玄宗開元六年，追謚曰貞，這且慢表。

且說重俊事敗，韋氏婉兒安樂公主等，聲焰益盛，再加宗楚客紀處訥等，趨承奔走，事事效勞，因此宮禁變作朝廷，床闥幾同都市。景龍二年，宮中忽傳出一種新聞，說是皇后衣笥裙上，有五色雲凝聚，非常祥瑞。恐是穢跡。中宗昏頭磕腦，竟令宮監繪成圖樣，攜示百官。侍中韋巨源（安石從子），也是宗紀一流人物，即頓首稱賀，且請布示天下。中宗准奏，因大赦天下，賜五品以上母妻封號，無妻授女，婦人八十以上，俱准授郡縣鄉君。太史迦葉（複姓音迦涉）志忠入奏道：「昔神堯皇帝未受命，天下歌桃李子，文皇未受命，天下歌秦王破陣樂，天皇未受命，天下歌堂堂，則天皇后未受命，天下歌武媚娘，應天皇帝未受命，天下歌英王石州，順天皇后未受命，天下歌桑條韋。臣思順天皇后，既為國母，應主持蠶桑，供給宗廟衣服，所以臣謹擬桑條韋歌，共十二篇，上呈睿鑑，請編入樂府，俟皇后祀先蠶時，奏此篇章，也是鼓吹休明，上繼周南化雅哩。」說罷，即將歌詞雙手捧上。經中宗覽畢，喜動眉宇，即賜志忠美絹七百段。太常少卿鄭愔，又逐篇引伸，說得韋氏德容美備，居然是西陵（黃帝元妃嫘祖，系西陵氏）復出，太姒（周文王妃）重生。誰知是一個淫婦。右補闕趙延禧，且上言：「周唐一統，符命同歸。昔高宗封陛下為周王，則天時，唐同泰獻洛水圖，孔子有言：『繼周而王，百世可知。』陛下繼則天皇帝，因周為唐，可百世王天下。」虧他附會。中宗大喜，立擢延禧為諫議大夫。上官婉兒，本與武三思私通，所擬詔書，多半崇周抑唐，至是因三思被殺，意中少一個知心人，免不得又要另覓，她想文人學士中，總有幾個風流佳客，可供青眼，遂慫恿中宗開館修文，增設學士員，選擇能文的公卿，入修文館，摛藻揚華，有時令學士等陪侍遊宴，君臣賡和，韋氏安樂公主等，俱不避嫌疑，與諸文士結詩酒歡，連流竟夕，醉不思歸。中宗韋氏，本不工詩，即由婉兒代為捉刀，各文臣亦明知非帝後親筆，但當面只好認她自制，特別稱揚，這一個說是臣百不逮，那一個說是臣萬不及，喜得中宗韋氏，似吃雪的爽快，遂把那婉兒寵上加寵，所有乞請，無一不從。才足濟奸，男子尤且可憎，況在婦女。婉兒趁此機會，揀得一個兵部侍郎崔湜，引作面首。湜年少多才，與婉兒真是一對佳耦，此番結成露水緣，婉兒才得如願以償，但尚有一種不滿意處，崔湜在外，婉兒在內，宮闈雖然弛禁，究竟有個孱主兒，擺著上面，始終不甚方便。婉兒又想出一法，請營外第，以便遊賞。中宗當即面許，撥給官費營造，於是穿池為沼，疊石為巖，先布置得非常幽勝，然後構成亭臺閣宇，園榭廊廡，風雅為洛陽第一家，一任婉兒崔湜，棲遲偃息，日日演那鴛鴦戲浴圖。中宗還莫名其妙，常引文臣往遊，開宴賦詩，令婉兒評定甲乙，核示賞罰。相傳婉兒將生時，母鄭氏夢見巨人，付與一秤道：「持此秤量天下士。」及婉兒生已逾月，鄭氏輒戲語道：「汝能秤量天下士麼？」婉兒即啞然相應，至是果驗。可惜有才無德，好淫不貞，此八字是婉兒定評。徒落得貽穢千秋，垂譏百世。小子有詩嘆婉兒道：

儒林文字任評量，夢兆何曾寓不祥？
獨怪有才偏乏德，問天何不畀貞良？

婉兒既得營外第，安樂公主等援例闢居，頓時爭奢鬥靡，各造出若干華屋來了。欲知詳情，請看下回。

淫惡如武三思，驕慢如武崇訓，誰不曰可殺？太子殺之，宜也。但父在子不得自專，太子雖銳意誅逆，究犯專權之罪，況稱兵犯闕，索交後妃，為人子者，顧可如是脅父乎？竊謂三思父子，既已受誅，太子即當斂兵請罪，聽父取決，雖終難免一死，究之與入犯君父者，順逆不同，死於闕下，人猶諒之，死於山間，毋乃所謂死有餘辜乎？況韋氏婉兒等，益張威焰，愈逞淫凶，母女可以通歡，文臣可以私侍，深宮濁亂，無出其右，蓋未始非出於太子之一激，而因增此反動力也，小不忍則亂大謀，觀本回事實，益信古聖賢之不我欺云。

第三十九回　規夜宴特獻回波辭　進毒餅枉死神龍殿

卻說安樂公主，是中宗第一個愛女，中宗曾許她開府置官，此次見婉兒得營外第，也乘此大營華屋，競尚侈奢。公主嘗請昆明池為私沼，中宗以池為公產，乃百姓蒲魚所產，不便輕許。公主不悅，自奪民田，開鑿一沼，取名為定昆池，隱隱有賽過昆明的意思。池廣數裡，纍石像華山，引水象天津，形景酷肖昆明，由司農卿趙履溫替她督治，不知費了若干民財，若干民力，才得鑿成此池。池上造了許多亭臺，很是華麗。安樂公主有七姊妹，長姊封新都公主，下嫁武延暉，次姊封宜城公主，下嫁裴巽，三姊即新寧公主，本嫁王同皎。同皎死，轉嫁韋濯（見三十七回。）四姊封長寧公主，下嫁楊慎交，五姊封永壽公主，下嫁韋鐬，及笄即亡。六姊即永泰公主，為武后所殺（見前）。一妹封成安公主，下嫁韋捷。這七八姊妹中，唯長寧安樂兩公主，系韋氏所生。安樂才豔動人，倍蒙寵眷，此外要算長寧。自安樂公主開府置屬，長寧亦得踵行，且亦由東都使楊務廉，代營總第，鑿山浚池，造臺築觀，幾與安樂私第相似。中宗素好擊球，楊慎交特闢球場，灑油潤地，光滑可愛，以此中宗時常臨幸，與慎交擊球取樂。看官！你想這中宗年逾半百，還是任意尋歡，哪裡能治國治家，坐享天祿呢？無非兒戲。此外如韋氏胞妹兩人，一封郕國夫人，一封崇國夫人。及婉兒母沛國夫人鄭氏，尚宮柴氏賀婁氏，女巫受封隴西夫人趙英兒，俱依勢用事，請謁受贓。就使屠沽臧獲，但教奉錢三十萬，即別降墨敕，授給官階，外面用著斜封，交付中書省，中書省不敢不依，時人叫他為斜封官。或出錢三萬，得度為僧尼。僧尼勢力，不亞官吏，自韋氏以下，競營佛寺，廣設醮壇。左拾遺辛替否上書諫阻，有「沙彌不可操干戈，寺塔不足禳饑饉」等語，中宗不省。嗣是狎客滿後庭，浮屠盈朝市，起居舍人武平一，系武士彠從曾孫，入任修文館直學士，他卻與諸武性格不同，獨請抑損外戚，願從己家為始。中宗但優制慰答，未肯允准，又有武唯良子攸緒，士彠從姪孫（見前文），武氏時曾受封安平王，恬澹寡慾，情願棄官居隱，遂往處嵩山，優遊泉壑。所有武氏賜與服器，概置不用，自出私資買田，課奴耕種，無異平民。中宗慕他志節，一再徵召，方才入朝。謁見時仍黃冠布服，自稱山人。中宗賜坐殿旁，攸緒固辭，再拜即退。親貴謁候，除寒暄數語外，不交一言。及陛辭歸山，蒙賜金帛，一併卻還，飄然徑去。後來武韋盡滅，唯攸緒免禍，隱逸終身，這真可謂孤芳自賞，不染塵埃了。應該稱揚。當時這班王公大臣，還道他是迂拙不通，一味兒卑躬屈節，求媚宮廷，中宗也以為安享承平，可無他慮，鎮日裡與諧臣媚子，沉宴酣歌。景龍二年殘臘，且敕召中書門下，與諸王駙馬學士等，統入閣守歲，遍設庭燎，置酒作樂。待至飲酣興至，中宗張目四顧，見御史大夫竇從一在座，便笑問道：「聞卿喪偶有年，今夕朕為卿作伐，特賜佳人，與卿成禮，可好麼？」從一本名懷貞，因避韋氏父諱，特舍名用字，此時聽得中宗面諭，總道有一個似花如玉的佳人，給為繼室，不由的喜出望外，離座拜謝。中宗即囑令左右，入內禮迎，不消半刻，即見內侍提著宮燈，從屏後出來，隨後就是兩個宮娥，各執寶翣，擁出一位新嫁娘，身著翟衣，首戴花釵，緩步趨近座前。中宗即令與從一交拜，對坐行合巹禮，交杯飲罷，宮女乃揭去面巾，中宗先大笑起來，侍臣等亦相率鬨堂，看官道是何因？原來這位新嫁娘，已是白髮蕭毿，皺紋滿面的老嫗，她從前本是個蠻婢，因是韋氏幼時乳媼，隨駕入宮，年約五六十歲，中宗特令嫁與從一，從一變喜為驚，心中甚覺懊惱，轉念皇后乳母，勢力不小，自己做了她的夫婿，年貌雖不甚相當，祿位卻藉此永保。也未可必。樂得將錯便錯，模糊過去。當下與老乳母一同謝恩，叩首御前。中宗面封老乳母為莒國夫人，呼令左右備輿，送新郎新娘歸第。調侃從一，卻也有趣，何不是人君所為。從一既去，中宗亦退入宮中，侍臣等守過殘宵，至次日元旦，朝賀禮畢，才各散歸。

竇從一得了老妻，每謁見奏請，自稱為翊聖皇后阿奢，阿奢二字，作什麼解？洛陽人呼乳母夫婿為阿奢，所以從一沿著俗例，舉以自稱。同僚或嘲他為國，他亦隨聲相應，毫無慚色。他的意中，總叫得皇后歡心，也不管什麼訕笑了。過了十餘日，便是上元節屆，都城內外，慶賀元宵，當然有一番熱鬧。中宗想了一個行樂的法兒，放出宮女數千人，命設市肆，由公卿大夫為商旅，與宮女交易。一班少年士夫，承恩幸進，正好趁這機會，親近芳澤，東來西往，左顧右盼，遇有姿色的宮女，便借貿易為名，上前調戲。宮女等也恬不知羞，互相戲謔，形狀媟褻，詞語鄙穢，中宗帶著後妃公主等，親往遊行，就使耳聞目見，也不以為怪。設市三日，覆命宮女為拔河戲，宮女等遂各備麻繩巨竹，以竹繫繩，往至河邊，擲竹水中，牽繩腕上，將竹拽起，一拽一擲，再擲再拽，以速為佳，但宮女都沒有什麼氣力，全仗人多黨眾，同拽巨竹，方能勝任，因此分隊為戲，每隊約數十人，彼此互賽，都弄得淋頭洗面，紅粉涔涔。中宗挈領宮眷，登玄武門，觀看拔河，以遲速為賞罰。宮女們越想鬥勝，越覺用力，有失足跌傷的，有挫腰呼痛的，中宗等引為樂事，笑聲不止。有什麼好看？有什麼好笑？等到夕陽西下，眾力盡疲，方命將拔河戲停止，命駕回宮。

越宿大開筵宴，內外一概賜酺，中宗命侍宴諸臣，各呈技藝，或投壺，或彈鳥，或操琴，或蹴踘，獨有國子監司業郭山惲，起向中宗陳請道：「臣無他技，只能歌詩侑酒。」中宗道：「卿且歌來！」山惲乃正容歌詩，但聽他抑揚抗墜，不疾不徐，共計有二十多句，由在座諸人聽聲細辨，系是《小雅》中鹿鳴三章。歌罷，又復續歌二十多句，乃是《國風》中蟋蟀三章。中宗點首道：「卿可謂善歌詩了。朕知卿意，應賜一觴。」隨命左右斟酒，給與山惲。山惲跪飲立盡，謝賜乃起，退還原座。至諸臣已盡獻技，中宗更召入優人，共作回波舞，舞畢後，又由中宗語群臣道：「有回波舞，不可無回波詞，卿等能各作一詞否？」群臣聞了此語，不得不搜尋枯腸，勉應上命。有一人先起座朗吟道：

回波爾如佺期，流向嶺外生歸。
身名幸蒙嚙錄，袍笏未列牙緋。

這首回波詞，是沈佺期所作。佺期曾任考功員外郎，因與二張同黨，坐流驩州。上官婉兒得寵，招致文士，乃復入為起居郎，兼修文館學士。此次藉詞自嘲，明明是乞還牙緋的意思。婉兒即從旁面請道：「沈學士才思翩翩，牙笏緋袍，亦屬無愧。」中宗聞言，即語佺期道：「朕當還卿牙緋便了。」佺期忙頓首拜謝。忽有優人臧奉，趨近御座前，叩頭自陳道：「臣奴亦有俚語，但辭近諧謔，恐瀆至尊，乞陛下赦臣萬死，方敢奏聞！」韋氏即接入道：「恕你無罪，你且說來！」臧奉曼聲徐吟道：

回波爾如栲栳，怕婆卻也大好。
外頭只有裴談，內面無過李老。

韋氏聽了，不禁大噱。中宗也微微含笑，並不介懷。自認怕妻。群臣有一大半識得故事，私相告語道：「兩方比例，卻也確切，勿輕看這優人呢。」看官道是誰人故事？原來當時有個御史大夫裴談，性最怕妻，嘗謂妻有三可怕，少時如活菩薩，一可怕；兒女滿前時如九子魔星，二可怕；及妻年漸老，薄施脂粉，或青或黑，狀如鳩盤茶，三可怕。此言傳聞都下，時人都目為裴怕婆。中宗畏憚韋氏，正與裴談相同，臧奉敢進此詞，實為韋氏張威，不怕中宗加罪。果然不出所料，由韋氏令他起來，越日領賞。上文恕罪，此次領賞，俱出韋氏口中，好似中宗不在一般。臧奉謝恩而退。諫議大夫李景伯，恐群臣愈歌愈縱，大褻國體，即上前奏道：「臣也有俚詞，請陛下俯睬蒭蕘。」說著，即朗歌道：

回波爾持酒卮，微臣職在箴規。
侍宴不過三爵，歡嘩或恐非儀。

中宗聞至此語，反致不悅，面上竟露出怒容。御史中丞蕭至忠，暗暗瞧著，恐景伯得罪，遂伏奏道：「這真是好諫官呢。」中宗才不加責，即傳命罷宴，回宮就寢。是夕無話，至次日，韋氏竟遣內侍齎帛百端，賜與臧奉，臧奉非常愉快。

既而宮中傳出墨敕，授韋巨源楊再思為左右僕射，同中書門下三品，宗楚客為中書令，蕭至忠為侍中，韋嗣立同三品，崔湜趙彥昭同平章事。於是宰相以下，唯蕭至忠稍稍守正，此外都是狐群狗黨，奴膝婢顏，而且濫官充溢，政出多門，宰相御史員外官，都是額外增添，擠滿一堂，人以為三無坐處。監察御史崔琬，獨劾奏：「宗楚客紀處訥兩人，潛通戎狄，私受賄賂，致生邊患，乞即按罪」云云。查唐朝舊例，大臣被彈，應傴僂趨出朝堂，靜立待罪。楚客並不遵例，反忿怒作色，自陳忠鯁，為琬所誣。中宗並不窮問，反命琬與楚客，結為異姓兄弟，作為和解，遂又有和事天子的傳聞。

看官！你道崔琬所奏，究竟是假呢？是真呢？小子考據唐史，實是真情，看官請聽我道來。自武氏許突厥婚，默啜不復寇邊，未幾，武氏病死，婚議又復中變，遂致默啜生怨，拘殺唐使。鴻臚卿臧守言，進寇沙靈，中宗命左屯衛大將軍張仁亶為朔方道大總管，往御突厥。突厥兵頗憚仁亶，聞風即退，被仁亶追出境外，斬首千級，才收軍回鎮。會西突厥別部突騎施，崛起碎葉川，酋長烏質勒撫下有威，帳落浸盛。中宗初年，曾遣使入朝，受封為懷德郡王。烏質勒旋死，子沙葛嗣襲封爵，默啜南下無功，轉圖西略，親督眾往攻突騎施。張仁亶乘他遠侵，潛兵入突厥境，取得拂雲祠一帶地方。拂雲祠在河北，突厥每入寇，必先詣祠祈禱，然後度河南行。仁亶既襲取此地，即創築三受降城。中城就在拂雲祠，東西兩城，距祠各二百里，首尾相應，控制突厥。興工閱六十日，三城皆成。及默啜歸國，仁亶已布置嚴密，無隙可乘。那時默啜只好自己懊悔，不敢南牧了。

唯娑葛可汗，統有父眾，與別將鬥啜忠節，屢有違言，輒相攻擊。忠節勢弱，不能久持。金山道行軍總管郭元振，奏令忠節入朝宿衛，中宗乃命右威衛將軍周以悌為經略使，招撫忠節。以悌系宗紀二人黨羽，到了播仙城，與忠節相遇，卻導他納賂宗紀，不必入朝。且願發安西兵，兼引吐蕃為援，同擊娑葛。忠節大喜，遂出千金為賂，浼以悌轉報，宗紀楚客遂請遣將軍牛師獎，為安西副都護，發甘涼兵，兼征吐蕃部眾，往助忠節，一面遣御史中丞馮嘉賓，往與忠節面洽。可巧娑葛遣使娑臘，入京貢馬，探得楚客等祕謀，即還報娑葛。娑葛暗地出兵，邀截計舒河口，果然忠節嘉賓，兩下相會，一聲胡哨，麾動番眾，殺入嘉賓幄內，嘉賓不及防備，立致剁斃，忠節也被擒去。是謂人財兩失。娑葛遂大發兵攻安西，與牛師獎交戰火燒城，師獎敗沒，安西失守，娑葛復遣使上表，求楚客頭，以頭顱償千金，為楚客計，還算值得。且貽郭元振書，略謂：「與唐無嫌，只仇闕啜。宗尚書受闕啜金，欲加兵滅我，所以懼死奮鬥，乞將詳情上聞。」元振曾上書奏阻，至是復將娑葛原書，飛使馳奏。楚客誣言元振隱蓄異志，立請召還，即命周以悌代元振職。元振亟遣子鴻入朝，伏闕面陳底細。中宗乃坐罪以悌，流竄白州，仍令元振留任，赦娑葛罪，冊為欽化可汗，賜名守忠。唯楚客等受贓隱情，概置勿問。所以御史崔琬，忍無可忍，面劾楚客。哪知和事天子，反教他釋嫌結好，豈不可笑？

更有鄭愔崔湜，並掌銓衡，賣官鬻爵，選法大壞。御史靳桓李尚隱，查出許多贓證，入朝面彈，兩人無可抵賴，下獄坐戍，愔謫吉州，湜貶江州。唯湜系婉兒私夫，忽聞有敕遠竄，教她如何割捨，免不得設法轉圜，代湜申理。會值景龍三年冬至，中宗將有事南郊，婉兒即為湜陳請，召還都中，令襄大禮。連鄭愔也一併召歸。祭天時，中宗初獻，皇后韋氏亞獻，宰相女各助執籩豆，號為齋娘。也是曠古奇聞。禮成加賞，所有齋娘夫婿，俱得遷官，總算是浩蕩皇恩，無微不至。語中有刺。

越年元宵節，六街三市，大張花燈，笙歌遍地，金鼓喧天。韋氏忽發狂念，與婉兒及諸公主，邀請中宗微服遊行。中宗含笑相從，遂各換衣妝，打扮如平民模樣，出遊街市，並令宮女數千人，一同隨往。但見人山人海，擊轂摩肩，男女混雜，貴賤不分。韋氏、婉兒且專揀熱鬧處玩賞，與一班看燈的男婦，挨挨擠擠，毫不避忌，直至斗轉參橫，燈殘燭灺，方聯翩還宮。查點宮女，十成中卻少了五六成，想是乘機私奔去了。中宗因不便追緝，只好付諸不究，糊塗了事。也是皇恩。

過了數日，復親幸梨園，命三品以上拋球拔河。韋巨源唐休璟，年力衰邁，隨繩僕地，一時扒不起來，害得手腳亂爬，好似烏龜一般，中宗及韋氏婉兒等，都吃吃大笑，視為至樂。既而又遊定昆池，命從官賦詩，黃門侍郎李日知，呈詩一首，中有兩語云：「所願暫思居者逸，勿使時稱作者勞。」中宗瞧著，笑顧日知道：「卿亦效郭山惲的詩諫麼？」日知道：「是在陛下聖鑑。」中宗乃起駕回宮，有好幾月不出遊幸。到了孟夏時候，又出幸隆慶池。池在長安城東隅，民家井溢，浸成大池數十頃，朝廷目為禎祥，因賜名隆慶。隆慶池北有隆慶坊，相王旦五子，築第住居，號為五王子宅（五王子詳見後文）。當時有術士傳言，謂：「五王子宅中，鬱鬱有帝王氣。」中宗意欲魘禳，特命在池旁結起採樓，率侍臣等詣樓開宴，且泛舟為戲，足足歡娛了一日一夜。還宮以後，復宴近臣。國子祭酒祝欽明，自請為八風舞，搖頭轉目，脅肩諂笑，裝出許多醜態，引得韋氏以下，無不鼓掌。吏部侍郎盧藏用，私語同座道：「祝公以儒學著名，今乃如此出醜，五經已掃地盡了。」散騎常侍馬秦客、光祿少卿楊均，亦在座列飲。韋氏見他年輕貌秀，未免動慾，及至散宴，陰令心腹內侍，通意兩人。秦客頗通醫術，均卻善烹調，兩人卻藉此為名，得入宮掖。韋氏毫不知羞，趁著中宗另幸別宮，即令兩人輪流侍寢，作竟夕歡。

約過了一兩月，忽有定州人郎岌，叩閽告變，奏稱韋氏與宗楚客等，將謀大逆。中宗正覽奏起疑，偏被韋氏聞知，定要中宗立斃郎岌，中宗乃敕令將岌杖死。許州參軍燕欽融，又上言：「皇后淫亂，干預國政，安樂公主武延秀及宗楚客等，朋比為奸，謀危社稷，應亟加嚴懲，以防不測。」中宗得了此疏，面召欽融詰責。欽融頓首抗言，詞色不撓，當由中宗叱令退去。誰知他甫出朝門，竟由宗楚客擅令騎士，把他拿回，擲置殿庭石上，折頸斃命。中宗未免動怒，查問騎士，系出楚客指使，不禁恨恨道：「你等只知有宗楚客，不知有朕麼？」你一人久無權力，豈自今始？楚客乃懼，即入告韋氏婉兒等，謂皇上已有變志。韋氏正因新幸馬楊，也恐事洩，遂與馬楊密謀弒主。馬秦客道：「臣去合一種末藥，置入餅中，便可了結主子。」韋氏道：「事不宜遲，速即辦來！」秦客領命即出。越日，即將末藥呈入，便由韋氏親自制餅，把末藥放入餡中。及餅已蒸熟，聞中宗在神龍殿查閱奏章，便令宮女攜餅獻去。中宗最喜食餅，取了便吃，一連吃了八九枚，尚說是餅味很佳，不意過了片時，腹中大痛，坐立不安，倒在榻上亂滾。當有內侍往報韋氏，韋氏徐徐入殿，假意驚問。中宗已說不出話，但用手指口，嗚嗚不已。又延捱了數刻，身子不能動彈，兩眼一翻，雙足一伸，竟嗚呼哀哉了。享年五十五歲。總計中宗嗣位，紀元嗣聖，才經一月，即被廢黜。幽禁了十四年，方還東都，又為皇太子六年，才得復辟。在位六年，改元兩次，竟被毒死。小子有詩嘆道：

> 昔日點籌煩聖慮，今番進毒報君恩。
> 從知女德終無極，地下有誰代雪冤？

中宗既崩，韋氏召入私人，當然有一番舉動，待小子下回說明。

古稱詩三百篇，皆賢聖發憤之所作，故諷刺多而頌揚少。即間有所頌，亦隱寓規勸之意，故詩之關係，實非淺鮮，孔子以學詩勖門人，良有以也。唐自武后臨朝，詩賦大興，至中宗而益盛，宜若可以興國矣。但詩有定體，亦有定義，非徒諧聲葉律，遂足稱詩；至若貢諛獻媚，導奸鬻淫，更不足道。觀本回所錄回波詞三則，唯李景伯以詩作諫，尚有古風，沈佺期藉詞干進，已無可取，臧奉乃更為怕婆詞，大廷之上，不啻村俗，是豈尚存古道乎？夫身修而後家齊，家齊而後國治，聖訓流傳，萬古不易。中宗不能修身，安能齊家，不能齊家，安能治國？狎客滿後庭，浮屠盈都市，如此而不亡國敗家者，吾未信也，一餅殺身，幾至覆宗，微臨淄之興師，唐其尚有幸乎？

第四十回　討韋氏掃清宿穢　平譙王駢戮叛徒

卻說韋氏既毒死中宗，祕不發喪，但召諸宰相入禁中，徵諸府兵五萬人，屯守京城，使駙馬都尉韋捷韋濯，衛尉卿韋璿，左千牛中郎將韋錡，長安令韋播等，分領府兵。中書舍人韋元徼，巡行六街。適從何來？遽集於此。左監門大將軍兼內侍薛思簡等，率兵五百人，往戍均州，防禦譙王重福。命刑部尚書裴談，工部尚書張錫，並同中書門下三品，兼充東都留守。吏部尚書張嘉福、中書侍郎岑羲、吏部侍郎崔湜，並同平章事，一面與太平公主，及上官婉兒，謀草遺詔，立溫王重茂為皇太子。重茂系中宗幼兒，後宮所出，時方十六歲，由皇后韋氏訓政，相王旦參謀政事。草制既頒，然後舉哀。宗楚客隱忌相王，入語韋氏道：「皇后與相王，乃是嫂叔，古禮嫂叔不通問，將來臨朝聽政，何以為禮？」韋氏道：「遺制已下，奈何？」楚客道：「皇后放心，臣自有計較。」越日，即會同百官，奏請皇后臨朝，罷相王參政。韋氏即批令相王旦為太子太師，自己臨朝攝政，改元唐隆，大赦天下，命韋溫總掌內外兵馬。溫系韋氏從兄，所以韋氏倚為心腹。又越三日，始令太子重茂即位，尊皇后韋氏為皇太后，立妃陸氏為皇后。宗楚客與武延秀趙履溫葉靜能等，及韋族諸人，共勸韋氏遵武后故事，使韋氏子弟領南北軍。楚客更援引圖讖，密言韋氏宜革唐命，慫慂韋氏謀害嗣皇，且深忌相王及太平公主，日與韋溫安樂公主商議，欲去兩人。哪知天意難容，人心未死，大唐天下，不該移入韋氏手中，遂令天演嫡派，興師討逆，把韋武兩族，及內外淫惡諸男婦，一律誅死，才覺宮廷復靖，日月重光。看官道是何人？乃是相王旦第三子隆基。此是唐室一大轉捩，應該大書特書。

相王旦生有六子，長子即成器，從前曾立太子，相王復封，成器亦降王壽春，次子名成義，封衡陽王，四子名隆範，封巴陵王，五子名隆業，封彭城王，季子名隆悌，封汝南王，已經蚤死。隆基排行第三，系相王妾竇氏所生，性英武，善騎射，通音律曆象諸學，初封楚王，改封臨淄，出任潞州別駕。景龍四年入朝，留京不遣。他知韋武用事，必為國患，乃陰結豪傑，借圖匡復。從前太宗時代，嘗選官戶及蕃口驍勇，充做羽林軍，著虎文衣，跨豹文韉，共得百人，叫做百騎，武氏時增為千騎，中宗時又添至萬騎。隆基密與聯繫，隱作干城。兵部侍郎崔日用，素與宗楚客往來，頗知楚客祕謀，因恐自己被禍，乃轉告隆基。隆基即與太平公主，至公主子薛宗暕（系薛紹子），內苑總監鐘紹京，尚衣奉御王崇曄，前朝邑尉劉幽求，折衝麻嗣宗等，為先發制人起見，定議討逆。適值長安令韋播，虐待萬騎，屢加搒掠，萬騎皆怨。果毅校尉葛福順陳元禮，往訴隆基，隆基復與謀討逆事宜，大眾踴躍願效。福順且語隆基道：「賢王舉事，當先稟達相王。」隆基道：「我輩舉兵討逆，無非為社稷計，事成庶歸福父王，不成便以身殉，免得父王受累。且今日先行稟達，倘父王不從，反致敗事，不如不說為妥。」乃改換服飾，潛率劉幽求等，徑入苑中。

時已黃昏，忽見天星紛落，幾與雨點相似。幽求道：「天意如此，時不可失了。」隕星豈關係討逆？且星亦未必致隕，不過幽求藉此勵眾，幸勿信為真言。葛福順即拔刀先驅，直入羽林營，韋璿韋播猝不及防，被福順率眾搗入，左右亂劈，即將兩人砍死，且梟首示眾道：「韋氏酖殺先帝，謀危社稷，今夕當共誅諸韋，別立相王以安天下。如有陰懷兩端，甘心助逆等情，罪及三族，慎勿後悔！」羽林軍本歸心隆基，當然聽命，乃將韋璿等首級，命部眾齎送隆基。隆基取火驗視，果然不謬，乃與幽求等出南苑門。總監鐘紹京，聚集丁匠二百餘人，各執斧鋸，隨眾同行。福順率左萬騎攻玄德門，另派羽林將李仙鳧，率右萬騎攻白獸門，約會凌煙閣前。隆基勒兵玄武門外，靜聽消息。三鼓後聞裡面噪聲，即與紹京等斬關直入，馳至太極殿，殿中正停置中宗梓宮，有衛兵守著，一聞外面喧聲，也被甲出應。韋氏正留宿殿中，驀然驚起，止穿得小衣單衫，奔出後門。適遇楊均馬秦客，由韋氏急呼救援，二人左右攙扶，走入飛騎營，望他保護。不意營中將卒，突出門前，先將楊馬兩人，一刀一個，劈死地上。韋氏嚇得亂抖，不由的淚下盈腮，哀求容納。你也有此日麼？大眾共嚷道：「弒君淫婦，人人共憤，今日還想活著麼？」說著，即有人手起刀落，把韋氏剁作兩段，將首級獻與隆基。與楊馬同時做鬼，也算風流。隆基聞韋氏已誅，便傳令肅清宮掖，於是駙馬武延秀，尚宮賀婁氏，均被搜獲，一併斬首。時已黎明，劉幽求等馳入宮中，安樂公主深居別院，尚未知外面事變，方早起新沐，對鏡畫眉，突聽得後面一響，正要回顧，那頭上忽覺暴痛，只叫得一聲阿喲，已是頭破腦裂，死於非命。幽求已誅死安樂公主，再去搜捕上官婉兒。婉兒本是個聰明人物，竟帶著宮人，秉燭出迎。既與幽求會晤，即將前日相王參政的草制，從袖中取出，示與幽求，且託他婉告隆基，期免一死。幽求見她嬌喉宛轉，楚楚可憐，便滿口答應出來。湊巧隆基入宮，就將草制呈上，替婉兒代為申辯。隆基道：「此婢妖淫，瀆亂宮闈，怎可輕恕？今日不誅，後悔無及了。」卻是剛斷，可惜晚年不符。即命左右去取婉兒首級。不消半刻時辰，已將一個紅顏綠鬢的頭顱，攜至隆基面前。可為才女輕薄者鑑。隆基驗訖，更捕索諸韋，及監守宮門素來歸附韋氏的吏役，盡行梟首。

內外既定，隆基乃往見相王，自言不先稟白的原因，叩首請罪。相王抱頭泣語道：「社稷宗廟，賴汝不墜，還有何罪呢？」隆基即迎相王入宮，掩住宮門及京城門，分遣萬騎，收捕諸韋親黨，先將韋溫拿斬。中書令宗楚客，身服斬衰，乘青驢逃出，方至通化門，被門卒攔住，笑呼道：「你是宗尚書，為何至此？」揶揄得妙。一面說，一面已將楚客拖落驢下，抓去布帽，一刀砍死。那冒冒失失的宗晉卿，也隨後跑來，同做了刀頭面。兄弟同死，也是親暱。相王奉少帝重茂，御安福門，慰諭百姓。司農卿趙履溫，向在安樂公主門下，奔走趨奉，至是急馳詣安福樓下，舞蹈呼萬歲；聲尚未絕，已由相王遣人出來，把他腦袋取去，剩下沒頭的屍骸，倒棄地上，人民爭集，拔刀割肉，片刻即盡。韋巨源正欲入朝，有家人報稱變起，勸他逃匿。巨源道：「我位列樞軸，豈可聞難不赴？」說著即行；才至都市，為亂兵所殺。他如韋捷韋濯韋元徼，及紀處訥葉靜能張嘉福等，一古腦兒捕到安福門前，一刀一個，兩刀一雙，統變作無頭鬼。祕書監王邕，系韋后妹崇國夫人夫婿，他恐因親黨株連，殺妻自首。最可笑的是皇后阿奢竇從一，也將這老妻莒國夫人，梟首以獻，我為從一心喜，省得老婦當夕。兩人總算免死。廢韋后為庶人，陳屍市曹。所有韋氏宗族，俱由崔日用領兵搜誅，連襁褓小兒，統殺得一個不留。武氏宗屬，重罪誅死，輕罪流竄。何苦爭權？乃下制大赦，封成器為宋王，隆基為平王，統轄左右廂萬騎。薛崇暕晉封立節王，鍾紹京為中書侍郎，劉幽求為中書舍人，並參知機務，麻嗣宗為左金吾衛中郎將，其餘功臣，賞賚有加。隆基二奴王毛仲李守德，亦得超拜得軍。未免太濫。

既而太平公主傳少帝命，願讓位相王，相王固辭。劉幽求入語宋王成器，與平王隆基道：「從前相王已居宸極，眾望所歸，今人心未靖，國難初紓，相王豈得尚守小節？請早即位以鎮天下。」隆基道：「父王性安恬淡，未嘗有心登極，雖有天下，猶且讓人。況少帝為親兒子，怎肯將他移去？」幽求道：「眾心不可違，相王雖欲高居獨善，恐亦未能如願，況社稷為重，君為輕，二王亦應幾諫為是。」成器隆基，乃入見相王，極言人心歸向，國事攸關，不如早正大位云云。相王尚不肯從，復經二人力諫，方才允許。是夕有制頒出，命宋王成器為左衛大將軍，衡陽王成義為右衛大將軍，巴陵王隆範為左羽林大將軍，彭城王隆業為右羽林大將軍。進平王隆基為殿中監，同中書門下三品，中書侍郎鍾紹京，黃門侍郎李日知，並同中書門下三品。太平公主子薛崇訓（薛紹次子。）為右千牛衛。貶竇從一為濠州司馬，王邕為沁州刺史，楊慎交為巴州刺史，蕭至忠為許州刺史，韋嗣立為宋州刺史，趙彥昭為絳州刺史，崔湜為華州刺史，鄭愔為汴州刺史。崔鄭二人，何故未誅？布置既定，即於次日入太極殿，處置易位事宜。這位茫無所知的少帝重茂，貿然出殿，徑至東隅，西向而坐，相王亦登殿至梓宮旁，太平公主早在殿中，待眾大臣一齊趨入，方對眾朗言道：「嗣皇欲將帝位讓與叔父，諸公以為可否？」幽求即跪答道：「國家多難，應立長君，皇上仁孝，追蹤堯舜，誠合至公。相王代他任重，慈愛尤厚，此事正宜速行。」說至此，大眾齊聲贊成，太平公主即趨至少帝座前，高聲與語道：「人心已盡歸相王，此處已非兒座，可即趨下。」少帝尚呆坐不動，被太平公主一把拖落，只好含著眼淚，趨立下首。當由相王徐步進行，至少帝坐過的位置，昂然坐定。群臣都伏稱萬歲。拜賀既畢，復擁相王出殿，御承天門，大赦天下，是為睿宗皇帝。仍封重茂為溫王，進鍾紹京為中書令，賜內外官爵有差，加太平公主實封萬戶。唯立儲一事，累經睿宗籌思，因立長立功兩問題，橫亙胸中，終不能決。宋王成器，窺知父意，乃入白睿宗道：「國家安宜先嫡長，國家危宜先有功，若失所宜，必違眾望。臣兒寧死，不敢居平王上。」睿宗尚有疑義，召問群臣。劉幽求進言道：「能除天下大禍，應享天下大福。平王尊安社稷，救護君親，功固最大，德亦最賢。況宋王已有讓詞，自應立平王為太子，請陛下勿疑！」群臣亦多如幽求言，儲議乃定。事貴達權，睿宗頗勝高祖一籌。越數日，即立平王隆基為太子。隆基復表讓成器，睿宗不許。隆基乃入居東宮，令宋王成器為雍州牧，兼太子太師。追削武三思武崇訓爵謚，斫棺暴屍，刬平墳墓，流越州長史宋之問，饒州長史冉祖雍至嶺南，革則天大聖皇后名號，仍稱天後。天字亦不宜稱。追謚雍王賢為章懷太子，封賢子守禮為豳王，復故太子重俊位號，予謚節愍。贈還張柬之等五人王爵，所有得罪韋武，被誅被竄死諸官吏，俱還給官階。召許州刺史姚元之為兵部尚書，洛州長史宋璟為吏部尚書，俱同中書門下三品。加封成義為申王，隆範為岐王，隆業為薛王，改元景雲，再行大赦。所有韋氏餘黨，未曾察出加罪，概從豁免，此後不究。

且遣使宣慰譙王重福，調任集州刺史。重福整裝將行，適有洛陽人張靈均，貽書重福道：「大王地居嫡長，當為天子，相王雖然有功，不應繼統。東都士民，都望大王到來，王若潛入洛陽，發左右屯營兵，襲殺留守。取東都幾如反掌，再西略陝州，東徇大河南北，天下即指揮可定了。」重福信為奇謀，覆書如約。可巧鄭愔被謫汴州，道出洛陽，靈均遮道請留，與語祕計。愔正怨望朝廷，遇著這個機會，樂得順風敲鑼，為洩恨計，否則何致速死。當下與靈均結謀聚徒黨數十人，預替重福草制，立重福為帝，改元為中元克復，尊睿宗為皇季叔，重茂為皇太弟，愔為左丞相，知內外文事，靈均為右丞相，兼天柱大將軍，知武事，右散騎常侍嚴善思為禮部尚書，知吏部事。毫無頭緒，即預為草制，彷彿痴人說夢。一面令靈均往迎重福。愔留住洛陽，借駙馬都尉裴巽故第，潛備供張，專待重福到來。

洛陽縣官，稍得風聞，偵查了好幾日，益覺事出有因，遂率役隸數十人，徑詣裴宅按問。甫至門首，兜頭正碰著重福，與靈均帶著數健夫，魚貫前來。縣官急忙退還，走白留守。群吏聞變，相率逃匿，只洛州長史崔日知，投袂而起，號召兵士，擬即往討。留臺侍御史李邕，在天津橋遇著重福，料他必有祕謀，也急馳入屯營，語大眾道：「譙王得罪先帝，今無故入東都，必將為亂，君等正可乘此立功，博取富貴。」營兵同聲應命。又告皇城使速閉諸門，慎防不測。重福趨至左右屯營，營兵張弓迭射，箭如飛蝗，嚇得重福連忙回頭，轉至左掖門，欲劫奪留守部眾，偏偏門已重閉，不由的懊惱起來，即命手下縱火焚門。火尚未燃，那左右屯營兵，兩路殺至，教重福如何抵擋？沒奈何策馬奔逃，投入山谷。留守兵四出搜捕，掩入谷中，重福無路可走，躍入漕渠，立刻溺斃。又捕得張靈均，押至獄中，只有鄭愔查無下落。旋經崔日知親自督捕，到處盤查，突見有一小車，車中載一婦人，露著高髻，面上卻用巾遮住，由車伕急推前行，種種形跡可疑，當由日知指令軍士，追詰此車，並將婦人的面巾揭去，一經露面，卻是於思於思的醜男子。看官不必細問，便可知是逃犯鄭愔，愔貌醜多須，一時無從脫逃，乃改作女裝，梳髻作婦人服，想藉此混出外城。計策亦妙，可惜無易容術。可奈天網恢恢，疏而不漏，竟被日知瞧破，捆縛而歸，隨即就獄中牽出靈均，一同鞫問。愔渾身發抖，似不能言。靈均獨神色自如，直供不諱，且瞋目顧道：「我與此人同謀，怪不得要失敗哩。」於是兩人牽出都市，同時伏誅。愔先附來俊臣，繼附張易之，又附韋氏，至此復附譙王重福，終歸誅死。專事逢迎者其聽之！嚴善思亦坐流靜州。旋葬中宗於定陵，廷議以韋庶人有罪，不應祔葬，乃追諡故英王妃趙氏為和思順聖皇后，求屍無著（見前文），乃用褘衣招魂，祔葬定陵。貶李嶠為懷州刺史，裴談為蒲州刺史，祝欽明郭山惲等，俱為遠州長史。罷斜封官，易墨敕制，姚宋當國，請託不行，綱紀修舉，賞罰嚴明，中外翕然，共稱為有貞觀永徽遺風。

只是太平公主，自恃功高，睿宗亦很加愛重，嘗與她商議國政。每入奏事，坐語移時，有數日不來朝謁，即令宰相就第諮詢。至若宰相陳請，睿宗輒問與太平議否？又問與三郎議否？三郎就是太子隆基，因他排列第三，故呼為三郎。太平公主，初見太子年少，不以為意，既而憚他英武，遂造出一種謠言，說是太子非長，不當冊立，將來必有後憂。睿宗不為所動，到了景雲二年正月，太平公主奏請立後，睿宗道：「故妃劉氏及德妃竇氏，同死非命，屍骨無存，朕何忍再立繼后呢？」公主道：「劉妃系陛下正配，且曾生宋王，應該追封。竇氏非劉妃比，應有嫡庶的分辨，不容一律。」明明寓有深意。睿宗默然。待公主退出，竟追冊劉氏竇氏，並為皇后。公主不免忿恨，更陰囑私黨，散布蜚言，大致謂：「宮廷內外，傾心東宮，姚元之宋璟，左右贊襄，不日必有內變。」一面令女夫唐晙，往邀韋安石。安石方入任侍中，不肯赴召，事為睿宗所聞，密召安石入問道：「朝廷皆傾心太子，卿可為朕訪察，有無異圖？」安石答道：「陛下何為信此訛言？這是太平私謀，欲危太子，試思太子有功社稷，仁明孝友，天下共聞，如何宮中獨有蜚語？顯見奸人播弄，幸勿輕信。」睿宗矍然道：「朕已知道了，卿勿復言！」公主因計劃不成，親乘輦至光範門，召集宰相，示意易儲，眾皆失色。宋璟抗言道：「東宮撥亂反正，建立大功，真宗廟社稷主，奈何忽有此議？」公主怏怏不悅，拂袖竟歸。璟乃邀同姚元之，入白睿宗道：「宋王為陛下元子，豳王乃高宗長孫，公主從中交構，將使東宮不安，不如令宋王豳王，皆出為刺史，並罷岐薛二王左右羽林，就是太平公主及武攸暨，亦皆安置東都，庶不至有內變了。」睿宗道：「朕唯一妹，怎可遠置東都？諸王唯卿所處。」睿宗亦不免優柔。姚宋兩人，本意在遣廢太平，因見睿宗不從，只好退出。越數日，睿宗又語侍臣道：「近日有術士言，五日內當有急兵入宮，卿等須加意預防。時張說已入為中書侍郎同平章事，聞睿宗言，便進諫道：「奸人欲離間東宮，乃有是說，若陛下使太子監國，流言自當永息了。」姚元之復接口道：「張說所言，系社稷至計，願陛下即日施行。」睿宗准奏，即命太子監國，出宋王成器為同州刺史，豳王守禮為幽州刺史，太平公主及武攸暨，安置蒲州。小子有詩詠道：

百端構陷總無成，到此應知自戒盈。
若使當時能悔禍，太平原是享承平。

制敕既下，太平公主憤不可遏，更想出一條別法來了。究竟用何計策，且看下回便知。

女子與小人，斷不可使之立功；功出彼手，亂必因之。觀本回所敘之太平公主，實亦一韋武流亞！其於韋氏受誅時，並未見若何預議；不過其子薛宗暕，稍稍效力，而成此功者，固非臨淄莫屬也。韋武既滅，朝廷易主，而太平乃首出建議，捽去少帝，此特一手一足之勞耳。人心已盡歸相王，太平安能標異乎？然彼則自恃有功，睿宗亦以有功視之，卒至讒間東宮，謀生內變，牝雞之不可司晨，固如此哉！然則太平固有罪矣，而睿宗之縱令為惡，亦未嘗無咎焉。

第四十一回　應星變睿宗禪位　洩逆謀公主殺身

卻說太平公主，接到蒲州安置的制敕，不由的懊悵萬分，當即召太子入內，厲聲問道：「我為汝父子打算，也算盡力，今反以怨報德，將我貶居蕃州，我想汝父仁厚，當不出此，想是汝從中播弄，因有此敕命呢。」當頭一棒。太子惶恐拜謝道：「姪何敢如此？聞系姚宋二人，奏請父皇，乃下此敕。」公主冷笑道：「姚宋所奏，也無非為汝起見，他恐我等在都，於汝不便，所以特地請命，要我等即日遠離。試想我捽去重茂，改立汝父，也是為汝承襲計，從前安樂想作皇太女，難道我想作皇太妹麼？」描摹利口，唯妙唯肖。太子道：「姪兒當奏聞父皇，加罪姚宋二人便了。」言畢趨出，即表劾姚宋離間姑兄，請從重典懲辦。睿宗乃貶元之為申州刺史，璟為楚州刺史，宋豳二王，仍留居京都，唯太平公主夫婦，依然遣往蒲州，不復收回成命。公主怏怏而去，臨行時由太子餞送，尚是埋怨不休。太子答道：「今日暫別，他日總當由姪兒申請，包管姑母重歸。」

公主始強開笑顏，與武攸暨登車去訖。

既而睿宗召群臣入宴，且與語道：「朕素懷澹泊，不以萬乘為貴，前為皇嗣，及為皇太弟，均為時勢所迫，並非由朕本意。今朕年已半百，不欲親攬朝綱，意欲傳位太子，卿等以為何如？」群臣聞言，俱面面相覷，莫敢先對。獨殿中侍御史和逢堯，系是太平私黨，偏起座進言道：「陛下春秋未高，方為四海景仰，怎得遽行內禪呢？」睿宗聽了，躊躇半晌，方道：「朕自有區處。」越宿下制，凡一切政事，皆聽太子處分，所有軍旅死刑，及五品以下除授，與太子議定後聞。太子奉制固辭，且請讓與宋王成器，睿宗不許。嗣復請召太平公主還京，得邀允准，頒敕至蒲州。太平公主當然歡慰，立即啟行還朝，往返不過四月，至是入見睿宗。睿宗性本友愛，自然歡顏相待，和好如初。

可巧攸暨病逝，公主又變作嫠婦，雖然年逾四十，尚是縈情肉慾，不耐孤棲，酷肖乃母。驀然記起當年的崔湜，才貌風流，不愧佳客，當下密召入都，待他進謁，即引與歡狎，做個婉兒第二。又想招攬幾個舊官，自張羽翼，濠州司馬竇從一，已復名懷貞，在朝時曾諂附太平，至是亦由太平召還，與崔湜同作私人，並向睿宗前極力保薦。睿宗乃復用湜為太子詹事，懷貞為御史大夫。還有奸僧慧範，與公主乳媼通姦，也往來公主第中，常參密議。又如岑羲蕭至忠薛稷等，前皆坐罪遭貶，太平公主一併引為爪牙，奏復原官，於是聲勢復盛。竇懷貞每日退朝，必至太平處請安。唐臣多無丈夫氣，不必怪竇懷貞。適睿宗女西城公主，及崇昌公主，願作女道士，自請出家，卻也別具肺腸。睿宗欲修築金仙玉真二觀，分居二女。懷貞即乞請太平，求為營觀使。太平公主因替他進言，一說便成。懷貞特別效力，親自督役，才經月餘，已造就兩座華剎，前殿後宇，金碧輝煌。西城崇昌兩公主，到了觀中，都覺得稱心滿意，當然至睿宗前，讚美懷貞，又經太平公主隨時揄揚，不由睿宗不信，竟進授懷貞為侍中，同中書門下三品。懷貞喜出望外，忽有相士與語道：「公居相位，必遭刑戹。」說得懷貞又轉喜為憂，自請解官，有制聽便。不到數日，又復令為尚書左僕射。崔湜因懷貞得志，免不得在旁豔羨，有時與太平歡會，敘及懷貞。太平公主道：「這有何難？汝欲入相，但教我進去數語，便可如願了。」湜感激涕零，甚至五體投地。但教你在枕蓆上特別效勞，便足報德，何必作此醜態。一面復語太平道：「同僚中有陸象先，亦望公主代為援引。」太平公主道：「象先與我何涉？我何必替他幫忙。」湜又道：「象先言高行潔，推重同僚，此人入相，必慰眾望。湜與同升，也是附驥名彰的微意呢。」太平公主方才點首。次日入見睿宗，即將象先與湜舉薦上去。睿宗道：「象先素負眾望，不愧相才。湜太齷齪，難副眾望。」太平公主仍然固請，睿宗只是搖首。及見公主兩頰緋紅，幾乎要墮下淚來，方勉強承認下去。時已任韋安石李日知為相，朝政未免紊亂，乃趁著公主入請，出安石留守東都，遷日知吏部尚書，命陸象先同平章事，崔湜為中書侍郎，同中書門下三品。又進吏部尚書劉幽求為侍中，右散騎常侍魏知古為左散騎常侍，俱同三品。越年改元太極，未幾又改元延和。

蕭至忠自依附太平，由許州進任刑部尚書，遂出入太平私第，日夕伺候，偶與宋璟相遇，璟諷語道：「蕭君！汝亦在此，非璟所料。」至忠笑答道：「宋生規我，足見好意。」說到「意」字，已是策馬馳去。至忠有妹，適華州長史蔣欽緒，亦進諫至忠道：「如君高才，何患不達？幸勿非分妄求。」至忠默然不答。欽緒退出，不禁長嘆道：「九代卿族，一舉盡滅，並不是可哀麼？」薰心利祿者，可引此為戒。原來至忠世代簪纓，祖名德言，曾任唐為祕書少監，所以欽緒有此悲嘆，哪知至忠竟步步春風，更入為中書令了。太平既得至忠為助，又引侍中岑羲，尚書右丞盧藏用，太子少保薛稷，右散騎常侍賈膺福，雍州長史李晉，羽林大將軍常元楷，知羽林軍李慈等，同為心腹。鴻臚卿唐晙，本是太平女夫，當然通同一氣，每事與商。會值秋高氣爽，星月倍明，西方的太微垣旁，現出了一個彗星，光芒數丈。太平公主即密使術士進白睿宗，謂：「彗星出現，當是除舊布新的變象，且帝座及心前星(心有三星，舊說前星主太子)，亦有變動，大約太子當入承帝統，請陛下傳位為是。」看官！你想此說是明明激動睿宗，引他恨及太子，可以從中進讒，不意睿宗竟信為真言，便毅然道：「朕早思傳位，今天象又復如此，尚有何疑？傳德避災，朕志決了。」術士不便再言，慌忙返報太平公主。公主大驚道：「欲巧反拙，弄假成真，這還當了得麼？」這叫做庸人自擾。隨即召入黨羽，共議挽回。大家想了多時，沒有什麼良策，只好奏阻內禪，再作計較。於是彼上一奏，此陳一疏，接連呈入章牘數本，並沒有批答出來，急得太平公主，自往面阻。偏是睿宗決意傳位，任你舌吐蓮花，也是不依。公主沒法，退歸私第，再遣人往勸太子，教他固辭。太子乃馳入宮中，拜謁睿宗，叩頭固請道：「臣兒僅立微功，得為皇嗣，已是例外蒙恩，恐難負荷。今陛下且遽欲傳位，究是何意？」睿宗道：「社稷再安，與我得天下，皆出汝力。今帝座有災，故特授汝。轉禍為福，願汝勿疑！」太子又叩頭固辭，睿宗作色道：「汝欲為孝子，應該聽從我言，豈必待柩前即位，方得為孝麼？」太子無詞可對，只好流涕趨出。

翌晨由睿宗手諭，傳位太子。太子再上表力辭，睿宗不許。太平公主自悔無及，沒奈何入語睿宗道：「內禪雖決，總宜自總大政，太子少不更事，恐未能施行盡當呢。」睿宗乃召囑太子道：「汝因天下事重，想我兼理麼？古時虞舜禪禹，尚親巡狩，朕雖傳位，豈忘家國？所有軍國大事，我自當兼省，汝何必多慮呢。」太子乃勉強應命。過了數日，內禪期屆，太子隆基即位，尊睿宗為太上皇。上皇仍自稱朕，詔命曰誥，五日一受朝太極殿。皇帝自稱為予，命曰制敕，每日受朝武德殿。凡三品以上除授，及重刑要政，俱奏聞上皇，然後決行，餘事皆受成皇帝，改行正朔，頒制大赦，是謂玄宗先天元年，立妃王氏為皇后。

後系同州下邽人，父名仁皎，由玄宗為臨淄王時，聘為王妃，玄宗入清宮禁，妃亦預謀，因此玄宗登基，即冊為後。為後文廢后張本。玄宗又授王琚為中書侍郎，時與商議國事。琚籍隸河內，少有才略，通天文象緯學，從前駙馬都尉王同皎，嘗器重琚才，引為密友。同皎事敗（見前文），琚遁至江都，為富商傭書。商家知非庸才，妻以愛女，且厚給妝奩，琚賴以存活。及睿宗嗣位，乃與婦翁說明原委，得資還都。玄宗時為太子，出外遊獵，途次遇著王琚，見他儒服雍容，因即召詢。琚口才本是敏捷，至此更有心干進，益逞詞鋒，且邀太子到寓，娓娓續陳，說得太子非常投契。琚又殺牛進酒，厚饗太子，太子愈加感動，願為薦引。別後返謁睿宗，即說王琚如何有才，乞加錄用。睿宗因他是個白衣秀士，但令補諸暨縣主簿。太子默然退歸。會琚聞得一末秩，過謝東宮，到了廷中，卻故意徐行，左眺右矚。東宮侍衛呵止道：「殿下在簾內，怎得自由行動？」琚微笑道：「今日有什麼殿下，但知有太平公主呢。」顯是策士口吻。道言未絕，太子已經趨出，親自迎入。琚表明謝意，即促膝進陳道：「韋庶人敢行弒逆，人心不服，所以殿下一呼皆應，立誅首惡。今太平公主自恃有功，凶猾無比，左右大臣，多為所用，天子又因兄妹關係，特別容忍，琚竊為陛下隱憂哩。」太子遽起，引與同榻，對坐與語道：「主上同氣，止有太平，若有傷殘，恐虧孝道。」琚答道：「小孝不足言，殿下當思大孝。」太子道：「大孝如何？」琚復道：「安宗廟，定社稷，乃為大孝。試想太子立有大功，理應承統，今公主乃敢妄圖，營私植黨，有廢立意，一旦變起，豈不是累及宗廟社稷麼？宗廟社稷不安，殿下即思盡孝，恐亦不及待了。」太子搓手道：「如此奈何？」琚答道：「琚聞內外大臣，唯張說劉幽求郭元振等，不為太平所用，殿下若與商議，當可紓憂。」太子乃喜，叫他不必赴任，留居詹事府中。既而太子受命監國，五品以下官吏，得由太子黜陟，乃即遷琚為太子舍人。及太子受禪，特超擢中書侍郎。琚遂與劉幽求等，謀去太平。幽求使羽林將軍張暐，入白玄宗道：「竇懷貞崔湜岑羲，皆因公主得進，日夜謀逆，若不早圖，恐即日發難，連太上皇都不能自安，臣已與幽求等定計，但俟陛下頒敕，便可施行。」玄宗點首至再，徐諭道：「卿等少緩，朕當留意。」

暐趨出後，適遇侍御史鄧光賓，邀他入室，盤問底細，暐以實言相告。光賓俟暐別後，竟往報竇懷貞崔湜。竇崔兩人，忙轉告太平公主，公主即入白睿宗，一口咬煞玄宗，說是要無端加害。睿宗便召問玄宗，訓責數語，害得玄宗無法自解，只好推到劉幽求張暐身上。玄宗專推別人，也太柔弱。於是睿宗令他懲辦。玄宗不得已，將幽求及暐，拘置獄中。竇懷貞崔湜等，諷令臺官，奏稱幽求等離間骨肉，當處死刑。睿宗又欲准奏，還是玄宗極力解說，謂幽求曾預大功，應當減死，乃流幽求至封州，張暐至峰州。封州地在嶺表，崔湜又飛函至廣州，囑廣州都督周利貞，(即利用復名。)殺死幽求，偏經桂州都督王晙，與幽求有舊交，將他留住，才得免害。

越年，又改為開元元年，元宵節屆，燈市極盛，長安城中，光耀如同白晝，無論大家小戶，統是懸燈結綵，點綴昇平。玄宗奉著上皇，御門觀燈，大酺合樂，宴賞了好幾日，餘興未衰。又令都中延長燈期，直至二月中旬，尚未停輟。太平公主私第中，越覺熱鬧，供張聲伎，高出皇家，所陳珍寶，光怪陸離，所制彩仗，靡麗淫巧，滿朝朱紫，無不聯翩踵賀，端的是繁華出眾，烜赫絕倫。炎炎者滅，隆隆者絕。左拾遺嚴挺之，及晉陵尉楊相如，先後上疏，俱戒玄宗節慾去奢，乃將燈市停止，但月餘糜費，已是不可勝計了。此為玄宗將來淫佚之兆。太平公主自經幽求等貶黜，聲焰益張，意見越深，鎮日裡與情人私黨，密謀廢立，又勾結宮人元氏，令在赤箭粉中，置毒以進。什麼叫做赤箭粉呢？赤箭系是藥名，研粉為餌，可以延年。玄宗時常服食，所以公主嗾令元氏，乘間下毒。元氏尚未下手，已為王琚所聞，入見玄宗道：「禍機已迫，不可不速發呢。」玄宗意尚躊躇，適左丞張說，代韋安石出守東都，他卻遣人進呈佩刀一柄，意欲借刀示意，使玄宗斷絕疑慮。荊州長史崔日用，入朝奏事，更密白玄宗道：「太平公主，謀逆有日，陛下昔在東宮，尚為臣子，若欲討逆，須用謀力，今陛下已登帝祚，但教下一制書，誰敢不從？倘令奸宄得志，後悔無及了。」玄宗沉吟道：「朕亦嘗作此想，只恐驚動上皇，諸多未便。」日用道：「天子以安四海為孝，不在區區小節，萬一奸人得志，社稷為墟，那時孝在何處？若恐驚動上皇，請先定北軍，後收逆黨，自不致有意外變端了。」玄宗道：「卿且留京，為朕作一臂助，朕總當設法除患呢。」日用乃出。越日，受敕為吏部侍郎。

太平因玄宗進用王崔等人，也知玄宗有意加防，更兼元氏下毒的法兒，一時竟無隙可入，免不得另圖別計。乃更召集私人，重開密議。崔湜獻策道：「常將軍元楷，李將軍慈，本統領羽林兵，若麾眾直入武德殿，迫上退位，不得不依。再由竇僕射蕭中書等，號召南牙兵，作為援應，不消半日，便可成功了。」同平章事陸象先，因由公主保薦，亦曾與召，獨起身抗言道：「不可，不可。」公主聽到「不可」兩字，便應聲道：「廢長立少，已是不順，況又失德，奈何不可廢立呢？」象先道：「既以功立，必以罪廢，嗣皇即位，天下歸心，並無實在罪惡，如何廢立？這事恐多危險，象先不敢與聞。」懷貞從旁接入道：「陸公真是迂儒，不足與議大事。且試問平章高位，從何而來？今日公主謀行大事，反出來勸阻，令人不解。」象先道：「我正為公主計，所以直言諫阻，否則也不來多口了。」大眾尚議刺象先，象先拂袖徑出。當由太平公主與眾人續議，決如湜言，約於七月四日舉行。正要散座，忽有一少年趨入道：「此事斷不可行，還請三思為是。」公主正恨象先異議，偏又有人前來作梗，頓時豎起雙眉，瞋目瞧將過去，原來不是別人，乃是自己的親生兒崇簡，不由的大怒道：「你也敢來阻撓我麼？」子且不服，遑問別人。崇簡跪諫道：「母親席豐履厚，養尊處優，也應好知足了。為什麼還要起釁？難道富貴至此，尚未滿意麼？」應該質問。公主怒叱道：「你曉得什麼？休得多言！」崇簡復道：「事成不足增榮，事敗不徒致辱，恐全家都要屠滅哩。」公主聽到此語，竟從座旁覓得一杖，連頭夾腦的敲將過去。崇簡連忙抱頭，已經著了數下，血流滿面。竇懷貞等急上前勸解，公主尚不肯休，說要打死逆子，才足洩恨。崇簡泣道：「兒非逆母，母實逆君。」又指斥崔湜為奸賊，說得湜滿面羞慚，幾乎無地自容。彼豈尚知羞恥麼？公主怒上加怒，恨不將崇簡一杖擊死，嗣由大眾扯開崇簡，一半勸母，一半勸子，方得罷手。崇簡由眾擁出，公主怒氣稍平，專待到期行事。

不意風聲已經外洩，左散騎常侍魏知古，探聽得明明白白，急報玄宗。玄宗此時，也管不得許多了，當下召入岐王範，薛王業，（即玄宗弟隆範隆業，因避玄宗名，減去隆字。）兵部尚書郭元振，龍武將軍王毛仲，殿中少監姜皎，太僕少卿李令問，尚乘奉御王守一，內給事高力士，果毅將李守德等，諮商大計。還有王琚崔日用魏知古諸人，當然在座。大家商定方法，即於次日施行。越日為七月三日，玄宗命王毛仲率兵三百人，自武德殿入虔化門，先行伏著，乃召常元楷李慈入見。兩人尚未覺著，放膽入門，王毛仲麾兵齊出，先將兩人拿下，一併斬首。兩將既誅，再拘蕭至忠岑羲賈膺福等文臣，自然不費兵力，手到擒來。玄宗也不細問，盡令處斬。獨竇懷貞投入溝中，自縊而死，有制戮屍，改姓為毒。不脫武后故智。上皇聞變，登承天門樓，問明情事。郭元振奏稱竇懷貞等，聯結太平公主，謀為不軌，所以奉皇帝制敕，一併捕誅，餘無他事。上皇乃嘆息還宮。次日下誥，自今軍國政刑，一聽皇帝處分，朕願徙居百福殿，頤養天年。玄宗得了此誥，方命王毛仲高力士等，往拘太平公主。毛仲等馳至公主第中，只有僕役尚在，並沒有公主下落，急忙出門四覓，找了三日，方偵得公主在南山寺中，帶兵搜捕，所有公主全眷，一個兒不曾漏脫，連僧慧範及李晉唐晙等，也與公主同匿，一古腦兒押了回來，有制令公主自盡，僧慧範等伏誅。小子有詩嘆道：

易記家人利女貞，詩言哲婦實傾城。
試看唐室開元日，殺死太平方太平。

太平伏法，餘黨除已誅死外，究竟如何發落，待至下回表明。

本回專敘太平公主事，公主為天子元妹，宰相多出門庭，六軍供其指揮，似亦可以止矣，而必猜忌玄宗，陰謀廢立者何哉？婦女不必有才，尤不可使有功，才高功大，則往往藐視一切，一意橫行，況有母後武氏之作為先導，亦安肯低首下心，不自求勝耶？卒之天授玄宗，心勞日拙，欲藉口於星變，而反迫成睿宗之內禪，欲定期以起事；而又促成玄宗之討逆，身名兩敗，不獲考終，嗟何及哉？彼蕭至忠竇懷貞等，識見且出太平下，富貴未幾，身首兩分，反不若崔湜之累嘗禁臠，猶得自命為風流鬼也。吾得援俚語以嘲之曰：「太不值得，何苦乃爾？」

第四十二回　贈美人張說得厚報　破強虜王晙立奇功

卻說玄宗既誅死太平公主，復將公主諸子，亦賜死數人，唯崇簡得免，仍給原官，賜姓李氏。所有公主私產，悉行籍沒，財物山積，幾同御府，廄牧牛馬，田園息錢，好幾年取用不竭。僧慧範私資，亦多至數十萬緡，一併抄沒充公。李晉系太祖玄孫，本襲封新興郡王，至是連坐被誅，臨刑時不禁流涕道：「此謀本崔湜所倡，今我死湜生，冤不冤呢？」刑官轉奏玄宗，玄宗已流湜至竇州，不欲加誅。會有司鞫問宮人元氏，元氏供由得主謀，嗾使進毒，乃遣使傳敕，賜死荊州，薛稷賜死萬年獄。稷子伯陽，曾尚睿宗女荊山公主，得免死竄嶺南。伯陽自殺。獨盧藏用流戍瀧州，後因御邊有功，遷任黔州長史，病歿任所。玄宗乃親御承天門樓，大赦天下，賞功臣郭元振等官爵，且召陸象先入語道：「聞卿嘗諫阻太平，可謂歲寒知松柏呢。」象先拜謝而出。旋因象先嘗辯護黨人，致遭彈劾，乃罷為益州長史，召還張說劉幽求，令說為中書令，幽求為左僕射，進高力士為右監門將軍，管領內侍省。從前太宗定制，內侍省不置三品官，但黃衣廩食，守門傳命。中宗時，七品以上已有千餘人，至玄宗超擢力士為將軍，竟列三品以上，於是宦官逐漸增多，且逐漸顯赫，這也是玄宗一大弊政呢。特筆揭櫫，為後來宦官禍國伏筆。

是年冬季，車駕巡幸驪山，大閱軍操，徵兵至二十萬。兵部尚書郭元振，督操忤旨，拘坐纛下，幾欲宣敕處斬。劉幽求張說，忙叩馬進諫道：「元振有討逆大功，就使得罪，亦當特別加恩，原功免死。」玄宗准奏，乃褫元振職，遠流新州，獨殺給事中知禮儀事唐紹。諸軍見二大臣受譴，不禁倉皇失次，唯薛訥解琬二軍，毫不為動。玄宗見他秩序整齊，立遣輕騎召見，誰知他號令森嚴，不准騎士入陣。及玄宗親給手敕，方才進見。玄宗面加獎勉，且予厚齎。看官閱過前文，應知薛訥是仁貴長子，夙秉家傳，武后曾因訥為世將，令攝左威衛將軍，兼安東道經略使，嗣遷幽州都督，安東都護，且調任并州長史，檢校左衛大將軍（俗小說中，有稱薛丁山者，想即由薛訥誤傳）。解琬系元城人，熟習邊事，累任御史中丞，兼北庭都護，西域安撫使，尋復為朔方大總管，改右武衛大將軍，檢校晉州刺史。兩人均為當時名將，所以行軍嚴整，步武安詳。玄宗令各回原任，自率禁軍返獵渭濱，偶記起前兵部尚書姚元之，遂遣人至同州，召詣行在。元之自坐貶申州後（見前回），轉徙同州，至此奉召踵謁，正值玄宗行獵，行過了叩見禮，玄宗即問道：「卿知獵否？」元之答道：「這是臣所素習，臣年二十，嘗呼鷹逐獸，嗣由友人張憬藏，謂臣當位居王佐，所以折節讀書，得待罪將相。唯故技尚嫻，雖老未忘，今日願隨陛下同獵。」這也是迎合語。玄宗甚喜，即與元之同馳。元之控縱自如，連發數矢，迭中數獸，當由玄宗再三誇獎。至騁獵已畢，返入行宮，便與元之縱談天下事。元之知玄宗英武，有意求治，特將古今治道，暢說一番。玄宗聽了多時，語語稱旨，竟至忘倦。俟元之奏罷，便面諭道：「朕早知卿才，卿可相朕。」元之卻故意推辭，玄宗問他何故？元之跪答道：「臣有十事請願，恐陛下未必准行，因此不敢奉命。」玄宗道：「卿且說來？」元之乃剴切詳陳，逐條說出，看官道是什麼條件？由小子錄述如下：

（一）願先仁恕。（二）願不幸邊功。（三）願法行自近。（四）願宦豎不與政事。（五）願絕租賦外貢獻。（六）願戚屬不任臺省。（七）願接臣下以禮。（八）願群臣皆得直諫。（九）願絕佛道營造。（十）願禁外戚預政。此十事，恰確中時弊。

玄宗聽他說完十事，竟怡然道：「朕均能照行，卿可勿慮。」恐怕未必。元之乃頓首拜謝，翌日即仍授元之兵部尚書，同中書門下三品，封梁國公。中外頗慶得人。唯中書令張說，素與元之不協，陰使御史大夫趙彥昭，上言元之不應入相。玄宗不納。嗣復使殿中監姜皎入陳道：「陛下嘗欲擇河東總管，苦乏全才，臣今日幸得一人了。」玄宗問為何人？皎答道：「無如姚元之。」玄宗怫然道：「這是張說的意思，汝怎得當面欺朕！」皎惶恐叩謝。玄宗即啟蹕還宮，群臣上玄宗尊號，稱為開元神武皇帝，並改易官名，號僕射為丞相，中書為紫微省，門下為黃門省，侍中為監，雍州為京兆府，洛州為河南府，長史為尹，司馬為少尹，即命元之為紫微令。元之因避開元尊號，復名為崇。

崇既入相，進賢黜佞，每事進陳，無不批准，朝政煥然一新，獨急壞了一個張說，他恐姚崇乘間報復，將來必難保祿位，因此心虛畏罪，日夕徬徨，默思王公大臣中，只有岐王範功成佐命，甚得上歡，範又好學重儒，樂得藉著自己的文才，與相聯繫，託他庇護，於是退朝餘暇，輒乘車至岐王第中，侍坐言歡。偏經姚崇聞知，得了這個機會，正好藉端排擠，黜去張說。一日，崇入對便殿，行步微蹇。玄宗即問道：「卿有足疾麼？」崇答道：「臣非足疾，疾在腹心。」崇專使刁，殊不足取。玄宗知他語出有因，便屏去左右，私問底細。崇遂奏道：「岐王系陛下愛弟，張說身為輔臣，常乘車出入王家，臣不知他何意，倘岐王為他所惑，後患非淺。臣忝居相列，怎得不憂勞成疾呢？」輕輕數語，已足擠倒張說。玄宗愕然道：「有這等情事麼？朕不能不究。」崇乃趨退。是夕，即有制頒下，密飭御史中丞等，究詰張說情弊。

說全然不聞，尚安坐私宅中，忽由門役傳進二帖，乃是賈全虛名刺，不由的惱悵道：「他來見我作什麼？」門役答道：「他說有緊急事，關係相公全家，特來求見，報知相公。」說乃令門役延入，人面重逢，倍增感觸。原來說有美妾寧懷棠，一貌如花，且長文字，說甚是寵愛，令司文牘。相傳懷棠生時，她母夢神人授海棠一枝，因而得孕，分娩後養至五六齡，已是姿態秀媚，嬌小可憐，家人嘗以海棠睡足為戲。她母獨笑語道：「名花宜醒不宜睡」，因更取一表字，叫做醒花。這醒花既歸張說，淑女得配才人，恰也願抱衾裯，沒甚怨恨。偏來一個賈全虛，系說故人子，應試入都，踵門請謁，說見他年少多才，留為記室，漸漸的熟不避嫌，得與醒花覿面。俗語說得好：「月裡嫦娥愛少年」，這醒花見了全虛，頓惹起一段情魔，時常惦念，免不得流露筆墨，挑逗全虛。全虛是個風流少年，怎有不貪愛美人的道理？你一唱，我一酬，一緘書做了鴛盟，兩下兒已通蝶使。湊巧張說因公入值，醒花竟為情忘節，悄悄的偷出內庭，去會那可意郎君。全虛正玩月書齋，驀然得著天仙下降，不覺驚喜交集，倒屣歡迎，彼此只談了數語，便擁入帳中，寬衣解帶，曲盡綢繆。歡會已畢，彼此商量終身大計，無非用了三十六著的上著。兩人起床，草草收拾行裝，竟於越日黎明，一溜煙似的走了。名公巨卿家，往往有此，也不足怪。待張說退值回家，竟不見了寧醒花，又不見了賈全虛，料他必因奸逃走，即遣人四處緝捕，兩人走不多遠，頓被捉歸。說召責全虛，遂欲置諸死地。全虛朗聲道：「貪色愛才，人人通病，男子漢死何足惜？但明公何惜一女子，竟欲殺死國士，難道明公長此貴顯，不必緩急倚人麼?從前楚莊不究絕纓，楊素不追紅拂，度量過人，古今稱羨，公奈何器小至此?」樂得放膽一說。說被全虛數語，卻也回轉心意，便與語道：「你不該盜我愛妾，目下木已成舟，我亦自悔失防，就把她賞了你罷。」說畢，仍令醒花隨他同往，且並厚給奩貲。禁臠已失，還是慷慨為佳。全虛也不推卻，竟挈豔出門，住京多日，竟得了一條門路，至內廷機要處傭書，所有大臣密奏，往往先人聞知，因此即飛報張說。說接見後，由全虛備述姚崇奏語，及玄宗密敕究治等情，急得張說不知所措，連喚奈何。全虛道：「全虛蒙公厚恩，特來圖報，敢不替公設法，但請公不惜重寶，交與全虛，代通關節，必可緩頰。就使難免外調，斷不至意外問罪呢。」說乃取出珍玩，託他轉旋。全虛受命而去。果然珍寶有靈，重罪輕辦，究治事就此擱置，但出說為相州長史（全虛事，不見史傳，本編從稗乘採來，為施德獲報之證）。說奉敕出都，不消細述。

既而有人訐告太子少保劉幽求，及詹事鍾紹京，說他有怨望語，當由玄宗下敕按問。兩人不肯服罪，勢將下獄。姚崇上書營救，謂：「幽求等均有大功，但得閒職，未免沮喪，若使下獄，恐足驚動遠聽，反失人心。」乃不復窮治，只貶幽求為睦州刺史，紹京為果州刺史。侍郎王琚，亦坐貶澤州。御史中丞姜晦，及監察御史郭震，又彈劾韋安石韋嗣立趙彥昭李嶠諸人，阿附取容，素來不能匡正，因俱黜為諸州別駕。又將廣州都督周利貞等，放歸田裡，終身不齒。幽求安石，憤恚即亡，餘人依次壽終。溫王重茂，徙封襄王，出居房州，開元二年病歿，諡為殤帝。玄宗勵精圖治，專任姚崇，汰僧尼，放宮人，罷兩京織錦坊，焚珠玉錦繡於殿前。宋王成器等，請獻興慶坊宅為離宮。興慶坊就是隆慶坊，自玄宗入為太子，改名興慶，玄宗嘗制大衾長枕，與兄弟同眠，及即位後，與宋岐諸王相見，仍行家人禮，至此因宋王入請，改舊邸為興慶宮，仍為諸王築第，環列宮側。且就宮西南置樓，西樓署「花萼相輝」四字，南樓署「勤政務本」四字。玄宗隨時登樓，聞諸王作樂，必召令同升，對榻坐談，不異前時。或幸諸王第中，亦略跡言情，飲酒賦詩，屢賜金帛。諸王每日由側門進見，歸後即具樂縱飲，擊球鬥雞，馳逐鷹犬，成為常事。玄宗毫不加禁，竟有安樂與共的意思。時有鶺鴒千數，翔集麟德殿廷，浹旬始去。長史魏光乘上頌揄揚，謂為天子友悌，方得此祥。玄宗亦自為作頌，且嘗賜宋王等書，有云：

昔魏文帝詩云：「西山一何高？高高殊無極。上有兩仙童，不飲亦不食。賜我一丸藥，光耀有五色。服之四五日，四體生羽翼。」朕每言服藥而求羽翼，寧如天生兄弟之羽翼乎？陳思王之才，足以經國，絕其朝謁，卒使憂死，魏祚未終，司馬氏奪之，豈神丸效耶？虞舜至聖，舍象傲以親九族，九族既睦，平章百姓，今數千載，天下歸善焉，此朕廢寢忘食所慕嘆也。頃因餘暇，選仙錄得神方雲，餌之必壽，今持此藥，願與兄弟共之，偕至長齡，永永無極也。

玄宗兄弟四人，宋王成器，最稱謹畏，成器以外，要算申王成義。兩人因避母昭成皇后尊謚，一改名憲，一改名撝。岐王範與誅太平，恃功稍驕，玄宗嘗戒諸王與群臣交遊，範不甚遵戒。駙馬都尉裴虛己，曾尚睿宗幼女霍國公主，後來與岐王遊宴，私挾讖緯，坐流新州。唯玄宗待範，仍然如故，且語左右道：「兄弟天性，怎可失歡？不過由奔競諸徒，妄思依附，朕終不因此生疑哩。」左右當然諛頌數語。但人主待遇兄弟，往往多刻薄，少惠愛，似玄宗這般友悌，也可謂古今罕有了。極力褒揚，風示後世之有兄弟者。這且慢表。且說營州被契丹陷沒，未曾收復（見三十四回），所有營州都督一職，寄治幽州。玄宗先天元年，幽州大都督孫佺，欲復營州，與左驍衛將軍李楷洛，左威衛將軍周以悌，發兵二萬餘人，往襲奚契丹。到了冷陘，被奚酋李大酺截擊，全軍覆沒。佺與以悌，均為所擒，唯楷洛逃歸。大酺恐唐師報怨，特將俘虜獻與突厥，統為默啜可汗所殺。默啜遂與奚契丹連和，屢次擾邊，唐廷擬羈縻突厥，通使修好。默啜可汗乃遣子楊我支入朝，且請許婚。玄宗允將蜀王女南河縣主，往嫁突厥，唯須待期方遣。太宗子愔封蜀王。默啜可汗屢請婚期，久未邀准，乃於開元二年春月，復使子同俄特勒，及妹夫火拔頡利發石失畢，統兵圍北庭都護府，都護郭虔瓘設伏城外。俟同俄到來，伏兵突起，立將同俄刺死城下。火拔驚駭，頓時大奔，又被虔瓘追擊一程，虜兵多半敗死。默啜嚴責火拔，火拔懼不敢歸，竟攜妻子奔唐。唐封火拔為燕山郡王，號火拔妻為金山公主，賞賜從優。

并州長史薛訥，聞突厥敗退，擬乘勢討奚契丹，復仇雪恥。時方七月，暑氣未衰，姚崇等以乘暑用兵，多害少利，因極力諫阻。訥獨上言道：「盛夏草肥，羔犢孳息，因敵資糧，正是絕好的機會，一舉便可滅虜了。」玄宗方以冷陘一役，引為深恨，遂視訥語為奇計，授訥同紫微黃門三品，令與左監門衛將軍杜賓客，定州刺史崔宣道等，率兵二萬，出擊契丹。訥率步卒先至灤河，不意契丹兵四面伏著，一齊發作，將訥困在垓心。崔宣道等俱逗留不前，遂致訥孤軍陷敵，十死八九，訥只率數十騎突圍，身被數創，才得脫走，返至幽州，報稱敗狀，歸罪宣道及胡將李思敬等八人，有制盡斬首徇眾，且褫訥官爵。唯杜賓客曾上言不宜出師，獨得免議。

已而吐蕃入寇，乃復起訥攝羽林將軍，兼隴右防禦使，與太僕少卿王晙，同擊吐蕃。吐蕃自讚婆等入降（見三十四回），贊普器弩悉弄，陰有戒心，亦不敢深入為寇，且屢遣使求和。唐廷方內亂迭起，勉從和議。未幾，吐蕃南部皆叛，器弩悉弄自往討伐，病死軍中，國內無主，諸王爭立，賴有遺臣數人，削平亂事，擁立器弩悉弄子棄隸縮贊為贊普，年僅七齡，遣使至唐廷告喪，且乞申盟。此時正值中宗復位，國事粗定，無暇顧及外事，但不過虛與周旋，沒有什麼約言。後來吐蕃又遣大臣悉燻熱入貢，順便求婚，中宗命將雍王守禮女金城公主，許配吐蕃贊普。守禮自雍徙豳，已在睿宗初年，故睿宗前應稱雍王。待贊普棄隸縮贊成年，方准迎女。轉瞬間已是睿宗景雲元年，吐蕃來迎公主，乃命左驍衛大將軍楊矩，持節送往。公主到了吐蕃，贊普特築城與居，並乞河西九曲地，為公主湯沐邑。矩代為申請，竟得俞允。那知九曲地素來肥饒，水甘草良，最宜畜牧，吐蕃得了此地，恃為根據，因復乘虛窺邊。戎狄之不可恃也如此。

開元二年八月，虜相坌達延驅眾十萬，入寇臨洮，進攻蘭渭。楊矩正留任鄯州都督，悔懼自盡。玄宗令薛訥王晙，併力夾擊，復調兵十餘萬人，馬四萬匹，擬親自督行，作為後應。晙姿表奇偉，智勇深沉，時人稱他有熊虎相。既受命西征，即率部兵二千名，自隴右出發。途中接到探報，知虜相屯駐大來谷，連營數裡。晙語部眾道：「虜兵甚眾，我兵甚寡，只應智取，不宜力敵。」乃選壯士七百人，令各易胡服，乘夜襲虜，且授計道：「汝等往劫虜營，不必殺人，但教四面大呼，俟虜等散亂時，趁便擒斬，就算功勞。我自有兵策應。」各壯士領計去訖。晙率軍隨進，約去大來谷五裡，聞前面有呼噪聲，料知各壯士已逼敵寨，便令部兵齊鳴鼓角，與呼噪聲遙相應和。山空谷窈，浪聲越高，那時虜相坌達延，從夢中聞聲驚起，亟命番眾出帳迎敵。番眾尚睡眼昏花，到了營外，被唐軍四面攔殺，但見他所穿服飾，與自己相等，還疑是本營變亂，一時無從分辨，只好持刀亂砍，模模糊糊的殺了一夜。等到天色熹微，唐軍統已退去，那番營左近的屍骸，統是吐蕃兵卒，無一唐軍。坌達延檢驗屍首，數以萬計，方覺叫苦不迭，但已是無及了。

王晙得著勝仗，結壘自固，嗣聞薛訥已到武街，中為虜營所阻，乃復募得勇士，往約薛訥，出兵夜襲。坌達延懲著前敗，遽令退師。不意此番卻來鏖戰，王晙從左殺入，薛訥從右殺入，兩路夾攻，殺得屍橫滿野，洮水為之不流，坌達延抱頭竄去。唐軍斬得虜首萬餘級，獲牲畜二十萬頭，於是唐將軍王晙威名，遠達塞外。唐代文武兼才，自李靖郭元振唐休璟張仁願外（仁願即仁亶，因避睿宗嫌，名改亶為願），要算是王晙了。玄宗聞捷，乃罷親征議，拜訥為右羽林大將軍，兼平陽郡公，晙為銀青光祿大夫，加清源縣男爵，兼原州都督。小子有詩詠王晙道：

折衝禦侮仗元戎，熊虎呈奇氣象雄。
十萬虜兵齊敗北，才知奇計得奇功。

吐蕃既已敗退，玄宗特置幽州節度經略大使，統領幽易平嬀亶燕六州，控御朔方，專謀北略。節度使之名稱，自此始。欲知後事，且看下回再詳。

唐室賢相，前稱房杜，後稱姚崇，竊謂姚宋之才識有餘，而度量不足，觀其排擠張說，牽及岐王，假令因此窮治，輾轉株連，豈非一場大獄？幸而張說惠及賈生，慨贈美人，施德於前，食報於後，卒使巨案消滅，說止外調，是不特說之幸，抑亦唐之幸也（贈美人事，已見細評）。唯玄宗天性友愛，無間骨肉，花萼相輝，足傳千古。本回連類敘明，深得善善從長之義。至若下半回之載及吐蕃，所以表明戎狄之無信，非我族類，其心必異，豈和親之策，所得而羈縻之者？微王晙之智足破敵，吐蕃其肯斂跡乎？世之視同胞如仇敵，引外人為親友者，不必遠稽古訓，但以本回為借鑑，而安危得失之故，固已可深長思也。

第四十三回　任良相美政紀開元　閱邊防文臣平叛虜

卻說玄宗既設定幽州節度，控御北邊，可巧突厥默啜可汗，復遣使求婚，自稱乾和永清大駙馬，突厥聖天骨咄祿可汗。玄宗仍遠約婚期，延宕過去。默啜年已衰老，昏虐愈甚，還想大唐公主，真似癩蝦蟆想吃天鵝肉。部眾多半不服，葛邏祿胡祿屋鼠尼施等部落先後降唐，共約萬餘帳，有制令入處河南地，再調薛訥為涼州大總管，出鎮涼州。郭虔瓘為朔川大總管，移鎮并州，專伺突厥釁隙，以便北討，默啜正恨各部離散，發兵擊葛邏祿胡祿屋鼠尼施等部，玄宗飭北庭都護湯嘉惠，左散騎常侍解琬等發兵往援，又命薛訥為朔方道行軍大總管，與太僕卿呂延祚，靈州刺史杜賓客等，共討突厥。默啜方移兵北向，往擊拔曳固部，大捷獨樂水，令部眾唱著胡歌，怡然南歸，不復裝置，哪知拔曳固散卒頡質略，正在柳林邊待著，俟突厥大軍經過，後面只有默啜可汗，隨行不過數十人，他卻率眾突出，狙擊默啜，斬首亟遁，獻與唐軍裨將郝靈荃。靈荃傳首唐都，盈廷稱慶，時值太上皇睿宗駕崩，玄宗因猝遭大故，無暇治戎，乃令薛訥等還鎮，專備居喪事宜。睿宗在位僅二年，為太上皇約四年，崩年五十有五，謚為「天聖真皇帝」，安葬橋陵。

玄宗自任姚崇，抑制貴戚近幸，朝無弊政，請謁不行。黃門監盧懷慎，名為副相，自以才不及崇，每事推讓，因此時人號為伴食宰相。崇嘗因子喪，乞假十餘日，政事委積，懷慎不能決，惶恐入謝。玄宗慰諭道：「朕以天下事委姚崇，卿但坐鎮雅俗，便足稱職了。」懷慎乃從容退朝。及崇已假滿，出決庶政，須臾了畢。崇頗有得色，顧謂紫微舍人齊澣道：「我為相可比何人？」澣未及答。崇又道：「可比得管晏否？」澣徐答道：「恐未及管晏，管晏立法，雖未能傳後，及身總不再變更；公所為法，或作或輟，澣所以謂公不及呢。」可謂諍友。崇又道：「我雖不及管晏，究竟何如？」澣復道：「好算一救時良相。」崇投筆起言道：「救時良相，亦非易得，我果能此，願亦足了。」既而山東大蝗，百姓多焚香設祭，不敢捕殺，崇獨奏遣御史督飭州縣，趕緊捕除。盧懷慎謂殺蝗太盛，恐傷和氣，崇辯駁道：「從前楚莊吞蛭，病且能瘳，孫叔殺蛇，後反致福，奈何不忍殺蝗，反忍人民饑死呢？若使殺蝗有禍，盡歸崇身，可好麼？」是極，是極。汴州刺史倪若水，上言：「蝗為天災，非人力可以除盡，昔劉聰時嘗令民除蝗，害反益甚，今請修德禳災，方足上㳄天意。」因拒御史檄諭，不肯受命。與盧懷慎一樣迂腐。崇移牒若水道：「劉聰偽主，德不勝妖，今日聖朝，妖不勝德。古時良守治民，蝗不入境，如謂修德可免，彼豈無德致此麼？今若坐視食苗，忍心不救，將來秋收無著，恐刺史亦未能免咎呢。」若水乃懼，諭民捕蝗，共得十四萬石，蝗害少息。崇復飭御史察視捕蝗勤惰，作為黜陟，蝗乃盡淨，是年竟得免饑。

黃門監盧懷慎，尋即病歿，遺表舉薦宋璟李傑李朝隱盧從願四人，玄宗頗為嘉納，且深惋悼。原來懷慎為人，才具雖然有限，操守卻是甚廉，平居不營資產，俸賜多給親舊，往往妻號寒，兒啼饑，所居不蔽風雨，隨便將就。及疾亟，宋璟盧從願等往候，但見敝簀單席，門不施箔。相見時，懷慎執二人手，唏噓與語道：「皇上求治，不為不殷，但享國日久，浸至倦勤，將來必有僉壬乘間幸進，願二公留意為幸。」歿後家無餘儲，唯有一老蒼頭，請自鬻以辦喪事。四門博士張晏，為白情狀，玄宗乃賜縑帛百匹，米粟二百斛，因得治喪。追贈荊州大都督，謚曰文成。述此以表儉德。乃進尚書左丞源乾曜為黃門侍郎，同平章事。

乾曜既相，崇適病痾，復請假養痾，遇有軍國大事，玄宗必令乾曜諮崇。乾曜奏對稱旨，玄宗必問道：「卿想從姚相處得來麼？」否則又諭令問崇。崇居宅僻陋，玄宗令徙寓四方館，崇言館屋華大，不敢徙居。玄宗手諭道：「恨禁中不便居卿，館中亦何必謙辭。」崇乃奉諭徙入。每日由中使問候，尚醫尚食，絡繹不絕。崇有三子，長名彝，次名異，又次名弈。彝異頗受賂遺，紫微史趙誨，系崇所親信，借勢受贓，事發當死，經崇上表營救，未免忤旨，杖誨流嶺南。崇知寵遇漸衰，自請避位，特薦廣州都督宋璟自代。玄宗乃罷崇執政，遣內侍楊思勗迎璟。

璟風度凝遠，應召登途，雖與思勗同行，絕不與思勗交言。頗有子輿氏風。思勗素得寵幸，返白玄宗。玄宗聞言，嗟嘆再三，特別器重，遂授璟為黃門監，並罷源乾曜輔政，令蘇頲同平章事。頲系故相蘇瑰子，幼即穎悟，一覽成誦，及為童子時，嘗與李嶠子同入禁中，得蒙召對。頲進「木從繩則正，後從諫則聖」二語，嶠子獨對道：「斫朝涉之脛，剖賢人之心。」當時已有「李嶠無子，蘇瑰有兒」的定評。至是與璟同心輔弼，璟素持正，犯顏敢諫，有時玄宗不納，頲必申璟語意，更為奏請，必至從諫乃已，因此兩人甚是投契。璟嘗語人道：「我與蘇氏父子，同居相府，僕射（指蘇瑰，瑰在中宗初年，累拜尚書右僕射）長厚，自是國器，若獻可替否，公不顧私，還要推重今日的平章，這正所謂跨灶哩。」也是確評。璟繼崇當國，志操不同。崇善應變，璟善守法，但整綱飭紀，量能授官，寬賦斂，省刑罰，中外承平，百姓富庶，卻是兩相同轍，所以姚宋並稱，佐成開元初政，得與貞觀同風。璟又欲復貞觀舊治，請仍用舊官名稱，此等語，看是閒筆，實關重要，閱者勿輕滑過，才知官名沿革，一覽瞭然。並令史官隨宰相入侍。群臣均對仗奏陳，玄宗當然准奏，堂廉壅蔽，因得盡除。

太常卿姜皎，與玄宗系是故交，太平受殛，皎與有功。自是寵遇特厚，嘗出入宮禁，得與後妃連榻宴飲。璟勸玄宗保全功臣，毋過寵狎，玄宗乃下制道：「西漢諸將，以權貴不全，南陽故人，以優閒自保，皎宜放歸田園，勛封如故。」玄宗又嘗命璟與蘇頲，更定皇子名稱，與公主封號，應酌求優美，或擇佳邑，定差等。璟上言：「七子均養，詩人所稱，今若同等別封，或母寵子愛，傷鳲鳩之平。昔袁盎引卻慎夫人席，文帝納之，夫人亦不為嫌，以其得長久計也。臣不敢別封。」帝嘆重璟賢。皇后父王仁皎病歿，子守一為駙馬都尉，曾尚睿宗女薛國公主，因請仿玄宗外祖竇孝諶故事，築墳高五丈一尺。璟又上書固爭，謂：「官居一品，墳只高一丈九尺，陪陵功臣，高亦不過三丈許。從前竇太尉墳，已屬非制。韋庶人追崇父墓，擅作酆陵，終至速禍，怎可再蹈前轍？臣意欲守朝廷成制，成中宮美德，所以不憚煩言，倘中宮情不可奪，請准一品陪陵，最高不逾四丈，方為合宜。」玄宗乃批答道：「朕每欲正身率下，況在妻子，怎敢有私？卿能固守典禮，垂法將來，誠所深幸哩。」這批詞頒發出去，又遣使齎賞彩絹四百匹。璟輔政時，所諫不止此數，特述三事暗為下文伏線。璟居相位四年，與姚崇為相，年數適符。

開元八年，璟嚴禁惡錢，先出太府錢二萬緡，通用民間，又飭府縣各出糶粟十萬石，收斂惡錢，送少府銷毀改鑄，惡錢漸少。唯江淮間尚未銷除，璟使監察御史蕭隱之清查，限期盡毀。隱之嚴急煩擾，怨謗盈路。璟又嫉惡過嚴，且已經負罪的官吏，或妄訴不已，概付御史臺嚴治，以此招怨益多。會天時過旱，優人戲作旱魃狀，入舞上前。玄宗性好看戲，曾置左右教坊，演習戲曲，又選樂工宮女數百人，躬自教演，稱為皇帝黎園弟子。至此優人入戲，故作問答。一優問偽魃道：「汝何為出現？」偽魃答稱奉相公處分。一優復故意問道：「相公要汝何用？」偽魃道：「相公嚴刑峻法，獄中負冤至三百餘人，所以我不得不出來了。」玄宗聽這數語，不免疑璟，遂罷璟及蘇頲，並貶蕭隱之官，罷弛錢禁，改用源乾曜張嘉貞同平章事。嘉貞曾任監察御史，出為朔方節度，儀容秀偉，詞旨安詳，玄宗因召為副相。唯嘉貞吏事有餘，相度不足，嘗引進苗延嗣呂太一員嘉靜崔訓四人，作為心腹，四人不免招權攬勢，時人有謠言云：「令公四俊，苗呂崔員。」乾曜性雖謹重，但通變不及姚崇，抗直不及宋璟，所以開元中年，一切政治，已逐漸廢弛下去。

未幾崇即病逝，年七十二。崇生平不信佛老，遺命諸子，不准沿襲俗例，延請僧道，追薦冥福。臨終時，並語諸子道：「我為相數年，所言所行，頗有可述，死後墓銘，非文家不辦。當今文章宗匠，首推張說，他與我素來不睦，若往求著述，必然推卻，我傳下一計，可在我靈座前，陳設珍玩等物，俟說來弔奠，若見此珍玩，不顧而去，是他記念前仇，很是可憂，汝等可速歸鄉里！倘他逐件玩弄，有愛慕意，汝等可傳我遺命，悉數奉送。即求他作一碑銘，以速為妙！待他碑文做就，隨即勒石，並須進呈御覽。我料說性貪珍物，足令智昏，若非照此辦法，他必追悔。汝等切記勿違！果能如我所料，碑文中已具讚揚，後欲尋仇報復，不免自相矛盾，無從置詞了。」言已，瞑目而逝。崇子彝異等，治喪遍訃，設幕受吊。說正累任邊防，入朝奏事，聞姚崇已歿，乘便往吊。彝異等依著父言，早將珍玩擺列。說入吊後，見到珍玩，頓觸所好，不禁上前摩挲。彝即語說道：「先父曾有遺言，謂同僚中肯作碑文，當即將遺珍慨贈，公系當代文家，倘不吝珠玉，不肖等應銜結圖報，微物更不足道呢。」說欣然允諾，彝等再拜稱謝，且請從速。說應聲而去，即日屬稿，做就一篇歌功頌德的碑文。甫經草就，姚家已將珍玩送到。說即將碑文交付來人，彝等連夜僱著石工，鐫刻碑上，一面將稿底呈入大廷。玄宗看了，也極口稱賞，且謂：「似此賢相，不可無此文稱揚。」獨張說事後省悟，暗想自己與崇有嫌，如何反替他褒美？連忙遣人索還原稿，只託言前文草率，應加改竄，不料去使回報，謂已刊刻成碑，且並上呈御覽。說不禁頓足道：「這皆是姚崇遺策，我一個活張說，反被死姚崇所算了。」誰叫你利令智昏？崇歿謚文獻，追贈太子太保。三子彝異弈，皆位至卿刺史，這且休表。

且說張說入覲後，升任兵部尚書，同中書門下三品，越年，出任朔方節度大使，親督各州兵馬。原來說曾任并州長史，撫慰突厥降部，立有功勞，所以文臣轉遷武職，出為節度。先是突厥默啜可汗，被拔曳固散卒殺死，獻首唐軍，拔曳固及回紇同羅霫僕骨五部，均款塞輸誠。唯默啜兄子闕特勒，立兄默棘連為毗伽可汗，自為右賢王，專掌兵事，免不得招集流亡，誘降部落。僕骨都督勺磨，與突厥往來通使，為朔方大使王晙所聞，恐他連結突厥，為中國患，因給令會議，把他殺死。拔曳固同羅諸部，俱聞風疑懼。說自并州率二十輕騎，往撫各部落，副使李憲，謂戎狄多詐，貽書勸阻。說覆書云：「我肉非黃羊，必不畏食，血非野馬，必不畏刺，士當見危致命，我此去正欲效死，利害原不暇計了。」此語頗有膽識。於是徑入各部，好言宣慰，且寢宿番帳，鼾睡有聲。

諸部相率感動，因無異心。獨突厥毗伽可汗，用婦翁暾欲谷為謀主，暾欲谷年老多智，素為國人所尊畏，所有前時歸降唐朝的部眾，至此為暾欲谷所招徠，陸續還國。詔令薛訥王晙追討，晙乃西發拔悉密部眾，東發奚契丹降兵，凡蕃漢十三十萬，掩擊毗伽可汗。拔悉密姓阿史那氏，降唐居北庭，輕率好利，先驅出兵，被暾欲谷設計邀擊，悉數虜去。暾欲谷轉掠涼州，河西節度使楊敬述，遣裨將盧公利等截擊，又復大敗。突厥氣焰復盛，蘭池都督康待賓，又攻陷六胡州，有眾七萬，騷擾西陲。蘭池僻處隴西，向有胡人出沒，自酋長康待賓，率眾內附，乃置蘭池都督府，即以康待賓充任。蘭池附近，有魯麗含塞依契等六州，分處突厥降戶，號為六胡州。康待賓聞突厥盛強，遙與聯繫，叛唐為寇，把六胡州一併奪去。王晙即移兵往討，康待賓知不能御，就近向党項乞援。党項遂進攻銀城連谷，經張說出兵掩擊，大破党項。党項情急乞和，願助唐師共討叛胡。康待賓勢孤援絕，遂由王晙一鼓擒住，梟首了事。嗣是張說以知兵聞，入朝得長兵部，復出為朔方節度，領單于都護府及夏鹽銀麟豐勝等六州，定遠豐安二軍，並張仁願所置的三受降城。任大責重，時出巡邊。可巧康待賓餘黨康願子又叛，自稱可汗，四出寇掠，涉河入塞，當由說督兵進征，連敗康願子，追至木槃山。康願子逃入山谷，終被說軍搜獲，當然正法。且捕得叛胡三千人，分別誅赦，乃徙殘胡五萬餘口，入居許汝唐鄧仙豫等州，空河南朔方地。且奏罷邊兵二十餘萬，盡使還農。玄宗以舊時成制，邊戍常六十萬人，若裁去三分之一，未免邊備空虛，因手敕詰問。說復上奏道：「臣久在疆場，具悉邊情，將帥第擁兵自衛，役使營私，並非真能制敵。臣聞兵貴精不貴多，何必多養冗卒，虛糜兵糧，兼妨農務？」玄宗乃從說言，如數撤歸。豢兵害農，確是弊政。張說此請，不為無見。唐初兵制，分天下為十道，置府六百三十四，上府置兵額千二百人，中府千人，下府八百人，無事為農，有事為兵，各設折衝都尉，每歲至季冬教練，更番宿衛京師。後來海內承平，久不用兵，府兵不復教戰，甚至逃亡略盡，說乃請召募壯士，入充宿衛。玄宗因命尚書左丞蕭嵩，與京兆蒲同岐華各州長官，選府兵十二萬，充作長從宿衛，一年兩番，州縣毋得役使。繼又改稱長從為彍騎（彍音廓。字從弓，是各令習射，一律張弓的意思）。嗣是府兵制廢，兵農始分。府兵創自魏宇文泰，後世稱為良法。開元中，為張說所廢，雖是因時制宜，但良法自此盡湮，亦足深惜。且改十道為十五道，分關內建京畿道，分河南置都畿道，分山南為東西二道，分江南為江南東西黔中三道，每道各置採訪使，檢察非法。兩畿置中丞，餘置刺史，邊鎮增設節度使。自開元至天寶初年，共增至十大鎮，分述如下：

（一）朔方節度使，治靈州，安北單于二都護府屬之，捍禦突厥。

（二）河西節度使，治涼州，斷塞吐蕃突厥往來沖道。

（三）河東節度使，治太原，與朔方為犄角，備御突厥及回紇。

（四）隴右節度使，治鄯州，控遏吐蕃。

（五）安西節度使，治安西都護府，統轄西域諸國。

（六）北庭節度使，治北庭都護府，防禦突厥餘部。

（七）范陽節度使，治幽州，控制奚契丹。

（八）平盧節度使，治營州，安東都護府屬之，鎮撫室韋靺鞨諸部。

(九)劍南節度使，治益州，西抗吐蕃，南撫蠻獠。

(十)嶺南節度使，治廣州，安南都護府屬之，綏服南海諸國。

這十鎮節度使，各統數州，得握兵馬大權，經略四方。突厥吐蕃奚契丹等，雖屢次擾邊，終究不敢深入，且常被節度使擊退，唐室兵威，復遠震塞外。但方鎮漸強，國勢偏重，終成尾大不掉的弊害，玄宗不知豫防，反以為四夷震懾，天下太平，樂得恣情聲色，自博歡娛，為此一念，遂令內變迭起，廢后守嫡的變端，一件一件的發生出來。正是：

憂勤方致興平兆，逸豫終為禍亂媒。

開元十二年，廢皇后王氏，這是玄宗第一次失德。究竟王后何故被廢，待小子下回表明。

本回曆敘開元初年諸相績，姚有為，宋有守，固皆良相也。然姚以救時自喜，才具非不可觀，而機械迭出，終非正道，即如病歿之後，猶計賺張說，史傳上雖未明載，而姚崇神道碑，明明為說所作，稗乘未嘗無據，生張說不及死姚崇，泉下有知，崇且自誇得計，然亦何若生前之推誠相與，使人愧服之為愈也。故論相體者終當以宋璟為正，次為蘇頲，次為源乾曜張說。說以宰相巡邊，有文事兼有武略，不可謂非一時傑士，開元初政，彬彬可觀，何嘗非三數良相，奔奏禦侮之效乎？乃知「為政在人」之非虛語也。

第四十四回　信妾言皇后被廢　叢敵怨節使遭戕

卻說王皇后受冊以後，始終未產一男。玄宗生性漁色，與王皇后不甚恩愛，不過因她是患難夫妻，預平內亂，所以強示優崇，俾正后位（應四十一回）。當時後宮有一趙麗妃，本潞州娼家女，容止妖冶，歌舞俱嫻。玄宗為諸王時，曾至潞州，納入此女，大加寵愛，即位後冊為麗妃。父元禮，兄常奴，皆因妃干進，得任美官。妃生子嗣謙時，後宮劉華妃已生子嗣直，長嗣謙一兩歲，論起理來，無嫡可立，應該立長，玄宗寵愛麗妃，竟於開元二年，立嗣謙為皇太子，這已是根本上的錯誤。論斷明允。趙麗妃外，尚有皇甫德儀，劉才人等，也因姿色選入，頗邀上寵。皇甫德儀生子嗣初，劉才人生子琚，子以母貴，幼即封王，嗣初系玄宗第五子，受封鄂王，琚系玄宗第八子，得封光王。還有陜王嗣昇，母妃楊氏，排行第三，就是將來的肅宗皇帝。鄫王嗣真，錢妃所出，排行第四，第六子名叫嗣玄，封鄄王，第七子早殤。這八子生日，均在玄宗未即位時。到即位後，選入武攸止女，武女生得聰明秀媚，杏臉桃腮，差不多與武則天相似，武氏常生尤物，莫非關係風水不成？入宮時僅十餘齡，偏已了解風月，善承意旨，引得這位玄宗皇帝，特別愛憐，居然與她朝歡暮樂，形影相依，所有趙麗妃皇甫德儀劉才人等，統覺相形見絀，漸漸失寵。玄宗冊封武氏為惠妃，惠妃恃寵生驕，不但輕視趙麗妃等，就是入謁正宮，也是勉強周旋，動多失禮。王皇后看不過去，免不得當面喝斥，她遂隱懷忿恨，嘗在玄宗面前，撒嬌弄痴，泣訴王后如何妒悍，如何潑辣。玄宗正愛戀惠妃，怎肯令他人得罪嬌姿？當下激動怒氣，趨入正宮，便大聲痛罵王后，且說要即日廢去。王后泣下道：「妾不過得罪寵妃，並未嘗得罪陛下。就使陛下不念結髮舊情，獨不記妾父阿忠（即仁皎小名），脫紫半臂易斗麵，為陛下作生日湯餅麼？」（語見《王后本傳》，想是睿宗被幽時候。）玄宗聽到此言，也不禁良心發現，把怒氣銷了一半，因把廢后問題，又擱置了好幾年。

唯惠妃日思奪嫡，滿望產一麟兒，當可上覬后位，鎮日裡祈禱神佛，果然雨露有靈，紅潮不至，十月滿足，生下一兒，面目很是韶秀，酷肖乃母，不但惠妃喜出望外，就是玄宗也得意極了。三朝命名，叫做嗣一。名中寓意，已作長兒。哪知鞠育年餘，竟爾夭逝，玄宗非常悲痛，追封「悼王」。接連又值惠妃懷娠，特別注意，參茶補品，幾不知服了多少，待至分娩，又得一男，貌秀而豐，彷彿圖畫中嬰兒，玄宗命名曰敏，總道他豐頤廣額，定可延年，不意甫及週歲，又染了絕症，無藥可醫，嗚呼哀哉，乃復追封為「懷哀王」。既而惠妃又生一女，貌亦甚麗，數月即殤，追號「上仙公主」。三次生而不育，造化小兒亦惡作劇。至四次成孕，復幸生子，取名為清，那時玄宗及惠妃，喜中帶憂，只恐生而不育，復蹈覆轍，湊巧宋王妃元氏入宮賀喜，見玄宗面帶愁容，問明情由，玄宗即以實告，元氏遂替他設法，請出居藩邸，願代撫養，且自己甫生嬰孩，可以哺乳。玄宗大喜，惠妃也很贊成。時宋王憲（即成器改名，見四十二回）。雖徙封寧王，藩邸仍舊，乃將乳兒送至寧邸，由元妃親為乳哺，視若己生，後來竟得長成，受封壽王。嗣惠妃又生一男二女，男名為琦，女號咸宜公主、太華公主，亦皆成年（後文自有交代）。惠妃既得生男，越加驕恣，與王皇后更不相容，時常在玄宗前搬弄是非，誣成后罪。玄宗已著了色迷，禁不住惠妃絮聒，鬱憤交並，又欲廢后，偶然記起故人姜皎，可與密謀，因復召入京師，令為祕書監，與商廢后事情。皎以後無大過，必欲廢立，只好將她無子一事，作為話柄，尚可塞謗。玄宗亦以為然。及皎退出，竟與同僚談及祕謀，頓時輾轉相傳，都下共知。玄宗聞他漏洩機關，不覺大怒，嚴詞譴責。張嘉貞迎合上意，劾皎妄談休咎，構成罪狀，乃請制懲皎，杖配欽州。皎且悔且恨，行至半途，得病身亡。皎未能諫正君失，不死何為？王皇后得此消息，愈不自安，只因平日撫下有恩，除武惠妃外，卻無一人談及后短，所以玄宗尚在躊躇，又懸宕了兩年。

后兄守一，常欲為后劃策，補救事前，因思前時姜皎傳言，只為無子一事，倘或幸產一男，便可免廢，於是今日祈神，明日禱佛，也作兒女姿態，應該速死。寺僧明悟，乘機迎合，謂皇后應祭南北，取霹靂木刻天地文，及皇上名字，合佩身上，便可得子，將來並可追步則天皇帝。守一喜得祕訣，急忙入告皇后。皇后也不明好歹，當即照行。偏有人通知武惠妃，惠妃便稟明玄宗，無非將巫蠱厭勝等罪，加在皇后身上。玄宗即驟入中宮，把皇后身上一搜，果有證物，害得皇后有口難分，沒奈何說出守一轉告，是為求子起見。玄宗早欲廢后，苦無罪案可援，此次得了證據，還管什麼真偽，便手敕頒發有司，大致說是：「皇后王氏，天命不祐，華而不實，且有無將之心，不可以承宗廟，母儀天下，其廢為庶人。」又將守一賜死。可憐王后弄巧成拙，貶入冷宮，懨懨成病，不久亦亡。後宮思慕后德，多半哀慟。玄宗亦覺自悔，乃以一品禮斂葬。

武惠妃既陷死皇后，遂想繼立，玄宗恰亦有意，令群臣集議。御史潘好禮獨上書諫阻，略云：

臣聞諸禮，父母仇不共天，春秋子不復仇，不子也。陛下欲以武惠妃為后，何以見天下士？妃再從叔祖非他，三思也，從父非他，延秀也；二人皆幹紀亂常，天下共嫉。夫惡木垂蔭，志士不息，盜泉飛溢，廉夫不飲；匹夫匹婦尚相擇，況天子乎？願慎選華族，以稱神祇之心。春秋宋人夏父之會，「無以妾為夫人」，齊桓公誓葵丘曰：「無以妾為妻。」此聖人明嫡庶之分也。分定則窺競之心見矣。今太子非惠妃所生，而妃固有子，若一儷宸極，則儲位將不安，古人所為諫其漸者，良有以也，願陛下詳察之！

玄宗此時，尚非全然昏昧，且朝中宰相，亦多說武惠妃不當為后，所以惠妃痴心妄想，仍歸無效。

唯玄宗侈心已生，喜功好大，張說自朔方還朝，適張嘉貞坐弟贓罪，左遷幽州刺史。說代秉大政，迎合上意，建議封禪。又恐突厥乘間入寇，特用兵部郎中裴光庭計議，遣中書直省袁振，慰諭突厥毗伽可汗，徵召番臣，從駕東封。毗伽可汗與闕特勒暾欲谷環坐帳下，置酒宴振，且與語道：「吐蕃狗種，奚契丹本突厥奴，猶得尚主，獨中國求婚，屢不見賜，究是何意？」振許為奏請，乃遣大臣阿史德頡利發入貢（阿史德系突厥姓，頡利發，乃突厥官名），扈駕東巡。玄宗先幸東都，備齊法駕，於開元十三年仲冬啟蹕，百官四夷從行，有司輦載供具，數百里不絕。及駕至泰山，親祀昊天上帝於山上，令相臣祀五帝百神於山下。次日，祭皇地只於社首，又次日御幄受朝，大赦天下，封泰山神為天齊王。張說多引親近屬吏，辦理供張，禮畢加齎，往往超入五品，但不及百官。中書舍人張九齡，勸諫不納，而且扈從士卒，僅得紀勛，毫無賜物，因此多有怨言。如此乏財，何必張皇。玄宗還朝，也知國用匱乏。進計臣宇文融為戶部侍郎，從事蒐括，不顧民生，歲入得增緡錢數百萬。玄宗目融為奇才，大加寵信。獨張說陰加裁製，遇融建白，往往沮抑不行。融遂勾通御史中丞李林甫，共劾說引用術士，徇私納賄，應亟加罷斥云云。玄宗敕源乾曜詣御史臺，徹底查訊。乾曜嘗奏阻封禪，與說不合，更因說不自檢束，跡有可疑，遂加重複奏。玄宗再令高力士視說，說正惶懼得很，見力士到來，故意的蓬頭垢面，席稿待罪，且乞力士代為緩頰，悄悄的贈他珍物。俗語說得好：「得人錢財，替人銷災。」力士既得好處，樂得賣些人情，復旨時極陳張說苦狀，並言說為功臣，不宜重譴，玄宗乃止罷說相職。令為集賢院學士，專修國史。

先是左史劉知幾，領國史幾三十年，著有《史通》四十九篇，評論今古，嘗言作史須兼三長，一曰才，二曰學，三曰識，時人推為名論。著作郎吳兢，襄輯史事，《則天實錄》，實出兢手。及說修國史，知幾坐子太樂令既罪，貶為安州別駕，憂鬱而終。說追覽《則天實錄》，中有宋璟激動張說，使辯證魏元忠事。說不禁憤嘆道：「劉五太不肯相借。」原來劉有兄弟五人，劉最幼，因叫他劉五，吳兢時適在座，起身答道：「這是兢所編成，史草具在，不可使明公枉怨故人。」說遂求兢改易數字，兢正色道：「若徇公請，是史非直筆，何足取信後世？況明公肯受善言，犯顏敢諫，直聲已足傳播，何必掠美沽名呢？」（夾敘此事，所以傳吳兢，並及劉知幾。）說乃罷議，令仍舊草。玄宗雖已罷說政事，仍然器重，遇有大事，往往遣人諮問。適吐蕃使臣至都，呈入國書，用敵國禮，玄宗恨他不臣，意欲發兵進討，左丞相源乾曜，素來是唯唯諾諾，沒甚主見，新任同平章事李元紘杜暹，但知清潔自守，也不甚熟悉邊情，玄宗乃召張說入議。說面奏道：「吐蕃無禮，原宜討伐，但近與吐蕃連兵十年，甘涼河鄯諸州，不勝疲敝，他果悔過求和，請陛下大度包荒，姑聽款服，俟邊困少紓，養精蓄銳，再圖撻伐未遲。」玄宗聽了，意殊未懌，淡淡的答了一語，只說待與王君㚟熟商，再定進止。說不便申諫，叩首而出，殿外遇著源乾曜，便與語道：「君㚟有勇無謀，貪功心急，若入議邊事，必主用兵，我言定不見用，但恐邊釁一開，師勞財匱，君㚟能發不能收，不但君㚟自誤，且從此誤國呢。」張說智料，原是足取。乾曜不加可否，唯含糊答應，算作了事。圓滑得很，也是投時利器。

看官道君㚟是何等人物？他是個瓜州人氏，投入右驍衛將軍郭知運麾下，知運與他同籍，倚為心膂(此處敘入君籍貫，並非別寓褒貶，實為下文父被虜張本)，累功至右衛副將。知運嘗屯兵河隴，以勇略聞名，頗為戎夷所憚。開元九年，病歿軍中，君㚟即起代知運，得為河西隴右節度使，判涼州都督事。玄宗因欲討吐蕃，特召他入朝，果然不出張說所料，一經入議，便請發兵，玄宗即將西征全權，委與君㚟，君㚟即日還鎮，調集邊旅，定期出征。吐蕃聞唐軍大集，出發有期，先遣部酋悉諾邏，入寇大鬥拔谷，轉攻甘州，焚掠鄉聚。君㚟獨勒兵不戰，暫避寇鋒。可巧天下大雪，寒冰四沍，吐蕃兵不堪皸凍，逾積石山，取道西歸，君㚟乃發兵追襲，令秦州都督張景順為先鋒，自為中軍。妻室夏氏，亦有勇力，環甲持兵，作為後應，道出青海，履冰西渡，望見前面有駝車數十乘，載有輜重，料知為虜兵後隊，當即一鼓齊上，掩擊過去。吐蕃輜重兵，多半老弱，怎能抵敵？霎時間如鳥獸散，所有駝車，盡被唐軍奪去。唐軍再行前進，那虜兵已逾大非山，飛奔而去，眼見得不便窮追，奏凱而回。當下張皇報績，由玄宗加授君㚟為大將軍，兼封晉昌縣伯，以君㚟父壽為少府監，聽令居家食俸，不必蒞事。就是君㚟妻夏氏，也得封為武威郡夫人，一面召君㚟夫婦入覲，親加慰勞，賜宴廣達樓，厚加金帛。待君獺謝恩還鎮，吐蕃酋悉諾邏等，又攻陷瓜州，毀壞城牆，擄去刺史田元獻，及君獺父壽，分兵攻玉門軍及常樂。常樂令賈師順，登城固守，吐蕃將莽布支招降不聽，屢用強弩射死虜目，莽布支乃撤圍退去。君獺聞警，亟率眾援玉門，悉諾邏縱俘還報，傳語君獺道：「將軍嘗以忠勇許國，何不一戰？」君獺因父壽被虜，不敢縱擊，只好登城西望，涕泗滂沱。貪功之報。悉諾邏因出兵多日，糧食將盡，也即退歸。

是時西突厥別部突騎施（突騎施部曾為默啜所滅，見前文），有一頭目蘇祿，善事拊循，頗得眾心，因聞默啜已死，遂糾眾得三十萬，復雄西域，自為可汗，開元中遣使入朝，玄宗曾授蘇祿為右武衛大將軍，進封順國公，尋且加號忠順可汗。且以蕃將阿史那懷道女，許嫁蘇祿，號為交河公主。蘇祿鬻馬安西，傳公主教，齎給都護杜暹，暹怒叱道：「阿史那女，敢宣教麼？」喝左右笞責來使，把他逐出。蘇祿引為大辱，遂陰結吐蕃，誘令入寇。於是吐蕃贊普，復與蘇祿合兵，入攻安西。都護杜暹，已入為同平章事，副都護趙頤貞，攝行大都護事，開城出走，擊卻虜兵。蘇祿以行軍失利，且聞暹已入相，無可報怨，隨即退還。吐蕃贊普也收兵自歸。王君獺欲報父仇，亟率精騎數千人，馳赴肅州，邀擊贊普，那知贊普早已遠去，空費了一番跋涉，免不得神喪氣沮，怏怏而回。還次甘州南鞏筆驛，總道是太平無忌，毫不裝置，偏來了瀚海州司馬護輸等，突入驛館，來殺君獺，君獺猝不及防，竟被刺死，舁屍而去。及部眾聞變往追，才將遺屍奪還，看官道君獺何故被刺？原來涼州附近，有回紇契苾思結渾四部番民，雜居成族。回紇部長承宗，受職瀚海都督，契苾部長承明，受職賀蘭都督，思結部長歸國，受職盧山都督，渾部長大得，受職皋蘭都督。至君獺為河隴節度，四都督恥受節制，屢與君獺齟齬。君獺竟奏白玄宗，說他共蓄叛謀。玄宗方信任君獺，立命將四都督流徙嶺南。瀚海司馬護輸等，本是承宗舊部，因欲為承宗復怨，乃刺死君㚟。玄宗聞報，很是痛惜，特贈荊州大都督，飭地方官護喪還葬，且詔令張說撰墓誌銘，御書鐫碑。說曾料他有勇無謀，未知碑文上如何說法？可惜此文失考，我未曾見。再命右金吾衛大將軍信安王禕（系太宗子，吳王恪孫），為朔方節度使，另調朔方節度使蕭嵩，為河西節度副大使，互相援應，共備吐蕃。嵩引刑部員外郎裴寬為判官，與君㚟判官牛仙客，同掌軍政。又奏調建康軍使張守珪為瓜州刺史，修築故城。板榦甫立，吐蕃兵猝至，城中相顧失色，莫有鬥志。守珪故示鎮定，竟在城上置酒作樂，談笑自如。虜疑有他計，立刻引退。那時守珪恰縱兵奮擊，斬虜首至數百級，餘眾俱抱頭竄去。守珪遂修復城市，招撫流離，瓜州復成巨鎮，有制以瓜州為都督府，即授守珪為都督。蕭嵩復縱反間計，偽說與吐蕃將悉諾邏通謀，吐蕃贊普棄隸縮贊，信為實情，誘殺悉諾邏。悉諾邏為吐蕃名將，被殺後軍士懈體，吐蕃因此漸衰。後來嵩任河西節度使，與隴右節度使張忠亮大破吐蕃兵於渴波谷，進拔大莫門城。左金吾將軍杜賓客，又在祈連城下，擊敗吐蕃兵，擒住虜將。瓜州都督張守珪，暨沙州刺史賈師順，復破吐蕃大同軍。信安王禕，亦乘勢克復石堡城，城當河右要衝，四面懸崖，非常險固，前為吐蕃陷沒，留兵據守，屢擾河西，經禕出兵規復，分屯要害，拓地千里，令虜不得前，河隴遂安。玄宗聞捷大喜，改稱石堡城為振武軍。吐蕃屢敗生畏，乃奉表謝罪，乞累世和親。玄宗意尚未許，適陝王嗣昇，改名為浚，徙封忠王（嗣昇即肅宗，見上文），兼河北道行軍元帥，開府置官。僚屬皇甫唯明，入白他事，因奏言與吐蕃和親，足息邊患，玄宗乃命唯明與內侍張元方，出使吐蕃，並賜書金城公主，諭令傾城內附。棄隸縮贊厚待唐使，且遣使悉臘，隨唯明等入朝，奉上誓表，且貢方物。金城公主又請給《毛詩》《春秋》《禮記》正字，玄宗亦准令頒給，並與吐蕃劃境定界，以赤嶺為兩國分域，立碑證信。時已在開元二十一年了。小子有詩嘆道：

自古外交無善策，議和議戰兩無成。
許婚雖是羈魔術，何竟華夷作舅甥？

吐蕃款附，又發兵討奚契丹，欲知行軍詳情，俟至下回續敘。

武則天後，又有武惠妃，則天害死王皇后，惠妃亦譖死王皇后，吾不知王武何仇，累遭殘噬若此？玄宗親見武后遺毒，且手定宮闕，誅死諸武，乃獨戀戀於一武攸止遺女，聽信讒言，甘忘結髮，色之害人大矣哉！抑有可怪者，高宗好色而喜功，玄宗以孫繩祖，殆亦與高宗相似，河隴連兵，日久不已，虜既有心求和，正可因勢利導，罷兵息民。張說進諫，可從不從，王君貪功希寵，反誤信之，君自誤而殺身，玄宗被誤而妨國。厥後賴有二三良將，屢次卻虜，而虜眾始不敢前，然勞師費餉，已不知凡幾矣。況虜終未滅，仍與修和，是何若早從說言之為愈乎？至若高宗初政有永徽，玄宗初政有開元，高宗信許敬宗言而封泰山，玄宗亦信張說言而封泰山，兩兩相對，祖孫從同，無惑乎其有初鮮終也。史家嘗稱玄宗為英武，其然豈其然乎？

第四十五回　張守珪誘番得虜首　李林甫毒計害儲君

卻說忠王浚為河北道行軍元帥，原是為征討奚契丹起見，契丹本聯繫突厥，常來擾邊，自默啜既死，乃叩關內附。貝州刺史宋慶禮，復建築營州城，開屯田八十餘所，招安流散，市邑浸繁（回應四十二回）。契丹酋長李失活，傳弟娑固，娑固傳從父弟鬱干，鬱干復傳弟吐乾，吐乾與牙將可突幹不合，為可突幹所逐，奔入遼陽，唐廷封他為遼陽郡王，吐乾遂久處不歸。可突幹立失活從弟李邵固為主，仍修朝貢。計自開元四年至十三年，這十年間，契丹主已五易，都算與唐通好，歲貢不絕。玄宗一意羈縻，當將宗室所出女兒外嫁契丹各主，就是奚部長李大酺，與失活同時入附，也得妻唐室宗女。大酺傳弟魯蘇，與李邵固並得襲封，且乞許婚。玄宗以從甥女陳氏為東華公主，出嫁邵固，加封他為廣化王。又以成安公主女韋氏（成安公主系中宗幼女，曾嫁韋捷）。出嫁魯蘇，加封他為奉誠王。兩主當然感恩，不敢懷貳。開元十五年，邵固遣可突幹入貢，同平章事李元紘，待以非禮，可突幹怏怏而去。張說語人道：「可突幹久專國政，眾心歸附，今不以禮貌相待，失望而回，恐從此生怨，不肯再來了。」果然隔了兩年，可突幹欲叛中國，為邵固所阻，竟將邵固弒死，另立屈烈為王，且脅同奚眾，降附突厥，背叛唐室。邵固妻陳氏，及奚王李魯蘇夫婦，相繼奔唐，玄宗乃令幽州長史，知范陽節度使趙含章，發兵往討，又命中書舍人裴寬，給事中薛侃，就關內河東河南北分道，廣募勇士，充當兵弁。旋有制拜忠王浚為河北大元帥，以御史大夫李朝隱，京兆尹裴伷先為副，統領十八總管，出擊奚契丹。浚與百官相見光順門。張說退語同僚道：「我看忠王姿貌，絕類太宗影像。這卻是社稷幸福呢。」張說料事頗明，可惜尚是小智。既而浚竟不行，但命朔方節度使信安王禕，為河北道行軍副元帥，與趙含章出塞討虜，擊破可突幹，收降奚眾，班師獻俘。

可突幹收合餘燼，復來寇邊，幽州長史薛楚玉（系薛訥弟），遣副總管郭英傑吳克勤等，率兵萬騎，及所降奚眾，與可突幹交戰都山下。奚眾首鼠兩端，先行散走，唐軍為敵所乘，英傑克勤敗死。玄宗聞敗，調張守珪為幽州節度使，令討契丹。守珪素嫻將略，既至幽州，整練士卒，壁壘一新。可突幹數次入寇，俱被擊退，因遣使詐降。守珪使管記王悔，持節往撫。悔至可突幹營帳，見他目動言肆，料無誠意，遂以假應假，敷衍一番。可巧契丹牙官李過折，與可突幹陰生嫌隙，竟邀悔密談衷曲，且言可突幹已通使突厥，將引兵殺悔。悔本具口才，密勸過折轉圖可突幹，功成後當代請冊封，包管有王爵相酬。過折喜甚，乘夜勒兵，入斬可突幹，及屈烈王，殺死可突幹黨羽數十人，自率餘眾入降。當由王悔還報守珪，守珪親至紫蒙州，慰撫過折。過折呈上可突幹屈烈首級，經守珪驗收，即飛使持首，馳報唐廷。玄宗封過折為北平郡王，兼松漠州都督，過折奉表申謝。過了數月，可突幹餘黨涅禮，為可突幹復仇，擊殺過折，屠害全家。只一子刺乾，脫身走安東。唐封刺乾為左驍衛將軍，且遣使詰責涅禮。涅禮上言：「過折殘虐，眾情不安，所以致戕，並非由自己主使，此後仍當敬事天朝。」玄宗明知涅禮詭言，但也未免厭兵，不得已將錯便錯，仍令涅禮為松漠都督。涅禮戕殺過折，理應聲討，乃仍令代任，上國聲威，不宜如此。觀此可見玄宗有初鮮終之失。彼此暫從安息，靜過了兩三年。

時源乾曜杜暹李元紘等，均已罷相，改任戶部侍郎宇文融，及兵部侍郎裴光庭，同平章事，召河西節度蕭嵩為中書令，遙領河西。宇文融以理財邀寵，廣置諸使，競為聚斂，百姓怨苦不堪，融反矜功恃能，既登相位，即語人道：「我若居此數月，可保海內無事，國庫充盈了。」嗣是借權怙勢，妒功忌能，橫行了兩三月，已是怨聲載道，朝野側目。信安王禕積有軍功，得蒙上寵，融暗加忌嫉，乘禕入朝，嗾使御史李寅劾禕，彈章未上，偏洩風聲，禕亟入白玄宗，先陳融嗾使狀。玄宗還將信將疑，到了次日，寅奏果入，免不得龍顏動怒，立降天威，遂貶融為汝州刺史，褫寅官階。已而國用不足，又復思融，意欲再行召入，會有飛狀告融，貪贓納賄，隱沒官錢，乃再流巖州，病死途中。

還有將軍王毛仲，討逆有功，累擢顯職（見四十回）。加封至霍國公，兼開府儀同三司。這開府儀同三司一職，自開元後，唯王仁皎姚崇宋璟得兼此缺，毛仲系官奴出身，也居然得此美官，怎能不趾高氣揚，睥睨一切？小舟不堪過載。玄宗嘗賜給宮女為室，他自己亦娶了一妻，統是國色天姿，不同凡豔，生下一女，及笄而嫁。吉期將屆，玄宗召問毛仲有何需給？毛仲頓首道：「臣萬事已備，但少貴客。」玄宗微哂道：「朕知道了。卿所不能延致，只有宋璟一人，朕當為汝召客。」屆期令宰相以下諸達官，盡往毛仲家與宴。璟方起任禮部尚書，不便違命，遲遲到了日中，才往賀喜，堂中已開盛筵，滿座稱觴。毛仲見璟到來，極表歡迎，並恭恭敬敬的奉上巵，璟接巵後，西向拜謝，甫飲半杯，遽稱腹痛，告別而出。剛操可敬，但亦唯如宋璟資格，方可免禍，否則不免為漢灌夫了。毛仲挽留不住，只好由他回去。但因此愈加驕恣，嘗求為兵部尚書，未蒙上允，遂有怨言。內侍高力士楊思勖，出入宮禁，方得貴幸，毛仲盛氣相陵，視若無睹。力士等因憤憤不平，屢加媒孽。會毛仲妻產子三日，玄宗命力士齎給賜物，且授兒五品官。毛仲抱兒示力士道：「是兒豈不可作三品官麼？」力士還白玄宗，並添了幾句壞話。玄宗怒道：「此賊非經朕抬舉，怎得富貴？況前時討逆，他亦非真心相助，今乃為區區嬰兒，敢怨朕麼？」力士復接奏道：「北門奴官，統是毛仲私黨，若不早除，必生大患。」玄宗立即書敕，貶毛仲為瀼州別駕，四子一律奪官，貶置惡地。毛仲惘惘出都，到了零陵，又有敕使到來，迫令自縊。只是兩妻可惜。嗣是宦官勢盛，力士思勗，權傾內外，免不得積久成毒了。隱伏下文。

玄宗既誅死毛仲，益重視宋璟，再進為尚書右丞相，用張說為左丞相，源乾曜為太子太傅，御賦三傑詩，分賜三人。乾曜未足稱傑，張說亦有愧焉。同平章事裴光庭病逝，玄宗問中書令蕭嵩，令舉薦正士。嵩引進尚書右丞韓休，乃拜休黃門侍郎，同平章事。休京兆人，為人峭直，不慕榮利。嵩見他平居慎默，總道是恬靜易制，所以薦引上去，哪知他既登相位，剛正敢言，不但蕭嵩有過，常為折正，就是玄宗有失，亦必力爭。嵩未免悔恨，玄宗頗嘉他忠直，每事優容。有時遊獵苑中，或大張宴樂，稍稍流連，必顧左右道：「韓休知否？」已而諫疏即至，果是韓休署名，玄宗即為停罷宴獵。既而攬鏡自照，默然不樂。左右乘間入請道：「自韓休入相，陛下多戚少歡，近且天顏日瘦，難道堂堂天子，反為相臣所制，何不即日逐他呢？」宵小慣入閒言。玄宗嘆道：「我貌雖瘦，天下必肥，我用休為相，為社稷計，非為一身計哩。」宋璟聞休善諫，嘗竊嘆道：「我不意韓休入相，竟能如是，這真可謂仁且勇了。」璟為開元十年致仕，退居東都，越五年壽終，年七十五，追贈太尉，予謚文貞。璟本邢州南和人，耿介有大節，出仕以後，從未阿附權貴。及入相玄宗，朝野倚為元老。玄宗待遇宋璟，與姚崇相同。姚宋出入殿中，玄宗必起座迎送。至姚宋後，無論如何寵遇，總沒有這般敬禮，所以唐朝三百年間，前稱房杜，後稱姚宋，總算是君臣一德呢（宋璟籍貫，於此處補敘，再將房杜姚宋互述，重賢之意自明）。

張說源乾曜，先後病歿，韓休與蕭嵩，因屢有爭議，一併罷去，亦相繼告終，玄宗乃用京兆尹裴耀卿為侍中，知制誥兼工部侍郎張九齡為中書令，吏部侍郎李林甫為禮部尚書，同中書門下三品。耀卿與九齡友善，同秉國政，獨李林甫陰柔奸狡，與二人志趣不同，因此積不相容，遂生出許多陰謀詭計，攪亂唐朝。林甫系長平肅王叔良曾孫（叔良即太祖第六子，禕長子），小字哥奴，素性狡獪，為舅氏姜皎所愛。皎與源乾曜通姻，乾曜子蹭，為林甫求司門郎中，乾曜搖首道：「郎官應得才望，哥奴豈堪任郎中麼？」林甫多方運動，得任國子司業。宇文融為御史中丞，引與同列，因累任刑吏二部侍郎。侍中裴光庭妻，系武三思女，林甫嘗與有私。高力士也嘗往來裴宅，及光庭去世，裴妻武氏，索性明目張膽，與林甫結成不解緣（事見《林甫本傳》，並非誣瀆），乃託力士代他吹噓，薦林甫為相。力士因相位重大，不易薦引，特替他想出一法，打通內線，期得如願。看官閱過上文，應早知後宮專寵，是武惠妃，惠妃圖后不成，乃改謀易儲，壽王清系妃所出，年已漸長，寵逾諸子，漸漸有奪儲的現象，力士趁這機會，進白惠妃，但說林甫願保護壽王，但乞妃為內援，令登相位，必可盡力。惠妃正欲得一外助，遂竭力攛掇玄宗，進相林甫。玄宗唯言是從，竟擢林甫為黃門侍郎，同中書門下三品。林甫乃極力助妃，陰伺太子及諸王過失，以便進讒。

會壽王納妃楊氏，壽王妹咸宜公主，下嫁楊洄，玄宗令諸子一律更名。太子嗣謙，改名為瑛，長子嗣直，改名為琮，三子嗣玶，前改名為浚，至是又改名為璵，四子嗣真，改名為琰，五子嗣初，改名為瑤，六子嗣玄，改名為琬，八子涺，改名為琚，壽王清，亦改名為瑁，此外尚有十餘子，如璲琦璬璘玢環瑝玼珪珙瑱璿等，偏旁初皆從水，至是盡易新名。太子瑛及弟鄂王瑤，光王琚，均因生母失寵，有怨望語。林甫偶有所聞，遂告駙馬都尉楊洄，令入白惠妃。惠妃乘玄宗入宮，即向前跪下，乞請退居閒室。玄宗驚問何故？惠妃未曾出言，先已淚下，嗚咽許久，才斷斷續續的說道：「太子陰結黨羽，將害妾母子，且指斥陛下。妾想太子久已正位，關係國本，若使太子不安，寧可將妾廢置，陛下也免得受謗哩。」以退為進，確是狡婦口吻。玄宗聽到此言，忍不住拍案道：「豈有此理？他本非嫡出，明日便當廢去。」惠妃又進言道：「鄂王光王，也與太子同黨，若太子一動，二王亦將生變，不如俯從妾言為是。」再激動玄宗數語，並牽及二王，刁極惡極。玄宗益怒道：「瑤琚也這般不肖，當一併廢去。」惠妃見玄宗已經中計，反帶哭帶勸，請玄宗息怒保身。看官！你想這溺愛不明的玄宗皇帝，尚能逃得出蠱妃掌中麼？當下扶起惠妃，替她拭淚，也好言慰解一番。是夕，便與惠妃同寢。一宵無話，次日視朝，即面諭宰相，擬廢太子及鄂光二王。張九齡抗奏道：「陛下踐祚將三十年，太子諸王，不離深宮，日受聖訓，天下皆慶陛下享國長久，子孫蕃昌，今三子皆已成人，不聞大過，陛下奈何輕信蜚言，遂欲廢黜呢？從前晉獻公聽信驪姬，殺太子申生，三世大亂。漢武帝信江充言，罪戾太子，京城流血。晉惠帝用賈后讒，廢愍懷太子，中原塗炭。隋文帝納獨孤后語，黜太子勇，改立煬帝，遂失天下。古人有言：『前車覆，後車鑑。』陛下必欲出此，臣不敢奉詔。」言亦痛切。玄宗默然無語，面有慍色。九齡卻毫不改容，徐徐引退。及散朝後，惠妃密使宮奴牛貴兒，走白九齡道：「有廢必有興，公若肯援助，相位可長處了。」九齡怒叱道：「宮闈怎得與外事？休再向我饒舌！」及牛貴兒別去，九齡即詳達玄宗，玄宗乃暫置前議。

武惠妃深恨九齡，遂與李林甫串同一氣，內外排擊。玄宗本因九齡文雅，大加賞識，至此為寵妃奸相，日夕浸潤，也不免冷淡起來。會平盧討擊使安祿山，為張守珪所遣，討奚契丹叛黨。祿山恃勇輕進，為虜所敗，守珪奏請正法，祿山臨刑大呼道：「公欲滅奚契丹，奈何殺壯士？」守珪聽了，暗暗稱奇，乃更執送京師，聽候發落。欲誅竟誅，稍一因循，便留大患，守珪不為無咎。九齡覽到移文，即援筆批答道：「昔穰苴誅莊賈，孫武斬宮嬪，軍法如山，何容瞻徇！守珪軍令若行，祿山不宜免死。」及玄宗親自按囚，見祿山狀貌魁梧，不忍加誅，且於九齡有不足意，竟下詔特赦。九齡固爭道：「失律喪師，不可不誅，且祿山貌有反相，不殺必為後患。」玄宗冷笑道：「卿勿以王夷簡識石勒（事見《晉史》）枉害忠良。」九齡知不可爭，方才退出。既而上《千秋金鑑錄》，累述前代興廢源流，共書五卷。玄宗雖賜書褒美，也不過表面敷衍罷了。原來玄宗生日，號作千秋節，群臣統獻寶鏡。九齡謂取鏡自照，徒見形容，取人作鑑，乃見吉凶，因此有《金鑑錄》的撰述。玄宗已漸漸入迷，哪裡還知借古證今呢？

朔方節度牛仙客，自判官累次遞升，李林甫欲引為臂助，屢向玄宗前說項。玄宗擬召為尚書，張九齡又諫阻道：「尚書系古時納言，不宜輕授，仙客恐難當此任。」林甫面駁道：「仙客具宰相才，何止尚書。」玄宗遂加封仙客隴西縣公，將加大用。林甫又引蕭炅為戶部侍郎，蕭本無學術，嘗讀伏臘為伏獵，中書侍郎嚴挺之，語九齡道：「何來伏獵侍郎，混雜省中？」九齡因劾炅不學，出為岐州刺史。林甫怨九齡兼怨挺之。會挺之妻被出，轉嫁蔚州刺史王元琰，元琰坐贓犯罪，下三司按鞫，挺之卻替他營救。林甫謂挺之私袒元琰，應使連坐。玄宗轉問九齡，九齡道：「元琰納挺之出妻，還有什麼情誼？想是贓罪未實，所以秉公辨誣。」玄宗微哂道：「世間恐無此好人，朕聞挺之雖然離婚，近復與前妻有私，因此出來幫忙。」想是林甫揑造出來，但挺之不自遠嫌，亦應使人動疑。九齡不便再言，只好轉浼裴耀卿，代救挺之。耀卿乃代為申請，林甫乃上言：「耀卿九齡，俱系朋黨。」於是耀卿調任左丞相。九齡調任右丞相，並罷政事，貶挺之為洺州刺史，流王元琰至嶺南，升任林甫兼中書令，召入牛仙客為工部尚書，同中書門下三品。制敕既頒，林甫顧語僚吏道：「九齡尚得為右丞相麼？」又語諸諫官道：「今明主在上，群臣樂得將順，何苦多言。且諸君不見立仗馬麼？食三品料，一鳴即斥去，追悔何及？」臺官乃相戒勿言。補闕杜進，獨上書言事，被黜為下邽令，自是言路閉塞。仙客由林甫引進，當然唯唯諾諾，不敢發言。

監察御史周子諒，本九齡引進，因見林甫專政，仙客阿私，遂覺憤憤不平，當即呈上彈文，明劾仙客，暗斥林甫，說得異常激烈，且引讖書為證。玄宗大怒，召入子諒，搒掠殿下，絕而復甦。再命加杖朝堂，流戍瀼州。可憐子諒杖創纍纍，途次又受監吏虐待，勉強行至藍田，不勝痛楚，宛轉畢命。林甫又構陷九齡，說他所舉非才，且或有主使等情，乃更貶九齡為荊州長史。九齡籍隸曲江，夙長文事，態度風雅，品行端方，既以直道見斥，仍然隨遇而安，無戚戚容。晚年以文史自娛，不談朝政，卒年六十八，追贈荊州大都督，謚曰文獻。玄宗雖信任林甫，疏斥九齡，但心中猶嘗憶及，每用人進士，必問左右道：「風度可似九齡否？」後因安祿山叛亂，玄宗奔蜀，乃悔不用九齡言，為之泣下，並遣使致祭曲江。開元後，世人都稱九齡為曲江公。九齡弟九皋，官至嶺南節度使，子拯亦仕至太子贊善大夫，均有令名，這且慢表。

且說李林甫既排去九齡，遂與駙馬都尉楊洄密商，乘勢易儲。洄因入譖太子及鄂王光王，與太子妃兄駙馬薛鏽，陰構異謀，勢將起事。玄宗查無證據，幾不復問。洄不禁情急，忙向林甫問計。林甫授他密謀，令轉告惠妃。惠妃大喜，即遣人召太子二王，詭稱宮中有賊，請即衷甲入防。太子二王，不知是詐，竟依言進去。惠妃亟白玄宗，只說他串同謀反，衷甲入宮。玄宗遣內侍往探情狀，果如妃言，惱得不可名狀，立召林甫入商。林甫淡淡的答道：「這系陛下家事，非臣所宜豫聞。」想是從許敬宗處學來。玄宗乃立書手諭，廢瑛瑤琚並為庶人，流薛鏽至瀼州，尋且賜三子自盡。鏽本尚玄宗女唐昌公主，訣別至藍田，亦由中使傳敕，勒令自殺。瑛琚好學有才識，無罪致死，遠近呼冤。瑛舅家趙氏，妃家薛氏，瑤舅家皇甫氏，連坐譴謫，共數十人。唯瑤妃家韋氏，因妃賢得免。小子有詩嘆道：

> 父子由來冠五倫，如何一日殺三人？
> 可憐龍種遭殘戮，不及民家骨肉親。

太子瑛既死，武惠妃與李林甫遂謀立壽王瑁為太子，究竟瑁得立與否，容至下回說明。

契丹屢易酋長，國是未安，可突幹秉權攬政，且敢弒其主李邵固，堂堂上國，聲罪致討，宜也。忠王浚奉制不行，偏師出擊，轉勝為敗，至張守珪遣使招虜，以夷攻夷，渠魁雖得受誅，而例諸堂堂正正之師，已相去遠矣，且守珪後遣安祿山，輕進失律，可誅不誅，致詒後患。張九齡力諫玄宗，請殺祿山，而玄宗正信任李林甫，疏斥張九齡，豢狼子以啟他日之憂，用賊臣以速目前之禍，內外勾結，骨肉自戕，天下事之可長太息者，孰有過於此乎？本回逐節敘明，而標目先揭明之曰：「張守珪誘番，李林甫毒計。」書法之嚴，上紹麟經，固不可徒以小說家目之也。

第四十六回　卻隆恩張果老歸山　開盛宴江梅妃獻技

卻說李林甫連結武惠妃，譖死太子瑛及瑤琚二王，遂謀立壽王瑁為太子。林甫一再勸立壽王，玄宗意尚未決，看官道是何因？原來玄宗本非昏主，不過為色所迷，內惑寵妃，外信奸相，憑著一時怒氣，竟將三子同時賜死，究竟父子骨肉，天性相關，事後追思，未免生悔。可巧武惠妃染成大病，差不多與發狂相似。滿口譫語，無非是三庶人索命，三庶人就是瑛瑤琚，當時曾有此號。玄宗也有所聞，不敢徑立壽王，且召巫祝代為祈禳，改葬三庶人。煩擾多日，始終無效，甚至白日見鬼，所有宮娥綵女，統是大驚小怪，進退徬徨。好容易自秋經冬，惠妃病勢，忽輕忽重，忽呆忽痴，診過了多少名醫，服過了若干藥餌，徒落得花容慘淡，玉骨支離。到了殘冬，死期已至，呻吟了好幾夜，一陣陰風，四肢挺直，貌美心凶的妃子，至此已魂銷軀殼，隨了三庶人的冤魂，到森羅殿前對簿去了（事見《唐書．太子瑛傳》，並非隨手捏造）。玄宗非常悲悼，用皇后禮殯葬惠妃，諡為貞順皇后。

越年已是開元二十六年，雖是照常朝賀，玄宗總少樂多憂，幾乎食不甘味，寢不安席。高力士日夕侍側，探問情由。玄宗嘆道：「汝系我家老奴，難道尚未識我意？」力士道：「莫非因儲君未定，致此憂勞。」玄宗道：「這也是一樁繫心的條件。」尚不止此，暗伏後文納楊妃事。力士道：「聖上何必如此勞心，但教推長而立，何人敢有爭言。」惠妃已死，樂得巴結別人。玄宗道：「甚是甚是，朕意決了。」次日頒制，立忠王璵為皇太子，改名為紹，嗣又改名為亨。

儲嗣已定，內廷總算平靖，邊塞又啟紛爭。突騎施可汗蘇祿，自得妻交河公主後，吐蕃突厥也俱給女為妻。蘇祿得三國女，並立為可敦，生下數子，俱為葉護，用度日繁，不免苛斂，漸致諸部離心，旋且病瘋癱症，半身不遂，未便治事。這是色慾所致。部下大首領莫賀達干都摩支，竟夜攻蘇祿，把他殺死。都摩支立蘇祿子吐火仙為可汗，達干不服，復與吐火仙相攻，且遣使告唐節度使蓋嘉運，請協擊吐火仙。蓋嘉運出兵掩擊，將吐火仙擒住，並取交河公主而還。玄宗命立交河公主弟昕為西突厥十姓可汗。達干聞報，大怒道：「平蘇祿系是我功，怎得另立阿史那昕（阿史那本突厥昕）。」乃誘諸部落叛唐。有制令嘉運再行招諭，且封達干為突騎施可汗。達干陽奉陰違，至昕到塞外，竟遣人殺昕，自為十姓可汗。後為安西節度使夫蒙靈察，討誅達干，西突厥乃亡，突騎施部亦寢衰。唯吐蕃自赤嶺定界，和好數年（與上文突騎施事，俱回應四十四回），彼此盡撤邊戍。吐蕃畜牧遍野，邊將孫誨，妄覬邊功，奏稱虜可襲取。玄宗令內侍趙惠琮往探虛實，惠琮至涼州，與誨同謀，矯詔令河西節度崔希逸，襲奪吐蕃牲畜。吐蕃乃大發兵寇河西，幸由希逸預備，因得擊退。玄宗聞得矯詔，逮還趙惠琮孫誨，誨即伏誅，惠琮病斃，希逸調任河南尹，亦悵悒而終。吐蕃復屢寇安戎城，進陷石堡城。劍南節度使王昱，拒戰敗績，貶死高要，再調蓋嘉運為隴右節度經略吐蕃，亦不能卻敵，改任皇甫唯明，方得勝仗。唯攻石堡城，仍不能克。吐蕃轉寇安戎城，賴有監察御史許遠堅守，無隙可乘，方引兵退去。安戎改名平戎，會金城公主病歿吐蕃，唐廷有制發哀，吐蕃亦遣使請和，玄宗未許，因此尚相持不下。

是時尚有幽州將趙堪及白真陀羅，偽傳節度使張守珪命，使平盧節度使烏知義，邀擊叛奚餘黨。知義不從，白真陀羅竟矯稱制敕，迫令出兵，累得知義沒法，不得已發兵往擊，先勝後敗。守珪袒庇知義，諱敗為功。及中使牛仙童，奉命往勘，守珪重貽仙童，歸罪白真陀羅，逼令自縊。仙童返報，當然替守珪掩飾，那知眾宦官聞他得賄，無從分肥，竟把隱情告發。玄宗杖斃仙童，貶守珪為括州刺史。守珪疽發背上，亦即殞命。烏知義奪官，竟擢安祿山為平盧軍使，兼營州都督。未幾，又升任平盧節度使。祿山本營州雜胡，舊姓康，母阿史德氏，曾為女巫，居突厥中，至軋犖山禱子，山上有戰鬥神，禱後果即懷娠，及產，光照穹廬，野獸盡鳴，母以為得自神佑，遂取名軋犖山，一作阿犖山，戾氣所鍾，亦呈異兆。遠近傳為瑞兆。范陽節度使張仁願，曾遣人搜他廬帳，被匿不獲。犖山父未幾身死，母再嫁番目安延偃。犖山隨母至安家，因冒姓為安，改名祿山。嗣因部落離散，乃與安氏子思順逃至幽州，投入張守珪麾下（敘祿山履歷，補前回所未及）。祿山應誅不誅，解送京師，玄宗特加赦宥，仍令歸守珪調遣（應前回）。祿山感守珪恩，特別效力。珪因令為養子，且擢為副將，嗣是薦為平盧兵馬使。至守珪被貶，御史中丞張利貞，採訪河北，祿山百計諛媚，兼多饋賂，利貞還朝，遂盛稱祿山材能，玄宗乃累次加擢，竟拜方面。李林甫素無學術，猜忌儒將，因勸玄宗信任祿山。祿山亦陰結林甫，自固兵權。玄宗內倚林甫，外倚祿山，自以為天下無患，益啟幸心。

先是汾晉間有一方士，鬚髮垂白，神氣清朧，常躑躅道旁，能數日不食。自言姓張名果，生唐堯時，曾為侍中，堯時無侍中位號，顯見有詐。嗣後隱居中條山上，約閱數千年。相州刺史韋濟，聞張果名，探驗屬實，因上表奏聞。玄宗令通事舍人裴晤往徵，至恆山得見張果，促令入都。果僕地竟死，死後復甦，再僕再起。晤乃不敢催逼，還白玄宗。玄宗更遣中書舍人徐嶠，齎奉璽書，優禮往迎，乃偕至都中，乘肩輿入宮。玄宗問神仙術，果答語多半詭祕，大旨在「息心養氣」四字，乃令留居集賢院，累日闢穀，進以美酒，飲酣乃寢，鼾睡數晝夜。時有術士邢和璞師夜光二人，一能知人殀壽，一能伺鬼起居。玄宗令和璞推算張果，茫然莫辨。再令果密坐，令夜光視察蹤跡，竟不見果所在。玄宗益以為奇，密語高力士道：「朕聞飲堇無苦，方為奇士。」乃召果入見，令力士取堇漉酒，持飲張果。果飲了三大杯，頹然道：「這非佳酒。」語畢即臥。頃見果齒皆燋縮，又復瞋目回顧，令左右取過鐵如意，將齒擊墮，收藏囊中，又從囊內取藥敷齗，不到一時，齒竟重生，粲然駢潔。玄宗驚嘆不置，意欲以玉真公主嫁果，尚未明言（玉真公主即四十一回中之崇昌公主，系睿宗女，因賜居玉真觀，故改號玉真），果退宿集賢院，與祕書少監王迴質，太常少卿蕭莘道：「俗語有言，娶婦得公主，平地升公府，人以為可喜，我以為可畏呢。」兩人聽他語出不倫，正在暗笑，忽由中使到院，傳達御敕道：「朕妹玉真公主，願適先生，幸先生勿卻！」果不禁大噱道：「皇上以果為仙，果實非仙，若視果為塵俗中人，也可不必。果從此辭，請為轉奏！」中使還報，玄宗尚欲挽留，果一再懇辭還山，乃命圖形集賢院，授銀青光祿大夫，號通玄先生，賜帛三百匹，給扶侍二人，送至恆山蒲吾縣，未幾遂歿，相傳以為屍解，後世稱為張果老，列入八仙，這也不必細表。張果也可謂奇人。

單說玄宗自遣歸張果，遂未免迷信神仙，且雲夢見玄元皇帝，即老子，高宗時尊老子為太上玄元皇帝。謂：「遺像在京城西南百餘里。」因遣使求訪，至盩厔樓觀山間，果得遺像，迎至興慶宮。嗣由參軍田同秀上言，亦說：「玄元皇帝夢示，曾在尹喜故宅，藏置靈符。」玄宗又遣使往求。看官試想！這尹喜系周朝人，曾為函谷關令，老子騎青牛過函谷關，雖有此事，究竟留符與否，史冊上未曾載及。況且年湮代遠，即有符籙，亦早毀滅，哪裡還肯留著？這可見是同秀行詐，明明是假置靈符，欺君罔上。至朝使得符還都，李林甫以下諸臣，遂以靈符呈瑞，表上尊號。玄宗因下詔改元，稱開元三十年為天寶元年，受尊號為開元天寶聖神文武皇帝，且建玄元皇帝新廟，親自祭饗。又享太廟，祀天地，大赦天下，賜文武官階爵秩，改稱侍中為左相，中書令為右相，左右丞相改為僕射，東都北都，皆稱為京，州稱為郡，刺史稱為太守。

長安令韋堅，系太子妃兄，頗工心計，嘗與監察御史楊慎矜，戶部員外郎王鉷，善治租賦，稱為理財好手，玄宗因命為陝郡太守，領江淮租庸轉運使。堅遂大興土工，鑿通藍田縣北的滻水，引入後苑望春樓下，匯成一潭。又南達漕渠，劃去淤塞，所有民間邱墓，一律毀掘。自京城至江淮，水道無阻，匯入運船數百艘，齊集望春樓下。玄宗親御望春樓，遍覽運船，但見連檣數裡，相續不絕。各舟都張錦為帆，遍榜郡名，各陳珍寶，已覺得光怪陸離，斑斕奪目。更有一艘最大的運船，作為前導，船頭坐著陝尉崔成甫，頭包紅抹額，身著錦半臂，領著美婦百人，統是麗飾華裝，豐容盛鬋，口中隨著成甫唱歌，依聲相和，一片嬌喉宛轉，清脆可聽。歌詞卻很俚俗，取名為得寶歌，歌云：

得離弘寶野，弘農得寶邪。潭表舟船鬧，揚州銅器多。三郎當殿坐，聽唱得寶歌。

玄宗也不甚細辨，但覺得耳鼓悠揚，眼簾熱鬧，不由的心花怒開，非常愉快。再由韋堅進謁，跪奉許多珍品，沒一件不是精緻，愈覺稱心；遂留堅侍宴，並召群臣暢飲竟日，至夜才罷。次日，即加堅左散騎常侍，所有僚屬吏卒，褒賞有差，賜新潭名為廣運潭。可巧突厥內亂，朔方節度使王忠嗣，乘亂攻克左廂諸部，又兼回紇葛邏祿二部，攻入右廂，掃滅突厥。兩下裡又傳捷報，正是喜上加喜，內外臚歡。

原來突厥毗伽可汗，自遣阿史德入貢，隨駕東巡後（應四十四回），阿史德得了厚賜，仍然歸國。嗣是屢遣使求婚，唐廷慣用敷衍手段，羈縻突厥，忽毗伽為大臣梅錄啜毒死，國人共立毗伽子伊然可汗。伊然嗣立未幾，又復病死，弟骨咄立，遣使入朝，玄宗冊為登利可汗。登利尚幼，母婆匐預政，與小臣飫斯達干私通，濫殺大臣。登利叔父判闕特勒，入攻婆匐，婆匐遁去，登利被戕，另立登利季弟，尋又為骨咄葉護所殺（葉護，系突厥官名，見前），骨咄葉護自為可汗。回紇拔悉密葛邏祿三部，並起兵攻殺葉護，推拔悉密酋長為頡跌伊施可汗。回紇葛邏祿酋長，自為左右葉護。突厥餘眾，獨立判闕特勒子為烏蘇米施可汗。唐廷傳諭招降烏蘇，烏蘇不從，於是唐節度使王忠嗣，受命往討，並約同拔悉密回紇葛邏祿三部，左右進攻。烏蘇不能抵敵，窮蹙走死，弟白眉特勒繼立，號為白眉可汗。忠嗣進擊白眉，連破突厥右廂十一部，會拔悉密頡跌伊施可汗，與回紇葛邏祿三部，互有違言。回紇酋長骨力裴羅，與葛邏祿部眾，擊斃頡跌伊施，乘勝攻殺白眉，傳首唐廷。玄宗冊封裴羅為懷仁可汗，懷仁遂南據突厥故地，在烏德鞬山下，設牙建帳，漸漸的強大起來。嗣且吞併拔悉密葛邏祿等部，統有十一部落，各置都督，威振朔方。回紇之強自此始。唯突厥自後魏開國，至是滅亡，所有烏蘇子葛臘多，默啜孫勃德支，伊然小妻登利遺女及毗伽可敦婆匐，先後率眾降唐（了結突厥，簡而不漏）。玄宗親御花萼樓，傳見降眾於樓下，封婆匐為賓國夫人，葛臘哆為懷恩王，勃德支等各有歲給。一面宴集群臣，賦詩記盛，盡興而散。

向來花萼樓中，本為玄宗敘會兄弟處，至開元季年，申岐諸王，相繼謝世，寧王憲享年六十餘，玄宗特別厚待，每遇寧王生日，必親至寧邸，奉觴稱壽，或且留宿邸中，敘談竟夕。平居無事，輒有饋遺，四方所獻美酪異饌，無不分餉。憲有所獻替，亦必委曲上陳，屢邀聽用。至天寶前一年，病歿邸中，玄宗失聲號慟，停樂輟朝，且語群臣道：「朕兄讓德，世所罕聞，吳太伯後，能有幾人？非特加大號，不足褒美。」乃追謚為讓皇帝。長子璡已受封汝陽王，固辭不許，寧王妃元氏，已先逝世，追贈為恭皇后，葬橋陵旁（橋陵即睿宗墓，見前），號為惠陵。從花萼樓慶宴，補敘寧王歿世，無非表揚讓德。壽王瑁由元氏乳養，因得成人，兩次發喪，均令守制以報私恩。玄宗慨手足凋零，兩年不登花萼樓，至突厥已亡，殘眾入降。乃復御花萼樓慶宴，易悲為樂，才輟哀思。迭應前事，以終玄宗友愛之篤。並令朔方節度使王忠嗣，兼河東節度使，忠嗣修城築堡，買馬屯兵，塞外數千里，得以無患。邊民謂：「張仁願後，安邊將帥，要算這王忠嗣了。」不沒良將。

玄宗自遣歸張果，又召入方士李渾上元翼等，研究長生術，嘗遣使至太白山，向金星洞中採玉版石，寶仙洞中求妙寶真符，其實統是虛偽，毫不足信。玄宗也搗起鬼來，只說空中聞著神語，有「聖壽延長」四字，並在宮中築壇，煉藥置壇上，及夜欲收，復聞神語，謂：「藥不須收，自有神明守護。」云云。李林甫等遂上表祝賀，且自請舍宅為觀，上下相欺，無一誠意。就是術士所進丹藥，無非是金石水銀，試服下去，不但未能延年，反把那一腔慾火，引導起來，遂鼓動生平淫興，想物色幾個嬌娃，尋歡縱樂。歷代方士，多藉此以誘人主。當下命高力士出使江南，搜訪美女。力士沿途考察，少有當意，輾轉至閩中莆田縣，方得了一個麗姝，急忙選歸。這麗姝叫做江採蘋，父名仲遜，家世業醫，採蘋生年九歲，能誦《二南》，且語父道：「我雖女子，當以此詩為志。」及年將及笄，更出落得手神楚楚，秀骨姍姍；更兼文藝優長，能詩善賦，一經選入，大見寵幸，凡長安大內大明興慶三宮，及東都大內上陽兩宮，所蓄佳麗，不下數千，均不及採蘋秀媚。採蘋常自比謝女，不喜鉛華，淡裝雅服，自饒風韻，素性喜梅，所居闌檻，悉值數株。玄宗署名梅亭，梅開賦賞，至夜分尚徘徊花下，不忍捨去。玄宗因她所好，戲稱她為「梅妃」。妃嘗撰蕭、蘭、梨園、梅花、風笛、玻盃、剪刀、綺窗八賦，無不工妙。

一日，玄宗召集諸王，設宴梅亭。梅妃亦侍坐上側，飲至數巡，玄宗令妃吹白玉笛，抑揚宛轉，不疾不徐。諸王齊聲嘆美。吹畢，又命起作驚鴻舞，輕盈弱質，往復迴環，彷彿是越國西施，依稀是漢宮飛燕。諸王目眩神迷，讚不絕口。至妃已舞罷，翠鬢綠鬟，一絲不亂，唯面上稍帶微紅，粉白相間，絕似一枝迎歲早梅，嬌豔可愛。玄宗笑語諸王道：「朕妃子乃是梅精，吹白玉笛，作驚鴻舞，豈不是滿座生輝嗎？」隨命梅妃破橙醒酒，且令她遍賜諸王。妃一一取給，輪至漢邸（是回敘梅妃事，本據曹鄴《梅妃傳》，所稱漢邸，考諸唐宗室諸王傳中，當時無封漢王者，或謂即廣漢王褕，未知孰是），漢王已有醉意，起身接橙，不覺一腳踢著了梅妃繡鞋。想是愛她雙弓。梅妃大怒，頓時回宮。玄宗未知情由，待久不至，命內侍連番宣召，報稱鞋珠脫綴，綴就當來。待至酒闌席散，始終不至。玄宗親往視妃，妃正睡著，聞御駕還視，急忙起床，拽衣相迎，只託言胸腹作痛，因此違命，玄宗也就此罷了。唯漢王因梅妃退回，料知惹怒，恐她轉白玄宗，必至加譴，當下與駙馬楊洄商量，求他設法。洄授以密計，漢王甚喜，次日即入宮請罪，直供不諱，但只說是酒後失檢，實出無心。玄宗始悟梅妃懷詐，反慰諭漢王，表明大度。待漢王謝恩出去，楊洄即入見玄宗，玄宗與語梅妃事，言下有不足意。梅妃雖然動怒，卻未說出漢邸無禮，尚是厚道。洄見玄宗煩惱，乘機勸幸溫泉宮，自己伴駕出遊，沿途湊趣，薦引一個美人兒，由高力士奉旨密召，這一番有分教，

贏得娥眉爭舊寵，從教燕婉刺新臺。

欲知所召美人，究竟是誰，待至下回再詳。

好大喜功之主，往往信神仙，近聲色，漢武帝嘗先行之，唐玄宗殆有甚焉。吐蕃退而張果來，突厥亡而江妃進，兩不相因之事，而遍若相因，蓋安則思佚，不得不慕長生，驕則思淫，不得不求少艾。古人有言：「出則無敵國外患者，國恆亡。」夫無敵國外患，而尚有亡國之痛者，非由淫佚致之耶？但張果雖為畸士，而獨拒公主之下降，慨然還山，奇詭而不失之正，江妃雖為嬖妾，而獨恨漢王之躡履，憤然還宮，褊急而尚知守貞。以視漢之文成五利，及飛燕合德等，蓋較勝一籌矣。至楊妃進而自紊帷牆，並滋濁穢，內亂起而外亂乘之，此鼙鼓之所以動地而來也。故本回敘張果江妃兩事，尚無貶詞，以存當時之實跡云。

第四十七回　梅悴楊榮撒嬌絮閣　羅鉗吉網黨惡濫刑

卻說高力士奉玄宗命，往召美人，這人為誰？乃是壽王瑁的妃子楊氏。楊氏小字玉環，弘農華陰人，徙居蒲州永樂縣的獨頭村。父名玄琰，曾為蜀州司戶。玉環生自任所，幼即喪父，寄養叔父玄珪家，玄珪曾為河南府士曹。開元二十二年十一月，嫁與壽王瑁為妃。正名定分，系是玄宗子婦。高力士到了壽邸，傳旨宣召楊妃入宮。壽王瑁不知何因，只因父命難違，沒奈何召出妻室，令隨力士進謁。楊妃也已瞧透三分，半憂半喜，憂的是慘別夫婿，喜的是得覲天顏，當下與壽王敘別，乘車至溫泉宮。力士先驅匯入，楊妃下車後隨。玄宗正待得心焦，適遇力士復旨，即傳楊妃進見。楊妃輕移蓮步，趨至座前，款款深深的拜將下去，口稱臣妾楊氏見駕。玄宗賜她平身，即令宮婢將妃攙起，此時已是黃昏，宮中燭影搖紅，階下月光映採，玄宗就在燈月下，定睛瞧著楊妃，但見肌態豐豔，骨肉停勻，眉不描而黛，發不漆而黑，頰不脂而紅，唇不塗而朱，果然傾國傾城，正是胡天胡帝。當下設席接風，令她侍宴。楊妃不敢違慢，謝過了恩，侍坐右側。玄宗婉問楊妃技藝，妃答言粗曉音律，遂命高力士取過玉笛，命妃吹著。清音曼豔，逸韻鏗鏘，似覺梅妃所吹尚不及她純熟。玄宗擊節稱賞，且手書霓裳羽衣曲，教她度入新聲。這曲系玄宗登女兒山，遙望仙鄉，有感而作，本是按腔引譜，調宮葉商，經楊妃閱過此曲，立刻心領神會，依曲度腔，字字清楚，聲聲宛轉，喜得玄宗不可名狀，親斟美酒三杯，賜給楊妃。楊妃逐杯接飲，連飲連乾，臉上越現出桃花，愈加媚豔。玄宗又親授金釵鈿合，作為定情賜物，楊妃含羞拜受。宴畢，各乘酒興，攜手入內，續成一套魚水同歡的豔曲。實是一出扒灰記。玉肌相觸，柔若無骨，龍體原已酥麻，婦人家也存勢利，竟不管什麼名分，居然翁媳聯床，同作好夢。一宵歡會，遲至日上三竿，方才起身。楊妃對鏡理妝，由玄宗取出金步搖，系是鎮庫寶物，代為插鬢，曲予恩榮；一面囑楊妃自作表文，乞為女道士，賜號太真，隨駕還入大內，令處南宮中，即稱南宮為太真宮。名為修道，實是縱歡。旋即另冊左衛郎將韋昭訓女，為壽王瑁妃。壽王瑁亦無可奈何。

楊妃性情聰穎，善迎上意，玄宗遂加寵愛，待遇如惠妃例。嘗語宮人道：「朕得楊妃，如得至寶，這是朕生平第一快意呢。」遂特製新曲，名為得寶子。梅妃見玄宗新得寵妃，未免介意，玄宗亦漸漸的疏淡梅妃。看官試想！天下有兩美同居，能不爭寵的道理麼？況且楊妃以媳侍翁，本來是希寵起見，連夫婿尚且不顧，怎肯容一梅妃？於是你嘲梅瘦，我誚環肥，起初還是姿色上的批評，後來竟互相讒謗，甚至避路而行，畢竟梅妃柔緩，楊妃狡黠，兩人互爭勝負，結果是梅輸楊贏。楊妃得冊為貴妃，梅妃竟被遷入上陽東宮。玄宗初意，尚恐廷臣奏駁，嗣見宰相李林甫以下，統做了立仗馬，噤口無聲，乃竟加封楊妃為貴妃。儀制與冊后相同。冊妃這一日，追贈妃父玄琰為兵部尚書，母李氏為隴西郡夫人，叔父玄珪擢登光祿卿，從兄銛超拜殿中少監，從弟錡為駙馬都尉，尚帝女太華公主，公主為武惠妃所出，母素得寵，所以公主下嫁，奩資巨萬，賜第與宮禁相連。尚有再從兄釗，本系張易之子，易之伏誅，妻即改適楊家，釗隨母過去，遂為楊氏子，及年長，不學無術，為宗黨所輕視。釗乃赴蜀從軍，得官新都尉，楊玄琰在蜀病故，釗就近往來，託名照顧，暗中竟與玄琰中女通姦。玄琰有數女，長適崔氏，次適裴氏，又次適柳氏，玉環最幼，姊妹皆有姿色，唯中女已寡，所以與釗私通。自玉環驟得寵幸，懷念三姊，因請命玄宗迎入京師，各賜居第。唯釗與玉環，已是疏族，且兼釗產自張氏，本非楊家血統，因把他擱置不提。

釗已任滿，貧不能歸，賴劍南採訪支使鮮于仲通，常給用費，並向劍南節度使章仇兼瓊處(章仇複姓，名為兼瓊)，替他吹噓。兼瓊正慮林甫專國，難保祿位，意欲內結楊氏，作一奧援，可巧仲通將釗薦入，遂闢為推官，令獻春彩至京師，厚給蜀貨，作為贐儀。釗大喜過望，晝夜兼行。既至長安，即將所攜蜀貨，分遺諸妹，說是章仇公所贈。至玄琰的中女家，饋遺更厚，就便下榻，重敘舊歡。諸楊乃共譽兼瓊，並上言釗善樗蒱，得蒙玄宗召見。樗蒱為牧豬奴戲，奈何得遇主知？釗儀容秀偉，言辭敏捷，奏對時頗稱上意，因命供役春官，出入禁中，嗣復改任金吾兵曹參軍。章仇兼瓊立蒙召入，授任戶部尚書。兼瓊入掌戶部，每遇楊氏取給，無不立應，就是中外所獻的器服珍玩，均呈入貴妃，先令擇用。嶺南經略使張九章，廣陵長史王翼，因所獻精美，得貴妃歡心。遂加九章官三品，翼為戶部侍郎。

一日，玄宗至翠華西閣，偶見梅枝憔悴，不禁感念梅妃，便命高力士帶著戲馬，至上陽宮宣召梅妃。妃乘馬隨至，到了閣前，乃下馬入見。玄宗見她面龐清瘦，腰圍減損，早已動了惜玉憐香的念頭，待至梅妃下拜，忙親自扶住，意欲好言溫存，偏一時無從說起。還是梅妃先開口道：「賤妾負罪，將謂永捐，不期今日又得睹天顏。」玄宗方說道：「朕未嘗不紀念愛卿。只愛卿近日略覺花容有些消瘦了。」梅妃含淚道：「好景難追，怎得不瘦？」玄宗道：「雖是消瘦，卻越見得清雅了。」梅妃道：「總是肥的較好哩。」中含醋意。玄宗微笑道：「各有好處。」隨命宮女進酒，與梅妃同飲。兩下裡追敘舊情，不知不覺的已是入夜。酒意已酣，加餐少許，便同梅妃進房，重整鸞鳳。俗語說得好：「寂寞更長，歡娛夜短」，況兩情隔閡，幾已一年，此次離而復合，更覺蜜意濃情，加添一倍，喁喁到了殘更，方各睡熟。正在酣寢的時候，忽聞獸環聲響，驚醒睡魔，玄宗即怒問道：「何人敢來胡鬧？」道言未絕，外面已嬌聲答道：「天光早明，皇上為何尚未視朝？」玄宗聽是楊妃聲音，不由的轉怒為驚，披衣急起。見梅妃亦已醒寤，忙替她披上霞裳，和衣抱入夾幕內。暫令躲避。膽怯至此，如何治國。一面開了閣門，放入貴妃。貴妃趨進，見玄宗坐在床上，便盛氣詰問道：「陛下戀著何人，至此時尚未臨朝？」玄宗道：「朕⋯朕稍有不適，未能御殿，特在此靜睡養神。」貴妃冷笑道：「陛下何必戲妾，妾已知陛下愛戀梅精，因此日高未起。」玄宗道：「她⋯她若為朕所愛戀，何至廢置樓東。」貴妃道：「藕斷絲連，人情皆是，如陛下未曾同夢，妾請今日召至，與妾同浴溫泉。」玄宗道：「此女久已放棄，怎容復召？」貴妃又道：「這也何妨！快請飭內侍傳來。」玄宗但顧著左右，無詞可答。貴妃從床下一望，見有鳳舄一雙，越發動怒，便指示玄宗道：「這是何物？」玄宗瞧著，也覺著忙，側身一動，又從懷中掉下翠鈿一朵，被貴妃拾起，取示玄宗道：「這又是何物？」玄宗越難答辯，不覺兩頰發赤。貴妃豎著柳眉，振起珠喉道：「鳳舄翠鈿，明是婦人遺物，不知陛下如何歡娛，遂致神疲忘曉，妾料滿朝大臣，待朝已久，到了紅日高升，尚未見陛下出朝，總道為妾所迷，妾實擔當不起。」提出光明正大的名目，挾制玄宗，若非出自妒口，幾不啻一周姜后了。玄宗無法支吾，索性倒身復睡，閉目無言。貴妃催逼愈甚，玄宗亦動惱道：「今日有疾，不能視朝，難道貴妃尚未聞知麼？」這數語越激動貴妃怒意，索性把手中翠鈿，擲付玄宗，轉身出閤去了。玄宗見貴妃已去，又欲撥出梅妃，再敘情愫，不意屢呼不應，起身至夾幕中親視，已悄無一人，慌忙顧問左右，左右亦懵然莫解。正在著急的時候，忽有一小黃門入內，報稱已送回梅妃。玄宗問道：「何人叫你送去？」小黃門道：「楊娘娘在此爭鬧，奴婢恐萬歲為難，所以從閤後破壁，悄地裡將梅娘娘送還。」玄宗竟大怒道：「朕不教你送去，你為何擅敢主張？」說至此，竟拔出壁上寶劍，把小黃門剁死。冤哉枉也。隨即穿戴冕服，出去視朝。

可巧隴右節度使皇甫唯明，入朝獻捷，由玄宗慰勞數語，暗伏下文。餘無他事，就此退朝。玄宗入內，又往楊貴妃宮中，貴妃竟不出迎，直待玄宗踱入，才算起身行禮，且冷語道：「陛下何不向上陽宮去？」玄宗不待說畢，便截住道：「卿休再說此事！」貴妃撒嬌道：「妾情願退出宮外，讓梅精在此專寵，免受臣僚譏評。」玄宗又再三勸慰，哪知貴妃越嘮嘮叨叨，帶哭帶語，鬧個不休，當下觸怒天顏，竟遣出貴妃，令高力士送還少監楊銛宅中。銛正自朝退食，驀聞貴妃回來，頓吃了一大驚，沒奈何迎入貴妃高力士，問明緣由。力士述及大略，銛蹙眉道：「妹子生性嬌痴，竟遭謫譴，此後將怎麼區處？」高力士微笑道：「離合亦人生常事，但教有人出力，自可迴天。」明是賣能。銛知他言中寓意，遂託他轉圜，哀求至再，幾乎要跪將下去，力士忙應允道：「我看聖上很寵貴妃，此刻不過一時生惱，叫我送回，一二日後，心回意轉，由我從中進言，管教破鏡重圓，幸請勿慮！」銛喜道：「全仗！全仗！」至力士別去，終覺心下未安。楊錡楊釗等，聞這消息，統捏了一把冷汗，前來探問。至楊銛與他說明，都想埋怨貴妃，偏貴妃已哭得似淚人兒一般，不便再進怨詞，只好相對哭著。就是貴妃三姊，也一齊趨至，見到大眾淒惶，不暇細問，就撲簌簌的墜下淚來。眾人懼禍聚哭，還有何心下餐？午膳時各胡亂吃了一碗半碗，貴妃竟一粒不沾，便即撤席。待至日昃，忽由內監頒到御膳，並衣物米麵百餘車，說是由皇上特賜。銛拜受畢，由內監與他密語道：「這是高公奏請，因有此賜。」銛非常感謝，至送別內監，便入語眾人，料知玄宗尚未忘情，彼此少慰。宵夜期屆，列席團坐，已不同午席情景，把酒言歡，有說有笑。貴妃亦飲酒數杯，至起更後，大家方才散歸。

這一夜的楊貴妃，原是悔恨交並，無心安睡。那玄宗悶坐宮中，比貴妃還要懊悵，舉止失常，飲食無味。內侍從旁供奉，並未有失，偏事事不合上意，動受鞭笞。到了夜靜更闌，還是東叱西罵，呼叫不休。力士已出言嘗試，經玄宗許給特賜，早瞧透玄宗心情，待至鼉鼓頻催，雞聲已唱，玄宗尚不願就寢。力士侍立在旁，因乘間請召還貴妃。玄宗遂令力士開安興坊，越過太華公主家，用輕車往迎貴妃還宮。貴妃原是慰望，楊銛益覺心喜，當下拜謝力士，囑貴妃整裝隨去。時已天曉，力士引貴妃入內殿，玄宗已眼巴巴的瞧著，一見貴妃進來，正似一日不見，如隔三秋，心下非常快慰。貴妃襝衽下拜，涕泣謝罪，玄宗亦自認錯誤，扶掖入宮。午後即召梨園弟子，共入演戲，並傳貴妃三姊，一併列座。玄宗呼三姊為姨，仔細端詳，均與貴妃相差不多。次姨不施脂粉，自然美豔，更覺出人頭地。演戲至晚，才命停止，留三姨入宮賜宴。玄宗上坐，三姨與貴妃，分坐兩旁。五人開懷暢飲，酒過數巡，統有些放肆起來。玄宗目不轉睛的瞧著次姨，次姨亦秋波含媚，故賣風騷，而且語不加檢，言多近謔。玄宗恨不得抱她入懷，一親薌澤，只因列坐數人，勉強抑制。好容易飲至更深，三姨方拜謝而去。玄宗挈貴妃入寢，是夕恩愛，更倍曩時。越宿下詔，封大姨為韓國夫人，次姨為虢國夫人，又次為秦國夫人。三夫人並承恩澤。出入宮掖，勢傾朝野。銛錡亦日邀隆遇，時人號為五楊。

五楊宅中，四方賂遺，日夕不絕。官吏有所請求，但得五楊援引，無不如志。五家並峙宣陽裡中，甲第洞開，僭擬宮掖。每築一堂，費輒巨萬。虢國尤為豪蕩，另闢新居，所造中堂，召工圬墁，約錢二百萬緡。圬工尚求厚賞，虢國給絳羅五百匹，尚嫌不足，且嗤以鼻道：「請取螻蟻蜥蜴，散置堂中，一一記數，若失一物，不敢受值。」據此數語，已可見她的豪費了。越覺驕盈，越易敗亡。楊釗善承意旨，入判度支，一歲領十五使，寵眷日隆。且屢奏帑藏充牣，古今罕比。玄宗率群臣往觀，果然財帛山積，便賜釗紫衣金魚。釗復請雪張易之兄弟罪案，有制謂：「易之兄弟，迎廬陵王有功，應復官爵，子孫襲蔭。」釗可謂不忘其本。釗以圖讖有金刀二字，乞請改名，乃賜名國忠，並加授御史大夫，權京兆尹，富貴與銛錡相埒。五楊中又添入一楊，當時都中有歌謠道：「生男勿喜女勿悲，生女也可壯門楣。」這正為諸楊寫照呢。

且說隴右節度使皇甫唯明，入朝獻捷，看官道這勝仗從何處得來？原來唐廷與吐蕃失和，吐蕃又屢次入寇，（回應四十六回），皇甫唯明，調任隴右，屢破吐蕃將莽布支軍，先後斬俘數萬級，乃獻捷京師。唯明入謁數次，密劾李林甫弄權誤國，亟應罷黜。哪知玄宗正信任林甫，無論什麼彈劾，全然不信。權閹高力士，嘗勸玄宗裁抑林甫，毋畀大權，險些兒遭了重譴，還是力士叩頭認罪，方得獲免，何況如皇甫唯明，疏而不親呢？（君子不以人廢言，如高力士之劾李林甫，亦必敘入，不肯少漏。）

時牛仙客已死，刑部尚書李適之，進任左相，兼領兵部尚書，駙馬張洎，系張說次子，曾尚玄宗女寧親公主，入任兵部侍郎。林甫因二人升官，不由己薦，未免加忌。二人自結主知，也不願巴結林甫，積久成隙，幾同仇敵。林甫使人訐發兵部銓曹罪案，收逮六十餘人，令法曹吉溫羅希奭等，鍛鍊成獄，悉加重典，當時號為羅鉗吉網，無一倖免。但李適之自經此獄，面上很覺削色，越與林甫不和。租庸轉運使韋堅，進補刑部尚書，御史中丞楊慎矜，兼代租庸轉運使。堅為適之黨，慎矜為林甫黨，皇甫唯明本系太子故友，當然與堅相往來，林甫就此設謀，暗囑慎矜上書告變，竟說唯明與堅，謀立太子。玄宗信以為真，即令林甫委吏鞫治。林甫仍遣慎矜等作為問官。看官試想！此時的韋堅及皇甫唯明，尚能辯明冤枉嗎？慎矜誣假作真，妄定讞案，還虧玄宗顧及太子，不欲顯布罪狀，但貶堅為縉雲太守。皇甫唯明為播州太守，親黨連坐，約數十人。太子因堅為妃兄，未免惶懼，表請與妃離婚。玄宗擱過不提，太子妃才得保全。李適之雖未株連，自知相位不固，樂得上書辭職，有制罷適之為太子少保，不令預政。既而將作少匠韋蘭，兵部員外郎韋芝，均為兄堅訟冤。李林甫入白玄宗，挑動上怒，竟謫蘭芝兩人至嶺南，再貶堅為江夏別駕，尋且流徙臨封。適之亦坐黨謫守宜春。

一波未平，一波又起。左驍衛兵曹柳勣，誣告贊善大夫杜有鄰，妄稱圖讖，交構東宮，指斥乘輿。於是權相李林甫，復奉玄宗詔敕，指令京兆法曹吉溫，來鞫是獄。危哉太子！一干人犯齊集法庭，訊將起來。柳勣是杜有鄰女夫，有鄰長女嫁柳勣，次女為太子良娣。勣性疏狂，喜結交名士，嘗與淄川太守裴敦復友善，敦復轉薦諸北海太守李邕，邕遂與定交。勣因婦翁得官贊善，乃入都探親，有鄰素嫉勣狂誕，白眼相待，以致勣懷恨在心，無端誣告吉溫是個殺人不眨眼的人物，索性把翁婿二人，一古腦兒坐罪，杖斃獄中，妻子流遠方。有鄰枉死，可為擇婿不慎者鑑。唯勣亦杖死，誣告何益？太子亦出良娣為庶人。林甫再牽藤摘瓜，復遣羅希奭往按李邕，及裴敦復。李裴怎肯自誣？偏經這助桀為虐的羅希奭，不分皂白，擅加刑訊，又將二人先後杖斃。當遣人密報林甫，已經了結李裴，林甫更凶殘得很，當即奏請分遣御史，賜皇甫唯明韋堅等自盡，且令希奭順道往宜春，按視李適之。適之料知難免，仰藥自殺。連玄宗舊臣王琚，因與李邕向來交往，也平白地牽連進去，由鄴郡太守任內，貶為江華司馬，活活的被希奭逼死。林甫又恐王忠嗣入相，復設法陷害，先說他沮撓軍計，繼且說他密謀興兵，擁立太子。昏憒糊塗的唐玄宗，竟召忠嗣入都，令三法司審訊。忠嗣部將哥舒翰，隨至都中，登殿鳴冤，情願將自己官爵，贖忠嗣罪。玄宗尚未肯信，欲起入禁中，急得翰連忙磕頭，聲淚俱下。玄宗也被感悟，乃詔三法司道：「吾兒向處深宮，怎得與外人通謀？這定是蜚語構陷，朕豈肯遽信麼？」三司又奏言：「擁兵入闕，或出謠傳，沮撓軍心，確有實據，仍請依法論罪。」玄宗終為所惑，貶忠嗣為漢陽太守。最可怪的是楊慎矜，倚附林甫，害死韋堅等人，得轉任戶部侍郎，後來漸為林甫所嫉，竟嗾使中丞王鉷。密奏一本，謂：「慎矜系隋煬後裔，與術士史敬忠交通，妄談讖緯，謀復祖業。」一個大逆不道的罪名，加置慎矜身上，不怕慎矜不死，兄弟同罪，妻子長流。慎矜自詒伊戚，原不足惜，但小人凶終隙末，更堪憤嘆。玄宗尚林甫為大忠臣，且將天下的歲貢，盡作賞賜。林甫越加專恣，內引楊國忠，外進安祿山，定要將唐室江山，葬送他二人手中。小子有詩嘆道：

不是奸臣不引奸，爪牙遍布廟堂間。
羅鉗吉網凶殘甚，冤獄誰憐積血斑。

欲知林甫何故引用二人，容待下回申敘。

天寶以後，玄宗之昏瞀甚矣，以子婦而冊為貴妃，名分何在？以賊臣而拜為首相，刑賞必乖。天下無不妒之婦人，況如淫悍之楊玉環乎？天下更無不奸之國賊，況如陰狡之李林甫乎？絜閣一段，是極寫玉環之妒，興獄一段，是極寫林甫之奸。而且玉環進，則五楊俱貴，賭博無行之楊國忠，亦慶彈冠。林甫專，則群小同升，殘虐好殺之吉溫羅希奭，亦得逞志。女子小人，有一於此，且致亂亡，兼而有之，尚能不亂且亡耶？君子以是知玄宗之不終。

第四十八回　洗祿兒中冓貽羞　寫幽怨長門擬賦

卻說李林甫專權用事，引進楊國忠安祿山，一是因楊妃得寵，不得不引為黨援，一是因祿山善諛，不能不替他揚譽。祿山既任平盧節度使，復兼范陽節度使，權力日盛，且欲邀功固寵，屢出兵侵掠奚契丹。契丹酋已換了李懷秀，奚酋亦換了李延寵，兩酋均歸附唐廷，未嘗入寇。玄宗授懷秀為松漠都督，封崇順王，且以外孫獨孤氏為靜樂公主，出嫁懷秀。就是延寵亦得封懷信王，兼饒樂都督，尚玄宗甥女宜芳公主。自被安祿山侵掠，激成怨怒，各將公主殺死，背叛朝廷。祿山乃發兵數萬，分討奚契丹，僥倖得了勝仗，逐去二李，露布告捷。當由玄宗改封別酋楷洛為恭仁王，代松漠都督，婆固為晤信王，代饒樂都督。奚契丹總算告平。

祿山遂啟節入朝，玄宗召見，慰勞有加。祿山奏道：「臣生長蕃戎，仰蒙皇上恩典，得極寵榮，自愧愚蠢，不足勝任，只有以身許國，聊報皇恩。」玄宗喜道：「卿能委身報國，還有何言？」時太子侍玄宗側，玄宗令與祿山相見，祿山卻故意不拜，殿前侍監等，即喝問道：「祿山見了殿下，何故不拜？」祿山復佯驚道：「殿下何稱？」玄宗微哂道：「殿下就是皇太子。」祿山復道：「臣不識朝廷禮儀，皇太子究是何官？」所謂大奸若愚。玄宗道：「朕百年後，當將帝位付託，所以叫做太子。」祿山方謝道：「愚臣只知有陛下，不知有皇太子，罪該萬死。」說畢，乃向太子拜了數拜。玄宗以為樸誠，反加讚美。至祿山退出，即下敕令暫留都中，兼官御史大夫。祿山見玄宗已入彀中，便不待召命，隨時進見。玄宗從未相拒，每見必多方詢問。祿山但裝出一種戇直態度，有幾句令人可愛，有幾句令人可笑。

既而復獻入鸚鵡一架，玄宗問從何來？祿山扯個謊道：「臣前征奚契丹，道出北平，夢見先臣李靖李勣，向臣求食，臣因為他設祭，皇太子尚且未知，如何曉得二李？此鳥忽從空中飛至，臣以為祥，取養有年，今已馴擾，方敢上獻。」玄宗道：「宮中亦有鸚鵡，但不及此鳥修潔。」鸚鵡也善迎意旨，竟學作人言道：「謝萬歲恩獎。」玄宗大喜，便顧左右道：「貴妃素愛鸚鵡，可宣她出來，一同玩賞。」左右領旨即去。俄頃有環珮聲自內傳出，那鸚鵡復叫道：「貴妃娘娘到了。」祿山舉目一瞧，但見許多宮女，簇擁一個絕世麗姝，冉冉而來，又故意退了數步，似欲作趨避狀。玄宗命他留著，乃拱立階下。楊貴妃見了玄宗，行過了禮，玄宗即指示鸚鵡道：「此鳥系安卿所獻，愛妃以為何如？」貴妃仔細一瞧，便答道：「鸚鵡並非少有，只白鸚鵡卻不易得，況又是熟習人言呢？」玄宗道：「愛妃既喜此鸚鵡，可收蓄宮中。」貴妃大悅，即命宮女念奴，收去養著，一面問安卿何在？玄宗乃命祿山謁見貴妃，祿山才趨前再拜，偷眼瞧那楊貴妃，鏤雪為膚，揉酥作骨，豐豔中帶著數分秀雅，禁不住目眙神迷。貴妃亦顧視祿山，腹垂過膝，腰大成圍，看似痴肥，恰甚強壯，也不由地稱許道：「好一個奇男子。」以肥對肥，宜乎相契。玄宗道：「他在邊疆，屢立戰功，近日入朝，朕愛他忠誠，特命他留侍數月。」貴妃便接入道：「妾聞邊境粒平，將帥無事，何妨留侍一二年。」你的乳頭，想已發癢了。玄宗點首，即命左右設宴勤政殿，召集諸楊，及親信大臣侍宴。

已而群臣畢集，筵席早陳，玄宗挈貴妃手，詣登勤政樓。祿山在後隨著，香風陣陣，觸鼻而來，幾乎未飲先醉。及至樓上，玄宗但命楊銛楊錡登樓，令百官列坐樓下。祿山不聞禁阻，樂得隨著貴妃履跡，徐步上樓。玄宗一面傳召三姨，一面令在御座東間，特設金雞幛，中置一榻，備陳酒餚。祿山暗思此席特設，定為三姨留下位置。未幾三姨俱至，卻與玄宗合坐一席，自己正患無坐處，忽由玄宗面諭，賜坐金雞幛內，相對侍飲。當下喜出望外，便謝恩趨座。更幸珠簾高卷，仍得覷視群芳，於是帶飲帶賞，暗地品評，這一個是雙眉含翠，那一個是兩鬢拖青；這一個是秋水橫波，那一個是桃花暈頰，就中妖冶豐盈，總要算那貴妃玉環。正在出神的時候，驀聞聲樂雜奏，音韻迭諧，按聲細瞧，便是貴妃及三姨，各執管笛琵琶等器，或吹或彈，整合雅樂，自己也不覺技癢起來，便起身離座，步至御席前啟奏道：「臣愚不知音律，但覺洋洋盈耳，真是盛世母音，唯有樂不可無舞，臣系胡人，胡旋舞略有所長，今願獻醜。」也是賣技。玄宗道：「卿體甚肥，也能作胡旋舞麼？」祿山聞言，即離席丈許，盤旋起來。起初尚覺有些笨滯，到了後來，回行甚疾，好似走馬燈一般，鬚眉都不可辨，只見一個大肚皮，轆轤圓轉，毫不迂緩。約旋至百餘次，方才站定，面不改容。玄宗連聲讚好，且指他大腹道：「腹中有什麼東西，如此龐大？」祿山隨口答道：「只有赤心。」玄宗益喜，命與楊銛楊錡，結為異姓兄弟。銛與錡當然應命，各起座與祿山相揖，敘及年齒，祿山最小，便呼二楊為兄。虢國夫人卻攙入道：「男稱兄弟，女即姊妹，我等亦當行一新禮。」韓國秦國，恰也都是贊成，便俱與祿山敘齒，以姊弟兄妹相呼，祿山很是得意。及散席後，百官謝宴歸去，諸楊亦皆散歸，獨祿山尚留侍玄宗，相隨入宮。玄宗愛到極處，至呼祿山為祿兒。祿山乘勢湊趣，先趨至貴妃面前，屈膝下拜道：「臣兒願母妃千歲！」石榴裙下，應該拜倒。玄宗笑道：「祿兒！你的禮教錯了。天下豈有先母後父的道理了」祿山慌忙轉拜玄宗道：「胡俗不知禮義，向來先母後父，臣但依習慣，遂忘卻天朝禮儀了。」渾身是假。玄宗不以為怪，反顧視貴妃道：「即此可見他誠樸。」貴妃也熟視祿山，微笑不答。已有意了。祿山見她梨渦微暈，星眼斜溜，險些兒把自己魂靈，被她攝去，勉強按定了神，拜謝出宮。

嗣是蒙賜鐵券，嗣是進爵東平郡王，將帥封王，自祿山始。祿山屢入宮謝恩，滿望與貴妃親近，好替玄宗效勞，偏偏接了一道詔敕，令兼河北道採訪處置使，出外巡邊，那時沒法推辭，離都還鎮。他卻想出一法，佯招奚契丹各部酋長，同來宴敘，暗地裡用著莨菪酒，把他灌醉，阬殺數十人，斬首進獻，復請入朝報績。玄宗只道他誠實不欺，准如所請，且命有司預為築第，但務壯麗，不計財力。至祿山到了戲水，楊氏兄弟姊妹均往迎接，冠蓋蔽野。玄宗亦自幸望春宮，等著祿山。及祿山入謁，再四褒獎，並賜旁坐。祿山獻入奚俘千人，悉予赦宥，令充祿山差役，且令楊氏弟兄，導祿山入居新第，所有器具什物，無不畢具，大都是上等材料製成，金銀器幾占了一半，且嘗戒有司道：「胡人眼光頗大，勿令笑我。」祿山既入新第中，置酒宴客，乞降墨敕請宰相至第。玄宗即具手詔，諭令李林甫以下，盡行赴宴。林甫正手握大權，群臣無敢抗禮，獨祿山既邀盛寵，得與林甫為平等交。林甫佯與聯歡，有時冷嘲熱諷，如見祿山肺腸，祿山很是驚訝。不敢向林甫自誇，所以林甫入宴，特別敬待。林甫也自恃多才，無所畏忌，所以未嘗構陷祿山。同流合汙。玄宗又每日遣令諸楊，與他選勝遊宴，侑以梨園教坊諸樂，祿山尚不甚愜望。他此次入朝，無非為了楊貴妃一人，所以於貴妃前私進珍物，百端求媚。貴妃亦輒有厚賜。兩情相洽，似漆投膠，前此稱為假母子，後來竟成為真夫妻。

一日，為祿山生辰，玄宗及楊貴妃，賞賚甚厚。過了三日，貴妃召祿山入禁中，用錦繡為大襁褓，裹著祿兒，令宮人十六人，用輿抬著，遊行宮中。宮人且抬且笑，餘人亦相率詼諧。玄宗初未知情，至聞後宮喧笑聲，才詢原委，左右以貴妃洗兒對。玄宗始親自往觀，果然大腹胡兒，裹著繡褓，坐著大輿，在宮禁中盤繞轉來，玄宗也不覺好笑，即賜貴妃洗兒金銀錢，且厚賞祿山。至晚小宴，玄宗與貴妃並坐，竟令祿山侍飲左側，盡歡而罷。自此祿山出入宮掖，毫無禁忌，或與貴妃對食，或與貴妃聯榻，通宵不出，醜聲遍達，獨玄宗並未過問。看官至此，恐不能不作一疑問：玄宗自寵信貴妃，幾乎寢食不離，如影隨形，難道貴妃與祿山通姦，他卻熟視無睹麼？原來此中也有一段隱情。玄宗本看上虢國夫人，嘗欲召幸，只因貴妃防範甚嚴，一時無從下手，此番祿山入朝，貴妃鎮日裡玩弄祿兒，無暇檢察，便乘隙召進虢國夫人，與她作長夜歡。虢國水性楊花，樂得仰承雨露，當時杜工部曾詠此事云：

虢國夫人承主恩，平明騎馬入宮門。卻嫌脂粉汙顏色，淡掃蛾眉朝至尊。

這數語雖有含蓄，已露端倪。其實是我淫人妻，人淫我妻，天道好還，絲毫不爽哩。彷彿暮鼓晨鐘。

祿山與貴妃，鬼混了一年有餘，甚至將貴妃胸乳抓傷。貴妃未免暗泣，因恐玄宗瞧破，遂作出一個訶子來，籠罩胸前。宮中未悉深情，反以為未肯露乳，多半仿效。祿山卻暗中懷懼，不敢時常入宮。戶部郎中吉溫，本因李林甫得進，因見楊國忠安祿山兩人，相繼貴幸，遂轉附國忠，計逐林甫心腹御史中丞宋渾，並與祿山約為兄弟，嘗私語祿山道：「李丞相雖似親近三兄，但總不肯薦兄為相，兄若薦溫上達，溫當奏兄才堪大任。俟隙排去林甫，尚怕相位不入兄手麼？」祿山聞言甚喜，遂互相標榜，期達志願。玄宗也欲進相祿山，只因祿山是個武夫，不便入相，但命他再兼河東節度使。祿山遂薦溫為副使，並大理司直張通儒為判官，一同赴任。既至任所，以吉溫張通儒為腹心。委以軍事，尚有部將孫孝哲，系是契丹部人，素業縫工，為祿山僕役，祿山身軀龐大，非孝哲縫衣，不合身裁。並因孝哲母有姿色，嘗為祿山所愛，入侍胡床，供他肉慾。孝哲竟呼祿山為父，尤能先事取情，得祿山歡心。祿山遂大加寵暱，拔為副將。他如史思明安守忠李歸仁蔡希德牛廷玠向潤容李廷望崔乾祐尹子奇何千年武令珣能元皓（能音耐，能氏系出長廣）田承嗣田乾真阿史那承慶等，統是祿山部下將校，以驍悍聞。孔目官嚴莊，掌書記高尚，稍有材學，投入戎幕，做了祿山參謀，因此文武俱備，陰蓄異圖。莊與尚且援引圖讖，慫恿祿山作亂。祿山乃挑選同羅奚契丹降眾，得壯士八千餘人，作為親軍。胡人向稱壯士為曳落河，一可當百，蹻健絕倫。祿山故態復萌，又欲出攻奚契丹，立威朔漠，然後南向。當下調集三鎮兵士，共得六萬，用奚騎二千為嚮導，竟出平盧。不意途中遇雨，弓弩筋膠，俱已脫黏。那奚騎背地叛去，暗與契丹兵聯合，來襲祿山。祿山猝不及防，被殺得七零八落，只率麾下二十騎，走入師州，才得保全性命。當時若即身死，何至有後文亂事。

既而收集散眾，再行出塞，誓雪前恥。且奏調朔方節度副使李獻忠，同擊奚契丹。獻忠系突厥人，原名阿布思，突厥滅亡，叩關請降。玄宗優禮相待，賜姓名李獻忠，累遷至朔方節度副使。獻忠頗有權略，不肯出祿山下。祿山調他北征，明是借公報私，獻忠亦恐為祿山所圖，仍復名阿布思，叛歸漠北。祿山乃按兵不進，嗣聞阿布思為回紇所破，乃復誘降阿布思餘眾，兵力益強。阿布思遁入葛邏祿部，由葛邏祿葉護，執送京師，當然伏誅。玄宗反歸功祿山，頒敕獎敘。祿山尚念主恩，不忍遽叛，且因李林甫狡猾逾恆，非己所及，更不敢輕事發難。可巧林甫與楊國忠有隙，驟致失寵，竟爾憂忿成疾，臥床不起，於是朝局一變，遂激成祿山的叛亂來了。

兔起鶻落。

林甫本善遇國忠，只因戶部侍郎京兆尹王鉷，驕恣陵人，與國忠未協。鉷為林甫所薦，國忠怨鉷，免不得並怨林甫。（天寶十一載，天寶三年，改年為載。）鉷弟戶部郎中銲，與友人邢縡，密謀作亂。高力士帶領禁軍，捕縡伏誅。國忠遂入白玄宗，請並懲王鉷兄弟。玄宗尚不欲罪鉷，林甫亦替他解辯，經國忠一再力爭，復浼左相陳希烈，嚴行奏參。乃有制令希烈國忠，一同鞫治。兩人羅列銲縡罪狀，復奏玄宗。玄宗瞧著，亦不禁動怒，立賜鉷死，且斃銲杖下，令國忠兼京兆尹，尋即擢為御史大夫，兼京畿採訪使。林甫因不能救鉷，啣恨國忠。適南詔王閣羅鳳，陷入雲南郡，劍南節度使鮮于仲通，屢討屢敗。國忠紀念前恩，替他回護（應前回）。林甫乘間入奏，請遣國忠出鎮劍南。這南詔本烏蠻別種，地居姚州西偏，蠻語稱王為詔。先時曾有六詔，一名蒙嶲，二名越析，三名浪穹，四名邆睒，五名施浪，六名蒙舍，蒙舍在南，所以稱作南詔。南詔最強，併合五詔，曾遣使入朝。唐廷賜名歸義，封為雲南王。鮮于仲通素性褊急，失蠻夷心，閣羅鳳乃稱臣吐蕃。吐蕃號為東帝，與他合兵，入寇唐邊。國忠所長，只有賭博，若要他去出兵打仗，全然沒有經驗，忽接奉一道詔敕，叫他出去防邊，看官！你想他怕不怕，憂不憂呢？延宕了好幾日，沒奈何硬著頭皮，入朝辭行，面奏玄宗道：「臣此次出使，聞由宰相林甫奏請，林甫意欲害臣，所以將臣外調，此後欲見陛下，未卜何年。」說至此，竟從眼眶中流下淚來。想是從妹子處學來。玄宗也為黯然，即面慰道：「卿暫行赴蜀，處置軍事，稍有頭緒，即當召卿還朝，令為宰輔。」國忠乃叩謝而去。林甫時已得疾，聞知此語，益加煩悶，遂逐日加劇。玄宗遣中官往問起居，返報病已垂危，乃亟召國忠還都。國忠甫行入蜀，得了詔命，星夜回來，及入都中，即詣林甫家問疾，謁拜床下。林甫流涕道：「林甫今將死了，公必繼起為相，願以後事託公。」國忠謝不敢當，汗流覆面。別後數日，林甫即死。

自林甫在相位十九年，固寵市權，妒賢忌能，誅逐貴臣，杜絕言路，口似蜜，腹似劍，玄宗反倚為股肱，自己深居禁中，耽戀聲色，政事俱委諸林甫，所有從前姚宋以後諸將相，從沒有這般專寵。但姚崇尚通，宋璟尚法，張嘉貞尚吏，張說尚文，李元紘杜暹尚儉，韓休張九齡尚直，各有所長，均堪節取。到了林甫專國，尚刻尚詐，尚私尚威，養成天下大亂。繼任又是楊國忠，才具不及林甫，驕橫與林甫相似，凡林甫所引用的人士，統行換去，且陰嗾安祿山，令阿布思部落降眾，詣闕誣告林甫，說是林甫生前，曾與阿布思串同謀反，經玄宗飭吏按問，林甫婿諫議大夫楊齊宣，懼為所累，證成是獄，乃削林甫官爵，剖棺出屍，抉含珠，褫金紫，改用小棺殮葬，如庶人禮。子孫皆流嶺南黔中，親近及黨與坐戍，共五十餘人。雖是國忠恣行報復，然奸狡如林甫，也應受此罰。嗣是國忠威焰日盛，頤指氣使，公卿以下，莫不震懾。又改稱吏部為文部，兵部為武部，刑部為憲部，國忠以右相兼任文部尚書，選人無論賢不肖，各依資遞補，與自己親暱的人，必調任美缺，與自己疏遠的人，輒委置閒曹。官吏趨附，門庭如市。或勸陝郡進士張彖道：「君何不謁見楊右相，自取富貴？」彖喟然道：「君等倚楊右相如泰山，我看去實一冰山呢。若皎日一出，冰山立倒，恐君等必將失恃了。」遂出都赴嵩山，隱居終身。

國忠調入鮮于仲通，令為京兆尹，仲通為國忠撰頌，鐫立省門。玄宗改定數字，仲通別用金填補，說得國忠功德巍巍，世莫與倫。那時玄宗又以為得一賢相，仍不問朝政，專在宮中擁著貴妃姊妹，調笑度日，貴妃自祿山出鎮，用志不紛，一心一意的媚事玄宗，惹得玄宗愈加恩愛。貴妃要什麼，玄宗便依她什麼，貴妃喜啖生荔枝，荔枝產出嶺南，去長安約數千里，玄宗特命飛驛馳送，數日得達，色味不變。唯梅妃自西閣一幸，好幾年不見玄宗，南宮獨處，鬱鬱不歡，忽聞嶺南馳到驛使，還疑是齎送梅花，旋經詢問宮人，是進生荔枝與楊妃，越覺心神懊悵，鎮日唏噓，默思宮中侍監，只有高力士權勢最大，諸王公俱呼他為翁，駙馬等直稱他為爺，就是東宮儲君，亦與他兄弟相稱，此時已升任驃騎大將軍，很得玄宗親信，若欲再邀主寵，除非此人先容，不能得力，乃命宮人邀入高力士，仔細問道：「將軍嘗侍奉皇上，可知皇上意中，尚記得有江採蘋麼？」力士道：「皇上非不記念南宮，只因礙著貴妃，不便宣召。」梅妃道：「我記得漢武帝時，陳皇后被廢，曾出千金賂司馬相如，作《長門賦》上獻，今日豈無才人？還乞將軍代為囑託，替我擬《長門賦》一篇，入達主聽，或能挽回天意，亦未可知。」力士恐得罪楊妃，不敢應承，只推說無人解賦。且答言娘娘大才，何妨自撰。梅妃長嘆數聲，乃援筆蘸墨，立寫數行，折成方勝，並從篋中湊集千金，贈與力士，託他進呈。力士不便推卻，只好持去，悄悄的呈與玄宗。玄宗展開一看，題目乃是《樓東賦》。賦云：

玉檻塵生，鳳奩香殄。懶蟬鬢之巧梳，閒縷衣之輕緣，苦寂寞於蕙宮，但凝思乎蘭殿。信漂落之梅花，隔長門而不見。況乃花心颺恨，柳眼弄愁，煖風習習，春鳥啾啾，樓上黃昏兮，聽鳳吹而回首，碧雲日暮兮，對素月而凝眸。溫泉不到，憶拾翠之舊遊；長門深閉，嗟青鸞之信修。憶太液清波，水光蕩浮，笙歌賞宴，陪從宸旒，奏舞鸞之妙曲，乘畫鷁之仙舟。君情繾綣，深敘綢繆，誓山海而常在，似日月而無休。奈何嫉色庸庸，妒氣沖沖，奪我之愛幸，斥我乎幽宮。思舊歡之莫得，想夢著乎朦朧。度花朝與月夕，羞懶對乎春風。欲相如之奏賦，奈世才之不工；屬愁吟之未盡，已響動乎疏鐘。空長嘆而掩袂，躊躇步於樓東。

玄宗瞧罷，想起舊情，也覺憮然，遂取出珍珠一斛，令力士密賜梅妃。梅妃不受，又寫了七絕一首，託力士帶回，再呈玄宗。玄宗又復展覽，但見上面寫著：

柳葉雙眉久不描，殘妝和淚汙紅綃。
長門自是無梳洗，何必珍珠慰寂寥。

玄宗正在吟玩，忽有一人進來，見了詩句，竟從玄宗手中奪去，究竟何人有此大膽，且看下回便知。

安祿山一大腹胡耳，無潘安貌，乏陳思才，獨以大詐似愚之技倆，欺惑玄宗，玄宗耽情聲色，聰明已蔽，應為所迷，而楊貴妃亦從而愛幸之，何也？蓋妒婦必淫，淫婦必妒，以年垂耆老之玄宗，忽據一玉貌花容之子婦，即令愛寵逾恆，能保其能相安乎？饑則思攫，寧必擇人？洗兒賜錢，醜遺千載，而玄宗尚習不加察，日處宮中，為淫樂事；外政盡決於李林甫，林甫死而楊國忠又入繼之。一人亂天下不足，更加一人，李楊亂於外，梅楊訌於內，梅李去而楊氏盛，雖榮必落，楊氏楊氏，亦何必爭寵耶？梅妃較貞，不脫爭春習態，吾尚為之深惜云。

第四十九回　戀愛妃密誓長生殿　寵胡兒親餞望春亭

卻說玄宗方吟玩詩句，有人進來，從手中奪去，玄宗急忙顧視，原來乃是楊貴妃。別人怎敢？貴妃瞧畢，擲還玄宗，又見案上有一薛濤籤，籤上寫著《樓東賦》一篇，從頭至尾，覽了一周，不禁大憤道：「梅精庸賤，乃敢作此怨詞，毀妾尚可，謗訕聖上，該當何罪？應即賜死！」玄宗默然不答。貴妃再三要求，玄宗道：「她無聊作賦，情跡可原，卿不必與她計較。」貴妃瞋目道：「陛下若不忘舊情，何不再召入西閣，與她私會？」玄宗見貴妃提及舊事，又慚又惱，但因寵愛已慣，沒奈何耐著性子，任她絮聒一番。貴妃雖無可奈何，心下卻好生不悅，嗣是朝夕侍奉，動多譙訶。玄宗也不去睬她，好似痴聾一般。做阿翁的，原應痴聾，做夫主恰不宜出此。

一日，復在便殿宴集諸王，各奏音樂，嗣寧王璡（即寧王憲子，見前回），頗善吹笛，特取過紫玉笛兒，吹了一套淩波曲。曲亦由玄宗自制。楊貴妃正在侍宴，聽他依聲度律，宛轉纏綿，不由的情牽意動，待至罷宴撤席，諸王別去，玄宗暫起更衣，貴妃獨坐，見寧王璡所吹的紫玉笛兒，擱置席旁，便輕輕取過，把玩許久，也按著原調，吹弄起來。玄宗聞貴妃吹笛，即出來聽著。眼中瞧見紫玉笛，又轉惹惱，便語貴妃道：「此笛由嗣寧王吹過，口澤尚存，汝何得便吹？」貴妃恰毫不在意，直待吹完原曲，方慢慢的把笛放下（《楊太真外傳》中，說是吹寧王紫玉笛，按此時寧王憲早薨，應屬嗣寧王璡，璡年輕，故貴妃為之移情，玄宗為之介意），起座冷笑道：「玉笛非鳳舄可比，鳳舄上被人勾躡，陛下尚擱置不問，奈何恕人責妾呢？」玄宗聽了，乘著酒後餘性，便勃然道：「汝連日蹇傲，出言不遜，難道朕不能攆汝麼？」貴妃怎肯受責，也抗聲道：「儘管攆逐，儘管攆逐。」逼得玄宗無可轉詞，遂著內侍張韜光，送貴妃至楊國忠第中。

國忠不覺著忙，沒法擺布，適值吉溫入報軍務，國忠遂與他商量。溫願乘間進言，當下趨入便殿，奏罷邊事，又從容說道：「聞陛下新斥貴妃，臣愚以為未合。貴妃系一婦人，原無識見，有忤聖意，罪合當死，但既蒙愛寵，應該就死宮中，陛下何惜宮中一席，畀她就戮，乃必令她外辱呢。」玄宗不禁點首。及退朝回宮，左右進膳，即撤御前餚饌，使張韜光齎賜貴妃。貴妃對使涕泣道：「妾罪該當萬死，蒙聖上隆恩，從寬遣放，未遽就戮，自思一再忤旨，不合再生，今當即死，無以謝上，妾除膚髮外，皆上所賜，今願截髮一縷，聊報皇恩。」語至此，遂引刀自翦青絲一綹，付與韜光，且泣語道：「為我歸語聖上，呈此作永訣物。」後來平康里中，求媚恩客，往往翦髮為贈，想即從貴妃處學來。韜光領諾，隨即回宮復旨。

玄宗正苦岑寂，欲再召梅妃入侍，適值梅妃有疾，不能進奉，因此憂鬱異常。及韜光返報，將妃髮搭在肩上，跪述妃言。玄宗瞧著一綹青絲，黑光可鑑，更不禁牽動舊情，乃即令高力士召入貴妃。貴妃毀妝入宮，拜伏認罪，並無一言，只有嗚咽涕泣。玄宗大為不忍，親手扶起，立喚侍女，替她梳妝更衣，重整夜宴，特別親愛。

自後益加嬖倖，且屢與貴妃幸華清宮，賜浴溫泉。溫泉在驪山下，向築宮室，環山建造，有集靈臺、朝元閣、及飛霜、九龍、長生、明珠等殿，統是規模宏敞，氣象輝煌。楊國忠楊銛楊錡，及三國夫人，一併從幸。車馬僕從，充溢數坊，錦繡珠玉，鮮華奪目。而且楊氏五家，各自為隊，隊各異飾，分為一色，合為五色，彷彿似雲錦粲霞，山林成繡，沿途遺鈿墮舄，不可勝數，香達數十里。既至華清宮，輒張盛宴，到了酒酣面熱，大家散坐。貴妃肌體豐碩，常覺香汗淋漓，玄宗因命往浴。宮中有池，叫做華清池，系溫泉匯聚的區處，每當貴妃浴畢，臨風小立，露胸取涼，別人原是迴避，獨有玄宗是見慣司空，不必禁忌，往往用手捫貴妃乳，且隨口讚道：「軟溫新剝雞頭肉。」貴妃似羞非羞，似嗔非嗔，更現出一種嫵媚態度。看官！你想玄宗到了此時，尚有不墮入情網麼？貴妃又乘著初浴，特舞霓裳羽衣曲，羅衣散綺，錦縠生香。玄宗大悅，時適盛夏，遂留華清宮避暑。

轉瞬間已是七夕，秦俗多於是夜乞巧，在庭中陳列瓜果，焚香禱告。貴妃亦趁勢固寵，特請玄宗至長生殿，仿行乞巧故事。玄宗當然喜允，待至月上更敲，天高夜靜，遂令宮女捧了香盒瓶花等類，導著前行，一主一妃，相偕徐步，悄悄的到了殿庭，已有內侍張著錦幄，擺好香案，分站東西廂，肅容待著。玄宗飭宮女添上香盒瓶花，焚龍涎，爇蓮炬，煙篆氤氳，燭光燦爛，眼見得秋生銀漢，豔映玉階。點染濃豔。貴妃斜嚲香肩，倚著玄宗，低聲語道：「今日牛女雙星，渡河相會，真是一番韻事。」玄宗道：「雙星相會，一年一度，不及朕與妃子，得時時歡聚哩。」言下瞧著貴妃反眼眶一紅，撲簌簌的掉下淚來，全是做作。頓時大為驚訝，問她何事感傷。貴妃答道：「妾想牛女雙星，雖然一年一會，卻是地久天長，只恐妾與陛下，不能似他長久哩。」玄宗道：「朕與卿生則同衾，死則同穴，有什麼不長不久？」貴妃拭著淚道：「長門孤寂，秋扇拋殘，妾每閱前史，很是痛心。」玄宗又道：「朕不致如此薄幸，卿若不信，願對雙星設誓。」正要你說此語。貴妃聽著，亟向左右四顧，玄宗已覺會意，便令宮女內監，暫行迴避，一面攜貴妃手，同至香案前，拱手作揖道：「雙星在上，我李隆基與楊玉環，情重恩深，願生生世世，長為夫婦。」貴妃亦斂衽道：「願如皇言，有渝此盟，雙星作證，不得令終。」要挾之至。復側身拜謝玄宗道：「妾感陛下厚恩，今夕密誓，死生不負。」說一死字，也是預讖。玄宗道：「彼此同心，還有何慮？」貴妃乃改愁為喜，即呼宮女等入內，撤去香花，隨駕返入離宮，這一夜間的枕蓆綢繆，自在意中，不消細說。

玄宗本擅詞才，乘著避暑餘閒，迭制歌曲，令貴妃度入新腔，無不工妙，既而暑氣已消，還入大內，按日裡酣歌淫舞，沉醉太平，好容易由秋及春，園吏入報沉香亭畔，木芍藥盛開，引得玄宗笑容滿面，又要邀同愛妃，去賞名花。原來禁中向有牡丹，呼為木芍藥，玄宗擇得數種，移植興慶池東沉香亭前，距大內約二三裡。玄宗乘馬，貴妃乘輦，同至沉香亭中，詔選梨園弟子，詣亭前奏樂。樂工李龜年善歌，手捧檀板，押眾樂進奏，擬奏樂歌。玄宗諭龜年道：「今日對妃子賞名花，怎可復用舊樂？快去召學士李白來。」龜年領旨，忙去傳召李白，哪知四處找尋，毫無蹤跡。急得龜年東奔西跑，專向酒肆中尋訪。看官可知道李白的出身麼？他本是唐朝宗室，表字太白，遠祖曾出仕隋朝，坐罪徙西域，至唐時還寓巴西。白生時，母夢見長庚星，因命名為太白。十歲即通詩書，既長隱岷山，不願入仕，嗣復與孔巢父韓準裴政張叔明陶沔五人，東居徂徠山，號為竹溪六逸，且與南陽隱士吳筠，亦為詩酒交。筠被召入都，白亦從行。禮部侍郎兼集賢學士賀知章，見白文字，嘆為謫仙中人，乃進白玄宗。玄宗召見金鑾殿，與談世事，白呈入奏頌一篇，大愜上意，立命賜食，親為調羹，即命留居翰苑，隨時供奉。白以酒為命，終日沉醉，每至酒肆，即入內痛飲，龜年尋了多時，方遇著這位李學士，急忙傳宣詔旨，促他應召。白已吃得酩酊大醉，手中尚持杯不放，並向龜年說道：「我醉欲眠君且去。」說畢，竟憑幾欲臥。恰是高品。龜年再呼不應，只好用那強迫手段，令隨身二役，將李白擁出肆外，攙上了馬，馳至沉香亭來。及已至亭畔，始將他從馬上扶下，左推右挽，入見玄宗。玄宗已與貴妃暢飲多時，才見李白入謁，且看他兩眼朦朧，醉態可掬，料知不能行禮，索性豁免儀文，即命旁坐。白尚昏沉未醒，作支頤狀，乃命內侍用水噀面，噴了數次，方將白的醉夢，驚醒了一小半，漸漸的睜開雙目。顧見帝妃上坐，乃離座下拜，口稱死罪。玄宗道：「醉後失儀，何足計較！朕召卿至此，特欲借重佳章，一寫佳興，卿且起來，不必多禮。」白始謝恩而起。玄宗仍命坐著，且述明情意，飭龜年送過金花箋，磨墨蘸毫，遞筆令書。白不假思索。即援筆寫道：

雲想衣裳花想容，春風拂檻露華濃。
若非群玉山頭見，會向瑤臺月下逢。

玄宗瞧著這一首，已讚不絕口，便命李龜年傳集樂工，彈的彈，敲的敲，吹的吹，唱的唱，一齊倡和起來，果然好聽得很。那時白又續成兩首，但見是：

一枝紅豔露凝香，雲雨巫山枉斷腸。
借問漢宮誰得似？可憐飛燕倚新妝。

此詩固寓有深意。

名花傾國兩相歡，常得君王帶笑看。
解釋春風無限恨，沉香亭北倚欄桿。

玄宗喜道：「人面花容，一併寫到，更妙不勝言了。」隨即顧貴妃道：「有此妙詩，朕與妃子，亦當依聲屬和。」遂令龜年歌此三詩，自己吹笛，貴妃彈琵琶，一唱再鼓，饒有餘音。又令龜年將三詩按入絲竹，重歌一轉，為妃子侑酒。乃自調玉笛諧曲，每曲一換，故作曼聲，拖長餘韻。貴妃持玻璃七寶杯，酌西涼州葡萄酒，連飲三次，笑領歌意。曲既終，貴妃起謝玄宗，斂衽再拜。玄宗笑道：「不必謝朕，可謝李學士。」貴妃乃親自斟酒，遞給李白。白起座跪飲，頓首拜賜。玄宗道：「卿系仙才，此三詩可名為何調？」白答道：「臣意可稱為清平調。」玄宗喜道：「好好，就照稱為清平調便了。」隨飭內侍用玉花驄馬，送白歸集賢院，自己亦挈妃還宮。自是白才名益著，玄宗亦時常召入，令他侍宴。

適渤海呈入番書，滿朝大臣，均不能識。獨白一目了然，宣誦如流。玄宗大悅，即命白亦用番字，草一副詔。白欲奚落楊國忠高力士兩人，乞請國忠磨墨，力士脫靴。玄宗笑諾，遂傳入國忠力士，一與磨墨，一與脫靴。看官試想！這國忠是當時首相，力士是大內將軍，怎肯受此窘辱？只因玄宗有旨，不便違慢，沒奈何忍氣吞聲，遵旨而行。白非常欣慰，遂草就答書，遣歸番使。玄宗賜白金帛，白卻還不受，但乞在長安市中，隨處痛飲，不加禁止。玄宗乃下詔光祿寺，日給美酒數罌，不拘職業，聽他到處遊覽，飲酒賦詩，唯國忠力士，始終啣恨。力士乘間語貴妃，勸他廢去清平調。貴妃道：「太白清才，當代無二，奈何將他詩廢去？」力士冷笑道：「他把飛燕比擬娘娘，試想飛燕當日，所為何事？乃敢援引比附，究是何意？」貴妃被他一詰，反覺不好意思，沉臉不答（力士恥脫靴事，具見《李白列傳》，唯渤海番書，正史未詳，此處從稗乘採入）。原來玄宗曾聞飛燕外傳，至七寶避風臺事，嘗戲語貴妃道：「似汝便不畏風，任吹多少，也屬無妨。」貴妃知玄宗有意譏嘲，未免介意。至李白以飛燕相比，正愜私懷，偏此次為力士說破，暗思飛燕私通燕赤鳳事，正與自己私通安祿山相似，遂疑李白有意譏刺，不由的變喜為怒。自此入侍玄宗，屢說李白縱酒狂歌，失人臣禮。玄宗雖極愛李白，奈為貴妃所厭，也只好與他疏遠，不復召入。李白亦自知為小人所讒，懇求還裡。玄宗賜金放還。白遂浪跡四方，隨意遊覽去了。暫作一束。

且說楊國忠攬權得勢，驕侈無比，所有楊氏僮僕，亦皆倚勢為虐，叱逐都中。會當元夕夜遊，帝女廣寧公主，與駙馬都尉程昌裔，並馬觀燈。楊家奴亦策騎遊行，至西市門，人多如鯽，擁擠不堪，公主前導，吆喝而過，行人都讓開一路，由他馳驅。獨楊家奴當先攔著，不肯少退。兩下裡爭執起來，楊奴竟揮鞭亂撲，幾及公主面頰。公主向旁一閃，坐不住鞍，竟至墜下。程昌裔慌忙下馬，扶起公主，那楊氏奴不管好歹，也將昌裔擊了數鞭。兩人俱覺受傷，即由公主入內泣訴。玄宗雖令楊氏杖殺家奴，但也責昌裔不合夜遊，把他免官，不聽朝謁。玄宗也算是兩面調停。楊氏仍自恃顯赫，毫不斂跡。國忠嘗語僚友道：「我本寒家子，一旦緣椒房貴戚，受寵至此，誠未知如何結果。但我生恐難致令名，不如乘時行樂，且過目前哩。」人生第一誤事，便是此意。虢國夫人素與國忠有私，至是居第相連，晝夜往來，淫縱無度。每當夜間入謁，兄妹必聯轡同行，僕從侍女，前呼後擁，約得百餘騎，炬密如晝，或有時兄妹偕遊，同車並坐，不施障幕，時人目為雄狐。國忠子暄舉明經，學業荒陋，不能及格，禮部侍郎達奚珣，畏國忠勢盛，先遣子撫伺國忠入朝，叩馬稟明。國忠怒道：「我子何患不富貴，乃令鼠輩相賣麼？」遂策馬徑馳，不顧而去。撫忙報父珣，珣惶懼得很，竟置暄上等，未幾，即擢為戶部侍郎。

會關中迭遭水旱，百姓大饑，玄宗因霪雨連綿，恐傷禾稼。國忠卻令人取得嘉禾入獻玄宗，謂天雖久雨，與稼無害。玄宗信以為真，偏扶風太守房琯，上報災狀，國忠即遣御史推勘，復稱琯實誣奏，有旨譴責。於是相率箝口，不敢言災。高力士嘗侍上側，玄宗顧語道：「霪雨不已，莫非政事有失麼？卿亦何妨盡言。」力士悵然道：「陛下以權假宰相，賞罰無章，陰陽失度，怎能不上致天災，但言出即恐遇禍，臣亦何敢瀆陳？」臺臣不敢言，而閹人反進讜論，雖似持正，實屬反常。玄宗也為愕然，但始終為了貴妃，不敢罷國忠相職，國忠以是益驕。

唯安祿山出兼三鎮，蔑視國忠，國忠遂與他有隙，亦言祿山威權太盛，必為國患。玄宗不從。隴右節度使哥舒翰，先時同祿山入朝，祿山胡人，翰系突厥人，互有違言，致生意見。適翰出擊獲勝，收還九曲部落（九曲見四十二回），楊國忠遂奏敘翰功，請旨封翰為西平郡王，兼河西節度使。看官不必細猜，便可知國忠的用心，是欲與翰聯繫，共排這大腹胡哩。國忠既恃翰為助，又屢言祿山必反，玄宗仍然未信。國忠道：「陛下若不信臣言，試遣使徵召祿山，看他果即來朝否？」玄宗乃召祿山入都。祿山奉命即至，竟出國忠意外，於是玄宗愈不信國忠。祿山至長安，正值玄宗至華清宮，乃轉赴行宮朝謁，且泣訴玄宗道：「臣是胡人，不識文字，陛下不次超遷，致為右相國忠所嫉，臣恐死無日了。」玄宗慰諭道：「有朕作主，卿可無虞。」待祿山趨退，意欲授他同平章事，令太常卿張洎草制。國忠聞信，忙入阻道：「祿山目不知書，雖有軍功，豈即可升為宰相？此制若下，臣恐四夷將輕視朝廷呢。」玄宗乃命洎改草，止授祿山為尚書左僕射，賜實封千戶。祿山不得入相，聞為國忠所阻，益滋怨恨，因自請還鎮，且求兼領閒廄群牧等使，並吉溫為副。玄宗一一允從。祿山得步進步，並奏言所部將士，前時出征奚契丹，功效甚多，應不拘常格，超資加賞。乃除拜將軍五百餘人，中郎將二千餘人。所求既遂，即辭回范陽。玄宗親御望春亭，設宴餞行，特贈御酒三杯，賜給祿山。祿山跪飲畢，叩首道謝。玄宗道：「西北二虜，委卿鎮馭，卿無負朕望！」祿山答道：「臣蒙皇上厚恩，愧無可報，一日在邊，一日誓死，絕不令二虜入侵，有煩聖慮。」寇尚可御，似你卻不易防，奈何？玄宗大喜，自解御衣，代披祿山身上。祿山又喜又驚，慌忙謝恩而去，疾驅出關，舍陸乘舟，沿河直下。萬夫挽纖相助，晝夜兼行數百里，數日抵鎮，方語諸將道：「我此次入都，非常危險，今得脫險歸來，可為萬幸。但笑那國忠日欲殺我，終不能損我毫髮，我命在天，國忠亦何能為呢？」儼然王莽口吻。部將一律稱賀，因置酒大會，犒壯士，選良馬，日夕經營，不遺餘力。那深居九重的玄宗皇帝，總道他赤心可恃，毫不見疑。

祿山且遣副將何千年入奏，請以蕃將三十二人，代易漢將，玄宗仍欲照行。同平章事韋見素，方為國忠所薦，得參政務，因亟至國忠第中，語國忠道：「祿山久有異志，今又有此請，明明是要謀反了。」國忠頓足道：「我早料此賊必反，怎奈主子不聽我言，屢說無益，日前東宮進言。也一些兒沒有成效，奈何奈何！」見素道：「且再行進諫何如？」國忠點首，約於次日入朝，同時諫諍，見素乃歸。翌晨與國忠進見，甫經開口，玄宗即問道：「卿等疑祿山麼？」見素因極言祿山逆跡，明白顯露，所請萬不可從。玄宗全然不理。國忠料不能阻，緘口無言。及退朝，顧語見素道：「我原說是無益的事情。」見素想了一番，便道：「有了有了。祿山出都時，高力士曾奉命送行，返白皇上，說祿山為命相中止，心甚怏怏。據愚見想來，與其令祿山在外，得專戎事，不若召祿山入內，給以虛榮，一面令賈循鎮河東，呂知誨鎮平盧，楊光翙鎮范陽，勢分力減，狡胡便不足憂了。」國忠鼓掌稱善，且語見素道：「我前此為了此事，曾奏黜張洎兄弟，我想命相改草，他人無一預聞，為何祿山得知？這定是張洎兄弟，暗中轉告。可惜均出守建安，洎出守盧溪，尚是罪重罰輕呢。」（借兩人口中，補述前時情事）。見素道：「亡羊補牢，尚為未晚，請公即日奏行。」國忠遂與見素聯名上疏，當蒙玄宗批准，即令草制。哪知制已草就，留中不發，但遣中使輔璆琳，齎珍果往賜祿山，囑令覘變。璆琳得祿山厚賂，還言祿山竭忠奉國，毫無二心。玄宗遂召語國忠道：「朕知祿山不反，所以推誠相與，卿等乃以為憂，自今日始，祿山由朕自保，免致卿等愁煩了。」國忠逡巡謝退，隨將韋見素的祕計，擱置不行。小子有詩嘆道：

> 狼子由來具野心，如何反望效忠忱？
> 主昏不悟嗟何及，大錯輕成禍日深。

玄宗既信任祿山，自謂高枕無憂，越發縱情聲色。看官欲知宮中後事，待下回再行說明。

語曰：「當斷不斷，反受其亂。」如玄宗之待楊貴妃及安祿山，正中此弊。貴妃一再忤旨，再遭黜逐，設從此不復召還，則一刀割絕，禍水不留，豈非一大快事！何至有內蠱之患乎，唯其當斷不斷，故卒貽後日之憂。祿山應召入朝，尚無叛跡，設從此不再專閫，則三鎮易人，兵權立撤，亦為一大善謀，何至有外亂之偪乎？唯其當斷不斷，故卒成他日之變。且有楊妃之專寵，而國忠因得入相，有國忠之專權，而祿山因此速亂，追原禍始，皆自玄宗戀色之一端誤之。天下事之最難割愛者，莫如色，為色所迷，雖有善斷之主，亦歸無斷，甚矣哉色之為害也！

第五十回　勤政樓童子陳箴　范陽鎮逆胡構亂

卻說楊貴妃蠱惑玄宗，經長生殿密誓後，愈得寵幸，就是三國夫人，也連同邀寵，每屆賞賜，不可勝計。韓國夫人得照夜璣，虢國夫人得鏁子帳，秦國夫人得七葉冠，均是希世奇珍，得未曾有。又賜貴妃虹霓屏，貴妃轉贈國忠，屏系隋朝遺物，雕刻前代美人形象，各長三寸許，面目如生，所有服玩衣飾，都用眾寶嵌成，水晶為底，非常精緻，巧奪天工。國忠得此異寶，安放內廳樓上，嘗與親舊眷屬等玩賞，無不嘖嘖稱羨。

一日，國忠獨坐樓上，看著屏上眾美人，不覺神志痴迷，昏昏欲睡。才經就枕，忽見屏上諸美人，都走下屏來，各述名號，或說是裂繒人，或說是步蓮人，或說是浣紗人，或說是當壚人，或說是解珮人，或說是拾翠人，或說是許飛瓊，或說是薛夜來，或說是趙飛燕，或說是桃源仙子，或說是巫山神女，如此等類，不勝列舉。國忠似歷歷親見，只是身不能轉動，口不能發聲。諸美女各用物列坐，少頃有纖腰美女十餘人，亦從屏上走下，自稱楚章華宮踏搖娘，聯袂作歌，聲極清脆。但聽歌中有二語云：「三朵芙蓉是我流，大楊造得小楊收。」歌罷，有一女指國忠道：「床上庸奴，行將就斃，尚敢妄想我麼？」言已，俱趨回屏上。這都是國忠幻夢，休作真看。國忠方似夢初醒，嚇得冷汗遍體，急奔下樓，令家人將屏掩藏，封鎖樓門，不敢再登，復轉告貴妃。貴妃亦不欲再見，聽令藏著。

已而國忠進位司空，長子暄得尚延和郡主，拜銀青光祿大夫太常卿兼戶部侍郎，季子朏得尚玄宗女萬春公主，貴妃堂弟祕書少監鑑，得尚承榮郡主，楊氏一門，共計一貴妃，二公主，三郡主，三夫人，真是貴盛無比，震古鑠今。又加贈楊玄琰為太尉齊國公，玄琰妻李氏為梁國夫人，都中特建楊氏家廟，由玄宗親制碑文，御書勒石。玄珪進拜工部尚書，韓國夫人外孫女崔氏，為太子長男豫妃，虢國夫人子裴徽，尚太子女延光公主，徽妹為讓帝憲季子妻，秦國夫人子柳潭，尚太子女和政公主，潭兄澄子尚長清縣主，崔裴柳三家，俱與帝室聯為甥舅，真個是喬松施蔭，蘿蔦皆榮。

會秦國夫人病歿，楊銛亦死，國忠為諸楊翹楚，無論軍國大事，均聽國忠裁決，玄宗絕不過問，唯日與楊貴妃及韓虢二夫人，征歌逐舞，連日不休。一日，正與楊妃偕宴，適蓬萊宮中的園吏，獻入柑子一百五十餘枚，內有一顆，乃是聯合生成，玄宗見了，很是驚喜，便語貴妃道：「這柑子的原種，是從江陵進來，味頗甘美，朕特命留種，在蓬萊宮中栽植，生成了好幾株，一向只有花無實，就使結了幾顆，也甚寥寥，今秋卻得了若干，並有這個合歡實，豈非奇事？」說著，即將合歡實取了，遞與貴妃，便道：「此果可好麼？」貴妃正接果玩賞，玄宗又說道：「草木也知人意，朕與妃子同心一體，所以結此合歡實，應該二人同食，並應禎祥。」隨命左右取過小刀，親自剖開，半給貴妃，一半自食。玄宗以為禎祥，我謂剖分而食，便是合而復離之兆。此外一百餘枚，遍賜宰臣。

國忠即上表稱賀，玄宗益喜，更命畫工寫合歡柑橘圖，傳示後世，徒自增醜。一面賜民大酺。玄宗親御勤政樓，大集妃嬪及諸王，並宰相以下諸大臣，張雜樂，設百戲，任民縱觀，侈然有與民同樂的意思。

當時教坊中有王大娘，善戴百尺竿，竿上加一木山，狀如瀛州方丈，使一小兒手持絳節，出入自如，信口作歌。王大娘舞竿不已，卻正與小兒的歌聲節奏，兩兩相應。玄宗拍手稱賞，隨命左右宣劉晏登樓。晏字士安，曹州人氏，幼甚穎慧，八歲即獻頌行在，玄宗目為神童，授祕書省正字，至是尚止十齡，也在樓下看戲，一聞召命，立即上樓。玄宗命他即事題詩，貴妃插入道：「不如令詠王大娘戴竿。」晏即應聲道：「樓前百戲競爭新，唯有長竿妙入神。誰謂綺羅翻有力，猶自嫌輕更著人。」此詩也不過爾爾。貴妃笑道：「出口成章，不愧神童。」遂將晏抱置膝上，親為理髮。玄宗也握手問道：「朕命汝為正字，汝究竟正得幾字？」晏即答道：「別字都正，只有一朋字未正。」藉端諷諫，頗寓特識。玄宗稱善。待發已理訖，即命賜牙笏錦袍，且面獎道：「汝他年必能自立，勿自傍人門戶呢。」晏叩首拜謝。

玄宗又傳李供奉吹笛，李供奉就是李謩，他本是吹笛能手，因聞玄宗善制新曲，嘗在華清宮外，竊聽曲聲，得將新曲盡行領會，唯妙唯肖。玄宗偶與高力士微服外遊，適值李謩吹笛，腔調與宮中相同，不由的驚詫起來。原來玄宗洞曉音律，所譜新曲，往往託為神女相傳，得諸夢境，除上文所述霓裳羽衣，及凌波各曲外，尚有紫雲回，尚有春光好，尚有荔支香，種種曲調，都是玄宗自制，稱為祕曲。此次聞李謩所吹，無非是自制新聲，遂令力士挨戶查訪。既知李謩下落，即召他入見，命為宮內供奉。着悉心研究，益盡所長，所以玄宗命他登樓奏技，一經吹出，迴環轉變，響遏行雲。嗣又進馬方期，鼓方響，李龜年吹觱慄，張野狐拍箜篌，雷海青弄鐵撥，賀懷智敲檀板，俱是樂工中的名角，擅勝一時。楊貴妃也興高采烈，擊磬節音。玄宗更敲了數通羯鼓，算做收場。大眾散去，玄宗當即還宮。

此後除宴賞外，往往尋出消遣的法兒，或弈棋鬥勝，或擲骰賭採，一日，與諸王弈棋，玄宗稍不經心，誤下棋子數枚，勢將敗北。貴妃正在觀弈，手中抱著一隻白貓，叫做雪猧兒，看著玄宗著急，即縱貓入枰，霎時將棋子爬亂。玄宗不覺大喜，暗地裡深感貴妃。越日與貴妃擲骰，貴妃已占勝色，玄宗將要輸了，唯擲得重四，尚可轉敗為勝，一面擲，一面連呼重四，那骰子輾轉良久，方才擺定，玄宗一瞧，果然兩個四點，便大笑道：「似朕的呼盧，技術如何？」貴妃自然奉承數語。玄宗又回顧高力士道：「此重四殊合人意，可賜以緋。」力士領旨，便將骰子第四色，都用胭脂點染，如今骰子上四色成紅，便從此始。玄宗雖尚風雅，但不配為天下主。

當玄宗擲成重四時，架上的白鸚鵡，也連聲喝采，待至呼盧已畢，玄宗因事外出，貴妃忽向鸚鵡道：「雪衣女！你也曉得湊趣嗎？」原來這白鸚鵡本產自廣南，為安祿山所得，轉獻宮中（應四十八回，中釋明白），貴妃愛他如寶，呼為雪衣女。自此鳥入宮後，經貴妃隨時教導，洞曉言詞，益解人意，因聞貴妃與語，似贊非贊，隨即答道：「雪衣女得承恩寵，已是有年，今日尚能侍奉，他日恐不能再侍了。」貴妃驚問何故？他卻自說夢得惡兆，為鷙鳥所搏。貴妃道：「夢兆不足憑信，你若心懷不安，我便教你多心經，可以轉禍為福。」鸚鵡答道：「謝娘娘厚恩！」貴妃乃令侍女添香，莊誦多心經。鸚鵡隨聽隨學，經貴妃唸了十多遍，鸚鵡也居然上口，自能唸誦了。貴妃每日早起，命鸚鵡唸經，稍有錯誤，即與教正。鸚鵡唸得純熟非常，約過了兩三月，玄宗與貴妃閒遊別殿，令鸚鵡隨輦同行。鸚鵡兀立輦竿上面，突有飛鷹下掠，搏擊鸚鵡，鸚鵡連呼救命，侍從慌忙救護，鷹雖飛去，鸚鵡已經受傷，遲至半日，竟爾死了。貴妃很是痛悼，好似喪女一般，玄宗也為嘆惜，命將鸚鵡瘞後苑中，呼為鸚鵡塚。可見多心經原是無用，村嫗俗婦，奈何不悟？自後貴妃閒著，嘗追念鸚鵡，暗中墮淚，兩頰生紅，愈覺嬌豔可愛。宮婢侍女，卻故意摹效，用紅粉搽抹兩頰，號為淚妝。

貴妃有肺渴疾，常含著玉魚兒，取涼潤津。一日，偶患齒痛，玉魚兒也含不得，悶悶的倚坐窗前。玄宗見她顰眉淚眼，愈增憐愛，每語貴妃道：「朕恨不能為妃子分痛呢。」後人傳楊妃韻事，除醉酒出浴淚妝外，尚有病齒圖留貽世間，曾有名士題眉云：「華清宮，一齒痛；馬嵬坡，一身痛；漁陽鼙鼓動地來，天下痛。」這真是說得沉痛呢。

天寶十四載六月，玄宗與貴妃幸華清宮避暑，至秋還宮，適安祿山表請獻馬，共三千匹，每匹執鞚夫二人，且遣蕃將二十二人部送。玄宗意欲准請，忽又接到河南尹達奚珣密奏，說：「祿山包藏禍心，不可不防。」乃遣中使馮神威，齎著手詔，往諭祿山，略言：「獻馬宜俟冬令，官自給夫，無煩本軍。十月間卿可自來，朕在華清宮特鑿湯池，與卿洗塵。」云云。祿山接到手詔，竟踞坐胡床，並不下拜，但問道：「聖上安否？」神威答一「安」字。祿山又道：「馬不許獻，亦屬無妨，十月內我自當來京，何必召我。」說至此，即令左右引神威至館舍，竟不復見。越數日即行遣還，亦無復表，神威返見玄宗道：「臣幾不得見大家。」（大家二字，就是宮中對著皇上的通稱）。玄宗還似信非信。看官閱過上文，應知祿山早蓄反意，不過祿山還有一些天良，自思皇恩不薄，擬俟宮車晏駕後，再行起事，怎奈右相楊國忠，屢次激動祿山反謀，先翦祿山羽翼，竟將前日互相往來的吉溫，也視同仇家，貶為澧陽長史，又令京兆尹，圍捕祿山故友李超等，送詣御史臺獄，一併處死。祿山子慶宗，尚宗女榮義郡主，留傳京師，每遇國忠舉動，必密報祿山。祿山忍無可忍，遂於天寶十四載十一月中，潛與嚴莊高尚阿史那承慶等密謀，佯稱奉到密敕，令入朝討楊國忠。諸將無敢異言，遂大閱兵馬，調集本部及奚契丹兵，共十五萬人，鼓行而南。

這時玄宗全不預防，還親至華清宮，督令鑿池，待祿山到來，與他洗塵，貴妃當然隨往。會當梅花開放，洩漏春光，玄宗挈貴妃賞梅，引動清興，先令貴妃吹了一套玉笛，然後親擊羯鼓一通，統用著春光好的音調。先是玄宗在內殿庭中，擊鼓催花，桃杏齊放，所以此次賞梅，也照樣擊鼓，欲催梅花盛開，以便留玩。鼓聲已止，正與貴妃小飲，忽見一人踉蹌趨入道：「安祿山反了！請陛下火速遣兵，北討反賊。」玄宗驚道：「有此事麼？恐系謠言。」國忠道：「河北郡縣，統已降賊，北京留守楊光翽，已被他賺去，還好說是不反麼？」玄宗尚沉吟不答。貴妃在旁插嘴道：「陛下待祿山甚厚，幾似家人父子一般，他若恃寵生驕，習成狂肆，或未可知。至如造反一事，妄想他未必敢然。他子慶宗，尚主留京，他若造反，難道連兒子都不管麼？」三人所言，各有私意。原來貴妃嘗記念祿山，每當外國貢獻方物，遇有奇珍，必遣密使私贈，因此祿山造反，尚欲出言回護。玄宗隨答道：「我也疑是謠傳，或因有人加忌，誣架祿山呢。」國忠見他一倡一和，氣得面色發青。玄宗令他出外探明，方才趨出。

過了一日，太原守吏，詳報祿山反狀，東受降城，亦報祿山已反。國忠又從內侍輔璆琳處，搜得祿山逆書，約為內應，報知玄宗。玄宗方知祿山真反，便與國忠商議討逆。國忠反有矜色，且誇口道：「臣早知他必反，但謀反只一祿山，將士未必心願，臣料他不出旬日，便傳首入都了。」談何容易？玄宗轉憂為喜，遂命國忠拘住輔璆琳，訊實杖斃，一面派使至東京河東，招募勇士。是時承平日久，人民不識兵革，猝聞范陽叛亂，遠近震駭。祿山引兵渡河，到處瓦解，警報連達行宮，玄宗又未免憂煩。可巧安西節度使封常清入朝，即由玄宗傳見，詢及討賊方略。常清大言道：「今太平已久，所以人不知兵，望風怕賊。唯事有順逆，勢有奇變，臣願走馬東京，開府庫，募驍勇，撥馬渡河，決取逆胡首級，歸獻闕下。」又是一個狂人。玄宗大喜，即授常清為平陽平盧節度使，募兵東征。常清即日辭行，乘驛至東京，募得兵六萬名，堵截河陽橋，控制叛軍。

祿山至博陵，部將何千年，正誘執楊光翙，往見祿山。祿山將光翙殺死，令田承嗣安忠志張孝忠為前鋒，直指藁城。常山太守顏杲卿，力不能拒，乃與長史袁履謙，出城往迎，祿山賜杲卿金紫，令仍守常山。杲卿陽受偽命，暗中卻秣兵厲馬，為討賊計，且遣使告知從弟真卿，連兵相應。真卿系顏師古五世從孫，與杲卿為同五世兄，時任平原太守，既接兄書，又修城浚濠，招丁壯，實倉廩，銳志討賊。那祿山總道他是白面書生，不足深慮，但檄真卿募兵防江津。真卿遣司兵李平，遶出間道，持著偽檄，入奏玄宗。玄宗聞河北郡縣，統已附賊，嘗長嘆道：「二十四郡，乃無一義士麼？」何人為君，乃令至此？至李平入奏，乃大喜道：「朕不識顏真卿作何狀，獨能為國效忠呢？」遂慰遣李平，令歸報真卿，討賊立功，定當厚賞，自挈貴妃還朝，斬祿山子慶宗，賜榮義郡主自盡。郡主卻是枉死。召朔方節度使安思順為戶部尚書，進朔方右廂兵馬使兼九原太守郭子儀為朔方節度使，授右羽林大將軍王承業為太原尹，特置河南節度使，領陳留等十三郡，即以衛尉卿張介然充任，命程千里為潞州長史，凡郡縣當賊沖道，悉置防禦使。更特簡第六子榮王琬為元帥，左金吾大將軍高仙芝為副，統諸軍東征，出內府錢帛，就京師募兵十一萬，旬日畢集，號為天武軍。其實統是市井烏合，不堪一戰。高仙芝帶領五萬人，出發京師，玄宗偏令宦官邊令誠監軍，往屯陜州。宦官監軍自此始。

安祿山渡河南行，攻陷靈昌郡，進逼陳留郡。河南節度使張介然，甫至陳留，祿山已率兵到來，太守郭納，竟開城出降。剩下一個赤手空拳的張介然，如何抵敵？眼見得束手被擒，完結性命。祿山才聞慶宗被殺，不禁慟哭道：「我何罪？乃殺我子。」背主造反，尚說無罪，一何可笑！遂將陳留降卒，盡行屠戮，聊洩怨恨，更引兵向滎陽。太守崔無詖麾眾拒守，眾聞鼓聲，自墜如雨，被祿山乘勢陷入，殺死無詖，再驅鐵騎至武牢，與封常清對壘。常清手下，統是最近招募，未經訓練，怎禁得蕃朔健奴，怒馬入陣？頓時紛紛敗下，奔回東京。叛騎追至城下，四面鼓譟，常清出戰又敗，退守城內，又被叛騎突入，巷戰又敗，只好環牆西走。連用三又字，見得常卿毫不中用。河南尹達奚珣迎降祿山，留守李憕及御史中丞盧弈，採訪判官蔣清，均為所執。弈責祿山忘恩負義，且顧語賊黨道：「為人當知順逆，我死不失節，尚有何恨，看汝等能橫行幾時？」祿山怒喝左右，將弈剁死，並殺李憕蔣清，梟三人首，令部將段子光，持首諭河北諸郡，復進兵逼陜。封常清已奔陜會高仙芝，語仙芝道：「賊勢甚盛，銳不可當，常清連日血戰，均被殺敗，看來此處亦不可保，不如退據潼關，屯兵固守，尚可保全長安哩。」仙芝從常清言，遽趨還潼關，繕完守備。祿山令部將崔乾祐入陜，自己還駐東京，擬僭稱帝號，且遣黨羽張通晤為睢陽太守，向東略地。郡縣官多望風降走，唯嗣吳王祇即信安王禕弟。方守東平，與濟南太守李隨，勵眾拒賊。單父尉賈賁，奉吳王祇令，募集吏民，誘斬通晤，山東少安。

玄宗以祇為靈昌太守，兼河南都知兵馬使。又授第十三子潁王璬為劍南節度使，第十六子永王璘為山南節度使。二王暫不出閤，但令江陵長史源洧副璘，蜀郡長史崔圓副璬，代行職權。唐廷常命諸王出鎮，往往奉詔不行，有名無實。這也是當時一大誤處。一面且下詔親征，令太子監國。偏楊國忠吃一大驚，忙與韓虢二夫人商議道：「太子素嫉我家，若一旦監國，我等兄妹，都危在旦夕了，奈何奈何！」虢國夫人道：「不如入白貴妃，留住御駕，不令親征，方保萬全。」看你等果能萬全否？國忠道：「快去快去！」虢國夫人遂邀同韓國夫人，入宮告知貴妃。貴妃乃脫去簪珥，口銜黃土，匍匐至玄宗前，叩首哀泣。玄宗驚問何事？貴妃流淚道：「兵凶戰危，陛下奈何自冒不測？妾受恩深重，怎忍遠離左右？自思身為婦女，不能隨駕出征，情願碎首階前，仰酬聖眷。」說罷又伏地大哭。看官！你想此時的玄宗，尚能不為所迷麼？小子有詩嘆道：

無端啣土阻親征，身命關懷社稷輕。
試問翠華西幸日，可曾隨駕保殘生？

究竟玄宗果否親征，且至下回分解。

前半回曆敘唐宮樂事，見得玄宗情戀愛妃，凡驕侈淫佚諸事，無乎不備，而禍亂即因是乘之。盈廷大臣，不聞一言匡正，獨得一垂髫童子，以「朋」字未正為戒，玄宗非不知讚賞，而卒未悟楊氏之縈私結黨，是毋乃所謂天奪之魄、自速禍亂者歟？楊國忠與安祿山，皆小人之尤，氣類相求，宜歡好無間，乃始則親近之，繼則構害之，中以危法，冀其速敗，彼狼子野心，寧肯伈伈俔俔，拱手就戮，始信君子能用君子，小人必不能容小人也。河北河南，相繼淪沒，玄宗下命親征，令太子監國，委靡之餘，忽能奮發，未始非陰陽消長之機，而國忠復商令貴妃，啣土哀阻，卒致寢事。嗚呼玄宗！身為人主，乃受制於一婦人之手，其欲不致危亂也得乎？危而猶存，亂而不亡，吾猶為玄宗幸矣。

唐史演義——從盪平百濟到長生密誓

作　　者：蔡東藩
發 行 人：黃振庭
出 版 者：複刻文化事業有限公司
發 行 者：複刻文化事業有限公司
E-mail：sonbookservice@gmail.com
粉 絲 頁：https://www.facebook.com/sonbookss/
網　　址：https://sonbook.net/
地　　址：台北市中正區重慶南路一段 61 號 8 樓
8F., No.61, Sec. 1, Chongqing S. Rd., Zhongzheng Dist., Taipei City 100, Taiwan
電　　話：(02)2370-3310
傳　　真：(02)2388-1990
印　　刷：京峯數位服務有限公司
律師顧問：廣華律師事務所 張珮琦律師
定　　價：350 元
發行日期：2024 年 07 月第一版
◎本書以 POD 印製

國家圖書館出版品預行編目資料

唐史演義——從盪平百濟到長生密誓 / 蔡東藩 著 . -- 第一版 . -- 臺北市：複刻文化事業有限公司 , 2024.07
面；　公分
POD 版
ISBN 978-626-7514-00-9(平裝)
857.4541　　113009100

電子書購買

爽讀 APP

臉書